Laura Esquivel

Das Gesetz der Liebe

Laura Esquivel

Das Gesetz der Liebe

Roman

Aus dem mexikanischen Spanisch
von Maralde Meyer-Minnemann

Ullstein

Die Deutsche Bibliothek – CIP-Einheitsaufnahme

Das Gesetz der Liebe : Roman / Laura esquivel.
Aus dem mexikanisch. Span. von
Maralde Meyer-Minnemann. – Berlin: Ullstein.
ISBN 3-550-06770-4
NE: Esquivel, Laura

Titel der Originalausgabe:
La ley del amor
Erschienen bei Plaza & Janés Editores, Barcelona 1995

Satz: LVD GmbH, Berlin
Druck und Bindung:
Graphischer Großbetrieb Pößneck
Ein Mohndruck-Betrieb
CD-Herstellung: Sonopress, Gütersloh
Printed in Germany 1996
ISBN 3-550-06770-4

Gedruckt auf alterungsbeständigem Papier
mit chlorfrei gebleichtem Zellstoff

Für Sandra

Für Javier

GEBRAUCHSANWEISUNG

Wie Sie bereits gemerkt haben werden, liegt diesem Buch eine CD bei. Falls Sie kein Gerät zum Abspielen haben, kennen Sie vielleicht einen netten Nachbarn, der Ihnen aushelfen kann, damit Sie in den vielseitigen Genuß dieses Buches kommen.

Sie werden sich bestimmt fragen, wie zum Teufel ich auf diesen Trichter gekommen bin. Nun, die Musik ist ein wichtiger Bestandteil der Handlung dieses Romans. Ich bin überzeugt, daß die Kraft der Musik unsere Seele so bewegt, daß damit längst Vergessenes in der Erinnerung wieder auftaucht und unser Bewußtsein wundersame Veränderungen erfährt. Musik läßt uns bedeutsame Momente des vergangenen Daseins noch einmal durchleben.

Seit ich die Idee zu diesem Roman hatte, überlegte ich, wie es mir gelingen könnte, das sehen und hören zu lassen, was auch meine Protagonisten sehen und hören. So suchte ich nach Bildern und Klängen. In diesem Buch werden Sie von daher auch auf Comics stoßen, die die Erzählung untermalen. Während Sie also die Bilder betrachten, sollten Sie die Musik dazu hören, die jeweils angegeben ist.

TIPS FÜR DAS HÖREN KLASSISCHER MUSIK

Nicht jeder ist mit Klassik vertraut. Es gibt Leute, die die Oper lieben, andere, die noch nie in ihrem Leben eine gehört haben, und solche, die diese Art von Musik grauenhaft finden und ablehnen.

Für Opernfans

Sollten Sie zu den Opernfans gehören, so kennen Sie vermutlich die Arien und Duette hier in- und auswendig, womöglich gar so gut, daß Sie sie ab und zu auch in der Badewanne vor sich hinschmettern.

Ihnen wird es leichtfallen, die Comics zu betrachten, während Sie die Musik dazu hören. Allerdings rate ich Ihnen: Vergessen Sie, wenn Sie etwa das Liebesduett aus Madame Butterfly hören, daß die arme Butterfly in diesem Augenblick auf dem Boden sitzt, Pinkerton hinter ihr steht und so weiter und so fort. Konzentrieren Sie sich nur auf die Musik, und verweben Sie sie mit den Bildern – bis sie Ihnen durch und durch geht.

Für Opernmuffel

Sollten Sie ein Opernmuffel sein, überzeugt davon, daß diese Art von Musik nur etwas für Snobs ist, oder mögen Sie einfach die hohen Stimmen nicht oder hatten bisher schlicht keine Lust, sie zu hören – so ist das völlig in Ordnung. Ich respektiere das. Doch vielleicht geht es Ihnen wie mir: Diese Musik hat mir einfach gefallen! Vergessen Sie Ihre Vorurteile und den nervtötenden Nachbarn, der Sie am Sonntagmorgen mit seinen Opernarien aus dem Bett scheucht. Vergessen Sie alles! Hören Sie sich die Arien – ganz unbefangen – ein-, zweimal an. Lassen Sie dann die Comics auf sich wirken, und versuchen Sie in einem dritten Durchgang, Musik und Bild miteinander zu vereinen.

Für hartnäckige Operngegner

Was soll ich nur mit Ihnen anfangen? Natürlich werden Sie sich weigern wollen, die Opernarien anzuhören. Doch, falls Sie das tröstet: Es kommt auch noch mexikanische Folklore – und Tanzmusik! Immer noch nicht zufrieden? Dann stellen Sie sich doch einfach vor, Sie würden an einem einmaligen Experiment teilnehmen, das allein darin besteht, Musik und Bilder auf sich wirken zu lassen, nur um zu sehen, ob Sie etwas dabei fühlen.

Und wenn das alles nicht klappt? Dann reden Sie sich halt ein, Sie würden ein gutes Werk tun. Mit ein bißchen Phantasie wird es Ihnen schon gelingen, sich auf die Opernmusik einzulassen. Hauptsache, Sie sind kein Spielverderber! Sie ahnen ja nicht, welche Mühe es mich gekostet hat, meine Verleger davon zu überzeugen, dieses Buch mit einer CD zu bestücken!

TIPS FÜR DAS HÖREN DER FOLKLORE

Irgendwann in diesem Buch stoßen Sie auf die Ankündigung Tanzpause. Was das soll? Na, tanzen soll man! Ich weiß, ich weiß – nicht jeder kann das, nicht jeder liebt das. Doch den Körper im Rhythmus der Musik bewegen – das kann jeder. Tun Sie es, es wird Sie aufmuntern und verhindern, daß Sie mir beim Lesen einschlafen.

Die Bewegung, das Sich-Wiegen wird Ihnen wohlig warme Schauer durch den Körper jagen und Ihnen neue Energie für die Lektüre geben.

Auch Folkloremusik ist nicht jedermanns Sache. Der eine liebt sie, viele geben nicht zu, daß sie sie ab und zu doch ganz gerne hören, und andere wieder halten sie einfach für albernes Gedudel.

Für Folklorefans

Falls Sie Folklore lieben, werden Sie die Danzones anregen. Ob allein oder mit anderen – Sie werden Lust bekommen zu tanzen. Doch bitte übertreiben Sie nicht. Lassen Sie sich, falls Sie mit einem Partner tanzen, nicht zu sehr ablenken. Flirten Sie nur in der Pause. Vergessen Sie nicht, weiterzulesen! Sie sind ja nicht bei einem Conga-Workshop! Doch wenn Ihnen der Sinn danach steht, warum zum Teufel vertun Sie ihre Zeit dann mit diesem Buch? Amüsieren Sie sich in diesem Fall lieber richtig, gehen Sie in die Disco – und lesen Sie morgen weiter!

Für die klammheimlichen Folklorefans

Ja, ja, wenn keiner zuschaut, tanzen auch Sie – heimlich, im Schrank! Vielleicht ist Ihnen Folkloremusik nur suspekt, weil Sie ihre wahre Herkunft nicht kennen. Ein Vorschlag: Hören Sie die Lieder hier mit geschlossenen Augen, stellen Sie sich vor, Sie befänden sich tatsächlich in einem dunklen Schrank, der Sie beschützt. Keiner sieht zu! Wippen Sie zuerst mit den Füßen, dann lassen Sie – nach und nach – den ganzen Körper schwingen, bis in die Haarspitzen.

Für die absoluten Folkloregegner

Können Sie dieser Musik wirklich gar nichts abgewinnen? Dann wird's aber Zeit, sich mal damit zu befassen. Als Klassikliebhaber müßten Sie doch eigentlich wissen, daß volkstümliche Musik die Grundlage aller Musikgenres ist. Sie ahnen ja nicht, was Ihnen entgeht. Und – es gibt nichts Sinnlicheres als den Tanz: Haut zu berühren, Blicke zu wechseln, gemeinsam in Ekstase zu geraten, erotische Botschaften auszutauschen! Nur zu, haben Sie den Mut, sich … vom Leben anstecken zu lassen!

Falls Sie nun aber zu den Unglücklichen gehören, die weder Klassik noch Folklore mögen, so schlage ich Ihnen schlicht und ergreifend vor, sich einen Joint reinzuziehen und sich vorzustellen, Sie seien auf einem Konzert der Rolling Stones. Das bringt's vielleicht.

Trunken bin ich, weine, bin traurig,
denke und spreche,
in meinem Innern der Wunsch:
Würde ich doch niemals sterben,
würde ich doch niemals vergehn.
Dort, wo kein Tod ist,
dort, wo er besiegt wird,
dorthin möcht' ich gehn.
Würde ich doch niemals sterben,
würde ich doch niemals vergehn.

Manuskript »Cantares mexicanos«, Blatt 17, Rückseite,
Nezahualcóyotl, *Dreizehn Dichter der Aztekischen Welt,*
Miguel León-Portilla, Mexiko 1984

Wann sind die Toten tot? Wenn sie vergessen sind. Wann verschwindet eine Stadt? Wenn sie dem Gedächtnis derer entschwindet, die in ihr gelebt haben. Wann hört man auf zu lieben? Wenn man eine neue Liebe beginnt. Darüber besteht kein Zweifel.

Aus diesem Grunde beschloß Hernán Cortés, über den Ruinen des alten Tenochtitlán eine neue Stadt zu bauen. Um diesen Entschluß zu fassen, bedurfte es nur einer Sekunde – der Sekunde, in der auch ein Schwert das Herz durchbohrt. Der Sekunde, die in der Schlacht über Leben und Tod entscheidet.

Während der Conquista, der Eroberung Mexikos, überlebten nur diejenigen, die blitzartig reagierten, diejenigen, die den Tod so sehr fürchteten, daß sie all ihre Reflexe, all ihre Instinkte, all ihre Sinne in den Dienst ihrer Angst stellten. Die Angst wurde zur Kommandozentrale ihres Handelns. Direkt hinter dem Bauchnabel gelegen, empfing sie alle durch Riechen, Sehen, Tasten, Hören und Schmecken georteten Wahrnehmungen noch vor dem Gehirn. Dort wurden sie in Sekundenbruchteilen verarbeitet und mit einer genauen Handlungsanweisung zum Gehirn gesandt. All dies dauerte nicht länger als die eine zum Überleben unerläßliche Sekunde. Doch die Konquistadoren lernten nicht nur schnell zu reagieren, sie entwickelten auch neue Sinne. So konnten sie einen Angriff vorausahnen, der von hinten drohte, das Blut riechen, noch bevor es floß, konnten einen Verrat hören, noch bevor jemand ein Wort gesprochen hatte, und vor allem konnten sie besser als jede Wahrsagerin die Zukunft voraussehen. Deshalb wußte Cortés an dem Tag, als er einen Indio vor der Ruine einer alten Pyramide das Tritonshorn blasen sah, daß er diese Stadt nicht in Trümmern liegenlassen durfte. Das hätte bedeutet, der Größe des Azteken gleichsam ein Denkmal zu setzen, und früher oder später würde ihre Sehnsucht sie dazu treiben, sich zu organisieren, um ihre Stadt zurückzuerobern. Es war also keine Zeit zu verlieren. Er mußte das große Tenochtitlán aus dem Gedächtnis der Azteken löschen. Er mußte eine neue Stadt darauf erbauen, bevor es zu spät war. Was Cortés jedoch nicht bedachte, war, daß in den Steinen eine Wahrheit liegt, die weit über das hinausgeht, was das Auge wahrnehmen kann. Sie besitzen eine eigene Energie, die man nicht sieht, sondern nur fühlt. Eine Energie, die in keinem Haus und in keiner Kirche eingeschlossen werden kann. Nicht einer aber der neuen Sinne, die Cortés entwickelt hatte, war fein genug, um sie zu spüren. Dafür war diese Energie zu subtil. Ihre Unsichtbarkeit machte sie vollkommen frei – lautlos und unbemerkt kreiste sie hoch oben um die Pyramiden. Es gab zwar Menschen, die ihre Auswirkung am eigenen Leibe erfuhren, doch sie wußten nicht, wem sie sie zuschreiben sollten. Rodrigo Díaz, der kühne Hauptmann von Cortés, war der vielleicht folgenschwerste Fall. Als er mit seinen Kameraden die Pyramiden zum Einsturz brachte, konnte er nicht wissen, welch entsetzliche Folgen der ständige Kontakt mit den Steinen haben würde. Mehr noch, hätte ihm jemand gesagt, daß diese Steine genügend Macht besaßen, um sein Leben zu verändern, er hätte es nicht geglaubt. Er glaubte sowieso an nichts, das außerhalb seiner Reichweite lag. Als man ihm sagte, daß es eine Pyramide gebe, auf der die Indios heidnische Zeremonien zu Ehren einer sogenannten Göttin der Liebe feierten, lachte er bloß. Er erwog nicht einen einzigen Augenblick, ob es eine solche Göttin geben, geschweige denn, ob die Pyramide zu irgend etwas gut sein könnte. Im Grunde war das die Haltung aller, und so kamen sie überein, daß es nicht einmal lohnte, an ihrer Stelle eine Kirche zu errichten. Ohne viel darüber nachzudenken, beschloß Cortés, das Land, auf dem die besagte Pyramide stand, Rodrigo zu schenken, damit er sich dort ein Haus baue.

Rodrigo war überglücklich. Er hatte sich dieses Stück Boden dank seinem Heldenmut, mit dem er auf dem Schlachtfeld grausam Arme, Nasen, Ohren und Köpfe abgeschlagen hatte, redlich verdient. Durch seine Hand waren etwa zweihundert Indios umgekommen. Der Dank dafür hatte nicht lange auf sich warten lassen: tausend Meter Land an einem der vier Kanäle, die die Stadt durchquerten. Es war derselbe, der sich später in die Calzada de Tacuba verwandeln sollte. In seinem Ehrgeiz hatte Rodrigo davon geträumt, sein Haus auf einem weit größeren Stück Land zu bauen, möglichst auf den Trümmern des Templo Mayor, doch nun mußte er mit dieser bescheidenen Parzelle vorliebnehmen, denn über dem großen Aztekentempel sollte die Kathedrale errichtet werden. Als Entschädigung dafür, daß er nicht zum erlesenen Kreis der Heerführer gehörte, deren Häuser im unmittelbaren Zentrum der Stadt die Geburt von Neu-Spanien belegen würden, gewährte man ihm außerdem fünfzig tributpflichtige Indios als Leibeigene, zu denen auch Citlali gehörte.

Citlali war eine Eingeborene, Sproß einer Adelsfamilie aus Tenochtilán. Sie hatte von Kind an eine vorzügliche Erziehung genossen, die besten Lehrer gehabt. Ihr stolzer Gang verriet keinerlei Zeichen der Unterwerfung. Er war hochmütig, ja, sogar herausfordernd. Das Schwingen ihrer breiten Hüften erfüllte den Raum um sie herum mit Sinnlichkeit. Ihre Bewegungen ließen die Luft in konzentrisch sich ausdehnenden Kreisen erzittern. Ihre Energie breitete sich aus wie Wellen, die in einem stillen See entstehen, wenn plötzlich ein Stein hineingeworfen wird.

Rodrigo fühlte Citlali bereits, als sie noch hundert Meter weit entfernt war. Wenn es einen Grund dafür gab, daß er die Conquista überlebt hatte, dann lag er in seiner außerordentlichen Fähigkeit, ungewöhnliche Bewegungen sofort zu spüren. Rodrigo hielt einen Moment inne und versuchte, die Gefahr zu orten. Dort oben, wo er sich aufhielt, hatte er alles ringsumher im Blick, und so sah er die Kolonne der Indios, die sich auf seinen Besitz zubewegte, sofort. Allen voran schritt Citlali. Rodrigo wußte gleich, daß die Schwingung, die ihn so sehr beunruhigte, von ihren Hüften ausging. Und er fühlte sich ihr hilflos ausgeliefert. Er wußte nicht, wie er sich dieser Herausforderung entziehen sollte, und so fiel er dem Zauber dieser Hüften zum Opfer. All dies geschah, während seine Hände darauf konzentriert waren, den obersten Stein aus der Pyramide der Liebe herauszubrechen. Einen Moment nur unterbrach er sein Tun, Zeit genug für die mächtige, von der Pyramide ausströmende Energie, um in seine Adern zu fließen. Es war eine ungeheure Entladung, ein gleißender Blitz, der ihn blendete, und fortan sah er in Citlali nicht mehr die einfache Eingeborene, sondern die Göttin der Liebe selbst.

Niemals zuvor hatte er jemanden, und schon gar keine India, so sehr begehrt. Er wußte nicht, was ihm geschah, und in seiner

Beklommenheit riß er, mehr als alles andere, um die Zeit zu überbrücken, bis Citlali bei ihm war, den Stein schließlich ganz heraus. Als sie endlich neben ihm stand, konnte er sich nicht länger beherrschen. Er befahl den anderen Indios, sich auf dem hinteren Teil des Anwesens ein Plätzchen zu suchen, und er vergewaltigte Citlali inmitten der Trümmer des einstigen Tempels.

Citlali betrachtete arglos, mit weit geöffneten Augen ihr in Rodrigos grünen Augen sich widerspiegelndes Bild. Grün waren sie, grün wie das Meer, das sie einmal als Kind gesehen hatte. Das Meer hatte ihr immer Furcht eingeflößt. Sie hatte dessen gewaltige, in jeder Welle verborgene zerstörerische Kraft gespürt. Seit sie erfahren hatte, daß die ersehnten weißen Männer von jenseits der riesigen Wasser kommen würden, lebte sie in Angst. Denn wenn sie die Macht hatten, das Meer zu beherrschen, dann müßten sie auch seine zerstörerische Kraft in sich tragen. Und sie hatte sich nicht geirrt. Das Meer war gekommen und hatte ihre Welt vernichtet. Sie fühlte, wie es wütend in ihr tobte. Nicht einmal das Gewicht des Himmels auf dem Rücken Rodrigos konnte die rasende Brandung des Meeres in ihr aufhalten. Es war ein salziges Meer, das im Innern ihres Körpers brannte und dessen ungestüme Wogen ihr Übelkeit verursachten. Rodrigo drang in ihren Körper ein, wie er zuvor in ihr Leben gedrungen war: mit äußerster Gewalt.

Vor nicht allzu langer Zeit war er, während einer der Schlachten vor dem Fall des großen Tenochtitlán, erschienen, und zwar an dem Tag, an dem sie ihren Sohn gebar. Trotz des erbitterten Kampfes, den ihr Volk gegen die Spanier führte, war Citlali, Tochter aus adligem Hause, bestens umsorgt worden. Nun erblickte ihr Sohn mitten im Getöse der Zerstörung, im Rauch und im Jammer des sterbenden großen Tenochtitlán das Licht der Welt. Um seinen Eintritt ins Leben zu einem so ungünstigen Augenblick zu begünstigen, erflehte die Hebamme, die den Neugeborenen in Empfang nahm, von den Göttern Glück und Segen für das Kind. Vermutlich sahen die Götter voraus, daß dem Kind auf dieser Welt ein schlimmes Schicksal bevorstand, denn als die Hebamme Citlali ihren Sohn in die Arme legte, hielt die Mutter ihn bereits zum ersten und letzten Mal umfangen.

Rodrigo, der gerade die Wächter des Königspalastes getötet hatte, stürmte auf sie zu, riß ihr das Neugeborene aus den Armen und schleuderte es auf den Boden. Er packte Citlali an den Haaren, schleifte sie einige Meter weit durch den Raum und stieß ihr sein Schwert zwischen die Rippen. Der Hebamme schlug er den Arm ab, mit dem sie ihn angreifen wollte, und dann rannte er hinaus, um den Palast anzuzünden.

Oh, wäre es doch möglich, den Augenblick des eigenen Todes zu bestimmen! Dann wäre Citlali an diesem Tage gestorben, am Tag, an dem ihr Mann, ihr Sohn, ihr Haus und ihre Stadt starben. Oh, wäre es ihr doch vergönnt gewesen, das große Tenochtitlán nie vom Mantel der Verwüstung bedeckt zu sehen! Oh, hätte doch die Erde, auf der sie ging, nicht mit sandigem Echo geantwortet! Oh, wäre doch die Luft nicht von öligem Geruch erfüllt gewesen! Oh, hätte doch ihr Körper nie einen so verhaßten Körper in sich spüren müssen! Oh, hätte doch Rodrigo, als er fortging, den Geschmack des Meeres mit sich genommen!

Während Rodrigo sich erhob und seine Kleider ordnete, bat Citlali die Götter um genügend Kraft, so lange zu leben, bis Rodrigo bereute, die Göttin der Liebe und auch sie geschändet zu haben. Er hätte keine größere Sünde begehen können als die, sie an einem so heiligen Ort zu vergewaltigen. Citlali war davon überzeugt, daß auch die Göttin dieser Angriff zutiefst verletzen mußte, denn die Energie, die durch ihren Rücken schoß, während sie das Opfer von Rodrigos wilder Attacke war, hatte beileibe nichts von der Liebesenergie. Citlali hatte, als die Pyramide noch unzerstört war, auf ihrem Gipfel einmal an einer Zeremonie teilgenommen, und die Wirkung damals war eine gänzlich andere gewesen. Sie hatte nichts mit der unbezähmbaren, nie gekannten Kraft zu tun, die sie nun in sich spürte. Vielleicht lag es daran, daß jetzt, da die Pyramide verstümmelt war und keine Spitze mehr besaß, die Liebesenergie rasend und planlos umherströmte. Arme Göttin der Liebe! Sie mußte sich ebenso erniedrigt und geschändet fühlen wie sie, und gewiß war es nicht nur in ihrem Sinne, daß eine ihrer glühendsten Anhängerinnen die Schmach rächte. Sie mußte diesen Augenblick doch sicher ungeduldig herbeisehnen.

Citlali beschloß, daß es das beste wäre, ihre Rache an einer Person zu nehmen, die Rodrigo liebte. Daher hörte sie mit Genugtuung, daß eine spanische Frau auf dem Weg nach Mexiko war, um sich mit Rodrigo zu vermählen. Sie war davon überzeugt, Rodrigo wollte sie heiraten, weil er verliebt war. Sie konnte nicht ahnen, daß er dies nur tat, um eine der Voraussetzungen für ein königliches Lehen zu erfüllen. Als Lehnsempfänger war der Spanier verpflichtet, zur Bekämpfung der Götzenanbeterei spätestens sechs Monate nach Erhalt des Lehens mit dem Bau einer Kirche auf seinem Land zu beginnen, ein Haus zu errichten und zu bewohnen und spätestens achtzehn Monate darauf seine Ehefrau nachkommen zu lassen oder innerhalb dieser Frist zu heiraten. Daher ließ Rodrigo, als der Bau des Hauses so weit fortgeschritten war, daß man es bewohnen konnte, Doña Isabel de Góngora aus Spanien holen, um sie zu seiner Frau zu machen. Sie heirateten umgehend und machten Citlali zu ihrer Zofe.

Die Begegnung der beiden Frauen war weder angenehm noch unangenehm. Sie fand ganz einfach nicht statt.

Damit eine Begegnung stattfindet, müssen sich zwei Menschen am selben Ort und im selben Raum zusammenfinden. Die beiden aber teilten das Haus nicht, in dem sie wohnten. Isabel lebte weiterhin in Spanien und Citlali in Tenochtitlán. Wo es aber keine Begegnung gibt, kann es auch kein Gespräch geben. Keine der beiden beherrschte die Sprache der anderen. Keine der beiden erkannte sich in den Augen der anderen. Keine der beiden trug dieselben Landschaften im Blick. Keine der beiden verstand die Worte der anderen. Und es war auch keine Frage der Verständigung, es war eine Frage des Herzens. Dort erhalten die Worte ihren wahren Sinn. Und das Herz der beiden war verschlossen.

So war beispielsweise Tlatelolco für Isabel ein schmutziger Markt voller Indios, wo sie gezwungen war, ihre Einkäufe zu tätigen, wo jedoch Safran und Olivenöl nur schwer zu bekommen waren. Für Citlali hingegen war Tlatelolco der Ort, den sie als Kind am liebsten besucht hatte. Nicht nur, weil man dort die unterschiedlichsten Gerüche, Farben und Aromen genießen konnte, sondern auch, weil man dort einem wunderbaren Straßentheater zusehen konnte: Ein Mann, den alle Kinder Teo nannten, dessen wirklicher Name jedoch Teocuicani (göttlicher Sänger) war, ließ auf seiner Hand kleine tönerne Gliederpuppen tanzen. Diese Götterfiguren sprachen, stritten und sangen mit den Stimmen von Schnecken, Klapperschlangen, Vögeln, Regen oder Donner, die der Mann mit seinen erstaunlichen Stimmbändern hervorbrachte. Jedesmal, wenn sie das Wort Tlatelolco hörte, kamen Citlali diese Bilder in den Sinn, und immer wenn sie das Wort Spanien aussprach, legte sich ein Schleier der Gleichgültigkeit über ihre Seele.

Bei Isabel war das genau umgekehrt. Für sie war Spanien der schönste und bedeutsamste Ort der Welt. Spanien war das grüne Gras, auf dem sie unzählige Male gelegen und den Himmel und die Meeresbrise beobachtet hatte, die die Wolken vorantrieb, bis sie an die Berge stießen. Spanien war Lachen, Wein, Musik und wilde Pferde, frisch gebackenes Brot, in der Sonne zum Trocknen ausgebreitete Laken, die Einsamkeit der Ebene, die Stille. Und in dieser Einsamkeit und Stille, die noch größer wurden durch das Geräusch der Meereswellen und das Sirren der Zikaden, hatte Isabel sich tausendmal Rodrigo, den Mann ihrer Träume, vorgestellt. Spanien war Sonne, Wärme, Liebe. Für Citlali war Spanien der Ort, an dem Rodrigo zu töten gelernt hatte.

Der gewaltige Unterschied ihrer Bewertung lag in dem riesigen Unterschied ihrer Erfahrungen. Isabel hätte in Tenochtitlán leben müssen, um zu wissen, was es bedeutet, wenn man *Ahuehuetl* sagt, um zu wissen, was man fühlt, wenn man nach einer Zeremonie zu Ehren dieses Baumes in seinem Schatten ruht. Und Citlali hätte in Spanien geboren sein müssen, um zu wissen, was es bedeutet, genüßlich an einer Olive zu knabbern, während man unter einem Olivenbaum sitzt und die auf der Wiese weidenden Herden beobachtet. Isabel hätte mit einer Tortilla in der Hand aufwachsen müssen, damit sie deren feuchter Geruch nicht störte. Citlali hätte, vom Aroma frischgebackenen Brotes umgeben, gestillt werden müssen, um seinen Geschmack zu lieben. Und beide hätten mit weniger Arroganz geboren werden müssen, um das beiseite zu schieben, was sie trennte, und all die vielen Dinge zu entdecken, die ihnen gemeinsam waren. Beide gingen auf denselben Steinplatten, wurden von derselben Sonne gewärmt, von denselben Vögeln geweckt, von denselben Händen liebkost, von demselben Mund geküßt – doch sie fanden nicht den geringsten Berührungspunkt. Nicht einmal in Rodrigo. Isabel sah in Rodrigo den Mann, den sie sich einst am Strand, zwischen dem aus dem goldenen Sand aufsteigenden Dunst, erträumt hatte, und Citlali sah in ihm den Mörder ihres Sohnes. Doch keine der beiden sah ihn wirklich. Es war auch nicht leicht, Rodrigo zu erkennen. In ihm wohnten zwei Menschen gleichzeitig. Er besaß eine einzige Zunge, doch sie glitt auf ganz unterschiedliche Art in den Mund von Citlali und Isabel. Er besaß eine einzige Kehle, doch seine Stimme konnte eine Liebkosung für die eine sein und ein Angriff für die andere. Er besaß ein einziges Paar grüner Augen, doch sein Blick war für die eine ein ungestümes, aufgewühltes Meer und für die andere ein ruhiges, schaumiges, warmes Wasser. Entscheidend dabei ist, daß dieses Meer sowohl in Isabels als auch in Citlalis Körper Leben erzeugte. Während Isabel die Geburt ihres Kindes kaum erwarten konnte, erfüllte Citlali der Gedanke daran mit solchem Schrecken, daß sie jede Schwangerschaft mit einer Abtreibung unterbrach. Sie haßte die Vorstellung, ein Kind in die Welt zu setzen, das halb Indio, halb Spanier war. Sie glaubte nicht, daß ein Mensch zwei so unterschiedliche Wesen friedlich in seinem Innern beherbergen könnte. Es war so, als würde sie ihren Sohn dazu verdammen, in einem ewigen Kampf mit sich selbst zu leben. Es war so, als würde sie ihn ständig an einen Scheideweg stellen, und das konnte man wahrlich nicht Leben nennen. Rodrigo wußte dies besser als jeder andere. Er mußte seinen Körper mit zwei so gegensätzlichen Rodrigos teilen. Jeder der beiden kämpfte um die Macht über das Herz, das sich grundlegend wandelte – je nachdem, wer jeweils als Sieger aus diesem Kampf hervorging. Bei Isabel war Rodrigo wie eine sanfte Brise, bei Citlali rasende Leidenschaft, brennende Sehnsucht, unersättliches Verlangen, glühende Lüsternheit, die ihn zum brünstigen Tier machten. Er stellte ihr ständig nach, belagerte sie, lauerte ihr auf, trieb sie in die Enge, und mit jedem Tag konnte er sie aus weiterer Entfernung erspüren. Während diese Fähigkeit, Bewegungen der Luft wahrzunehmen, ihm während der Eroberung zum Überleben verholfen hatte, so brachte sie ihn jetzt schier um. Er konnte nicht schlafen, konnte nicht essen, konnte an nichts anderes denken als an den Körper Citlalis. Er lebte nur noch, um das erregende Wiegen ihrer Hüften in der Luft zu orten. Keine ihrer Bewegungen, auch nicht die kleinste, entging Rodrigo. Er spürte sie im Nu, und eine verzehrende Begierde trieb ihn dann, sich mit der Quelle dieser Schwingungen zu vereinen, zwischen diesen Schenkeln Ruhe, Befreiung zu erlangen, sich – wo auch immer – zu Citlali zu legen und sie so lange zu begatten, bis er endlich Erleichterung verspürte. Es gab keinen Tag, an dem er nicht mindestens fünfmal mit ihr schlief. Sein Körper war ausgelaugt. Er war am Ende. Selbst nachts fand er keine Ruhe. Wenn Citlali sich auf ihrer Matte umdrehte, verursachte die Bewegung ihrer Hüften Wellen, die in einer mächtigen Woge hin zu Rodrigo brandeten, ihn aus dem Bett und pfeilschnell an ihre Seite warfen.

Rodrigo dachte, es gäbe keine bessere Art als diese, Citlali seine Liebe zu zeigen. Doch Citlali ignorierte ihn. Sie ertrug Rodrigos Überfälle mit großem Gleichmut, seine Leidenschaft ließ sie kalt. Ihre Seele blieb ihm verschlossen. Nur einmal versuchte sie, Verbindung zu ihm aufzunehmen und ihm einen Wunsch zu übermitteln. Unglückseligerweise war er damals unfähig, ihn zu erfüllen.

An jenem Nachmittag goß Citlali die Blumen auf den Balkons und sah, wie einige Leute einen Wahnsinnigen heranschleiften, dem man die Hände abgeschlagen hatte. Ihr Herz machte einen Satz, als sie erkannte, daß es Teo war, der Mann, der auf dem Markt von Tlatelolco die Tonpuppen tanzen ließ, als sie noch ein Kind war. Er hatte während der Conquista den Verstand verloren, und man hatte ihn entdeckt, wie er herumstreunte, tanzte, sang und seine Figuren einer Schar von Kindern vorführte. Sie schleppten ihn vor den Vizekönig, der gerade in Rodrigos Haus speiste. Er sollte entscheiden, was zu tun war. Die Hände hatte man ihm abgeschlagen, damit er nicht weiter gegen die Anordnung verstieß, die den Besitz und den Gebrauch von Tongötzen strikt verbot. Nachdem man nun dem Vizekönig den Fall vorgetragen hatte, sollte dem Verrückten obendrein noch die Zunge herausgeschnitten werden, da Teo auf *Náhuatl* Losungen verbreitete, die zur Rebellion aufstachelten.

Mit flehenden Blicken bat Citlali Rodrigo um Gnade für Teo, doch Rodrigo stand mit dem Rücken zur Wand. Der Vizekönig besuchte ihn just, weil dem Domkapitel zu Ohren gekommen war, daß er seinen Leibeigenen gegenüber zu milde sei. Den Nachbarn war aufgefallen, daß er vor allem Citlali gegenüber äußerst nachgiebig war. Der Vizekönig hatte ihm subtil angedroht, ihm gegebenenfalls sowohl die Indios zu nehmen als auch die Ehren und Privilegien zu entziehen, die er sich während der Conquista verdient hatte. Rodrigo konnte also keinesfalls für den Mann eintreten, denn das hätte ihm eine Anklage wegen

Unterstützung der Götzenanbetung eingebracht. Das wiederum wäre Grund genug gewesen, ihm das Lehen abzuerkennen, und wenn er etwas auf gar keinen Fall verlieren wollte, dann Citlali. Daher senkte er den Blick und tat so, als habe er die Bitte in ihren Augen nicht gelesen.

Citlali verzieh ihm das nie. Sie richtete, solange sie lebte, nie mehr das Wort an ihn und zog sich für immer in ihre Welt zurück.

So blieb das Haus von Menschen bewohnt, zwischen denen es weder Verständigung noch Gemeinsamkeiten gab. Von Menschen, die unfähig waren, einander zu erkennen, einander zu hören, einander zu lieben. Von Menschen, die glaubten, sich gegenseitig ablehnen zu müssen, nur weil sie unterschiedlichen Kulturen angehörten. Sie erfuhren nie, daß der wahre Grund ein verborgener war. Daß die Ablehnung aus der Erde herrührte, aus dem Zusammenprall der Energien des Tempels mit der des Hauses, das auf den Ruinen erbaut worden war. Aus der gegenseitigen Ablehnung der Steine, die die Pyramide bildeten, und der Steine, die das Haus formten. Aus dem Widerwillen der Pyramide, die nichts mehr als den günstigen Augenblick herbeisehnte, in dem sie die fremden Steine abschütteln und so ihr Gleichgewicht wiedererlangen würde. Ebenso erging es den Bewohnern des Hauses, nur daß Citlali, um ihr Gleichgewicht wiederzuerlangen, keinen Stein von sich abschütteln, sondern Rache üben wollte. Zum Glück mußte sie nicht lange warten. Isabel brachte einen schönen blonden Knaben zur Welt. Citlali wich während der Geburt nicht von ihrer Seite, und nachdem man schließlich das Kind der Hebamme übergeben hatte, nahm Citlali es in ihre Arme, um es Rodrigo zu bringen, und ließ es, ein Stolpern vortäuschend, fallen. Das Kind brach sich das Genick. Aber mit dem Körper des Neugeborenen waren auch die Linien von Citlalis Händen zu Boden gefallen.

Von diesem Augenblick an war ihr Schicksal bereits in der Erde, in der Luft, in dem Wehgeschrei und dem Klagen Isabels vorgezeichnet. Es gehörte ihr nicht länger. Rodrigo packte sie an den Haaren und zerrte sie, das Durcheinander nutzend, aus dem Zimmer, bevor sich noch irgend jemand auf sie stürzen konnte. Er durfte nicht zulassen, daß fremde Hände ihr Schaden zufügten. Nur er durfte ihr einen würdigen Tod geben. Für Citlali gab es kein Entrinnen, das wußte er genau, und er wußte auch, daß dieser so oft liebkoste, vertraute, geküßte, geliebte Körper nichts anderes als einen Liebestod verdiente. Schmerzerfüllt zog Rodrigo seinen Dolch und öffnete mit einem Schnitt – so wie es die aztekischen Priester bei den Menschenopfern machten – Citlalis Brust an einer Seite, umfaßte ihr Herz mit seinen Händen und küßte es viele Male, bevor er es schließlich herausriß und von sich schleuderte. Dies alles ging so schnell, daß Citlali nicht gelitten hat. Ihr Gesicht spiegelte eine große Ruhe wider, endlich hatte ihre Seele Frieden. Sie hatte ihre Rache genommen. Was sie nie erfuhr, war, daß sich die eigentliche Rache nicht in dem Tod des blonden Neugeborenen, sondern in ihrem eigenen erfüllte. Mit ihrem Tod erreichte sie, was sie sich seit ihrer ersten Begegnung mit Rodrigo immer gewünscht hatte: Er sollte brüllen vor Schmerz.

Isabel starb fast zur gleichen Zeit wie Citlali, überzeugt davon, daß Rodrigo wahnsinnig geworden sei, als er seinen toten Sohn sah, und daß er Citlali deshalb so brutal getötet hatte. Dies flüsterte man ihr ins Ohr, nur dies. Was man der sterbenden jungen Mutter verschwieg, war, daß ihr Gemahl, gleich nach Citlalis Tod, auch sich das Leben genommen hatte.

Ist denn diese Erde unsere einzige Heimstätte?
Ich leide, denn in Angst leben wir.
Wird denn mein Fleisch erneut
in meinen Vater, in meine Mutter gesät?
Werde ich noch einmal wie ein Maiskorn aufgehen?
Werde ich irgendwann in einer anderen Frucht pulsieren?
Ich weine: Niemand ist hier. Wir sind verwaist.
Ist es wahr, daß man auch dort noch am Leben ist,
wo sie sich alle versammeln?
Glauben unsere Herzen daran?

Manuskript »Cantares mexicanos« Blatt 13, Rückseite,
Dreizehn Dichter der Aztekischen Welt,
MIGUEL LEÓN-PORTILLA

Die Pyramiden von Parangaricutirimícuaro
sind parangaricutirimisiert.
Wem es gelingt, sie zu entparangaricutirimisieren,
der wird ein großer Entparangaricutirimisierer sein.

Ein Schutzengel zu sein, ist an und für sich schon nicht leicht. Aber Anakreon sein, der Schutzengel von Azucena, das ist wirklich das letzte. Azucena will einfach nicht auf mich hören. Sie ist es gewohnt, ihren eigenen heiligen Willen durchzusetzen. Dieses heilig hat, das möchte ich hier ein für allemal feststellen, nichts mit Gott zu tun. Einen Willen, der über dem ihren steht, erkennt Azucena sowieso nicht an, und wenn sie überhaupt auf etwas hört, dann sind das ihre eigenen Wünsche. Ihr geht, mit Verlaub, der göttliche Wille am Arsch vorbei, und um dem noch eins draufzusetzen, hat sie beschlossen, daß es jetzt an der Zeit sei, ihre Zwillingsseele kennenzulernen. Sie fand, nun genug gelitten zu haben, und war nicht bereit, noch ein weiteres Leben lang darauf zu warten. Sie hat sich durch keine bürokratische Schikane abschrecken lassen und schließlich sämtliche Beamten, mit denen sie zu tun hatte, dazu gebracht, ihr zu erlauben, mit Rodrigo in Kontakt zu treten.

Ich kritisiere sie ja nicht; ich finde das völlig in Ordnung. Sie hat, und so muß das sein, auf ihre innere Stimme gehört und allein durch Willenskraft alle Hindernisse überwunden. Allerdings ist sie fest davon überzeugt, daß sie es nur geschafft hat, weil sie so toll ist. Doch da irrt sie sich gewaltig. Wenn letztlich alles gut gegangen ist, dann nur, weil ihre innere Stimme mit dem göttlichen Willen in vollkommenem Einklang gestanden hat, im Einklang mit der kosmischen Ordnung, in der wir alle unseren Platz haben. Finden wir ihn, fügt sich alles in Harmonie. Wir fließen in den Strom des Lebens ein, treiben mühelos in seinen Wassern – bis wir auf ein Hindernis stoßen. Liegt ein Stein nicht an seinem Platz, so hemmt er die Strömung, das Wasser staut sich, verdirbt, verfault.

Fehlende Ordnung in der realen, greifbaren Welt zu erkennen ist einfach. Schwierig hingegen ist es, die Ordnung der Dinge zu finden, die man nicht sieht. Nur wenige können das. Künstler zum Beispiel sind phantastische ›Ordner‹. Sie bestimmen aufgrund ihrer besonderen Wahrnehmung, wo genau auf einer Leinwand das Gelb, das Blau und das Rot ihren Platz haben sollen; wo Töne erklingen und wo Stille herrschen, welches das erste Wort eines Gedichts sein soll. Stück für Stück fügen sie es wie ein Puzzle zusammen, geleitet nur von ihrer inneren Stimme, die ihnen flüstert, »Das kommt hier hin« oder »Das paßt hier nicht hin«, bis auch das letzte Stückchen seinen Platz gefunden hat.

Die vorbestimmte Ordnung der Farben, der Klänge und der Worte in jedem Kunstwerk bedeutet, daß dieses Werk einen Zweck erfüllt, der über die normale Befriedigung des Künstlers hinausgeht. Es bedeutet, daß ihm schon bevor es geschaffen wurde ein besonderer Platz in der menschlichen Seele zugewiesen war. Wenn ein Dichter die Worte in einem Gedicht anordnet, ordnet er gemäß dem göttlichen Willen auch etwas im Inneren der Menschen. Sein Werk stimmt mit der kosmischen Ordnung überein und kann fortan ungehindert in den Adern aller fließen und so ein machtvolles Band zwischen ihnen schaffen.

Wenn die Künstler die wahren Ordner sind, gibt es allerdings auch die wahren Un-Ordner. Das sind Menschen, die glauben, ihr Wille sei der einzig gültige, und die darüber hinaus genügend Macht besitzen, ihn auch durchzusetzen. Es sind solche, die glauben, über das Leben anderer Menschen verfügen zu können. Solche, die im Herzen an den Platz der Wahrheit die Lüge setzen, an den Platz des Lebens den Tod und an den Platz der Liebe den Haß.

Nun ist das Herz aber eben ganz und gar nicht der richtige Ort für den Haß. Wohin er gehört, wird ein Geheimnis des Universums bleiben. Ins Herz jedenfalls nicht. Fast sieht es so aus, als hätten die Götter Spaß an dem Schlamassel, denn indem sie dem Haß keinen besonderen Platz zuwiesen, schufen sie das ewige Chaos. Nun ist der Haß beständig auf der Suche nach einer Bleibe, schlüpft dahin, wohin er nicht soll, nimmt einen Platz ein, der ihm nicht gehört, und verdrängt so die Liebe.

Und die Natur, die im Gegensatz zu den Göttern sehr ordnungsliebend ist, man könnte fast sagen, krankhaft ordnungsliebend, sieht sich gezwungen, in Aktion zu treten und die Dinge wieder zurechtzurücken und so das Gleichgewicht aufrechtzuerhalten. Sie kann nicht zulassen, daß sich der Haß im Herzen einnistet, denn seine Energie wird den Fluß der Liebesenergie im menschlichen Körper behindern, und so läuft auch die Seele Gefahr, zu verderben und zu verfaulen, wie das aufgestaute Wasser. Die Natur wird selbstverständlich mit allen nur erdenklichen Mitteln versuchen, den Haß zu vertreiben. Das ist einfach, wenn er sich nur versehentlich in unserem Herzen eingenistet hat. Meist genügt dann, es in Kontakt mit dem Werk eines Ordners zu bringen. Die Seele löst sich vom Körper und läßt sich von der feinen Energie der Farben, der Töne, der Formen oder der Worte emportragen. Die Energie des Hasses aber kann sich nicht mit der Seele zusammen aufschwingen. Dazu ist sie einfach zu schwer. Der Haß verbleibt im Körper, fühlt sich dort aber nicht mehr wohl, weil sein Lieblingsplatz weg ist, und so beschließt er, sich einen behaglicheren Ort zu suchen. Wenn die Seele dann in den Körper zurückkehrt, gibt es im Herzen wieder Platz für die Liebe. So einfach ist das.

Problematisch wird es, wenn der Haß von einem der Un-Ordner direkt in unser Herz gepflanzt wird. Wenn wir mit Raub, Folter, Lüge, Verrat oder Mord konfrontiert werden. In diesen Fällen kann nur der Aggressor selbst den Haß wieder entfernen. Darin besteht das Gesetz der Liebe. Die Person, die die kosmische Ordnung aus dem Gleichgewicht gebracht hat, ist die einzige, die es wieder herstellen kann. Meist reicht ein einziges Leben nicht aus, um das zu schaffen. Aus diesem Grunde erlaubt die Natur die Reinkarnation. Den Un-Ordnern soll die Gelegenheit gegeben werden, selbst geschaffene Zwistigkeiten wieder ins reine zu bringen. Wenn zwei Menschen sich hassen, wird das Leben sie so viele Male zusammenbringen, wie vonnöten sind, um den Haß zu vertreiben. Sie werden wieder und wieder einer in der Nähe des anderen geboren, bis sie gelernt haben, einander zu lieben. Und der Tag wird kommen – nach etwa vierzehntausend Leben –, an dem sie genug über das Gesetz der Liebe gelernt haben. Dann erst wird ihnen erlaubt werden, ihre Zwillingsseele kennenzulernen. Es ist dies die größte Belohnung, die ein Mensch vom Leben erwarten kann. Und glauben Sie mir, irgendwann ist es für jeden soweit, doch die Zeit muß dafür reif sein.

Leider will meine liebe Azucena genau das nicht einsehen. Der Augenblick, in dem sie Rodrigo kennenlernen durfte, war zwar gekommen, doch nicht der Augenblick, an dem sie an seiner Seite leben durfte. Dazu muß sie ihre Gefühle noch besser in den Griff bekommen und er seine ausstehenden Schulden begleichen. Das heißt, er muß, wenn er sich für immer mit Azucena verbinden will, noch einige Dinge an ihren rechten Platz rücken, und sie wird ihm dabei helfen müssen. Hoffen wir, daß die Sache zum Wohle aller ausgeht. Leicht wird es nicht, und ohne meinen Beistand sieht Azucena ganz schön alt aus. Ich als ihr Schutzengel habe die Pflicht, ihr zu helfen. Aber sie als mein Schützling muß auch mal von sich absehen und auf mich hören. Und da liegt der Hund begraben. Sie ignoriert mich total. Schon seit fünf Minuten beschwöre ich sie, sie möge das auratische Schutzfeld ihrer Wohnung deaktivieren, damit Rodrigo hereinkann, doch es ist, als würde ich gegen eine Wand reden. Weil sie ihn gleich kennenlernen soll, ist sie so aufgeregt, daß sie für meine Ratschläge taub geworden ist. Na, hoffentlich kriegt ihr Liebster keinen allzu heftigen Schlag, wenn er versucht, zur Tür hereinzukommen. Meine Güte! An mir hat es dann zumindest nicht gelegen. Ich habe ihr tausendmal zugeflüstert, was sie tun muß. Nichts zu machen! Manchmal frag' ich mich, was eigentlich werden soll, wenn ihr Leben wirklich von meiner Hilfe abhängt, wo sie nicht einmal in der Lage ist, diesem simplen Rat zu folgen. Nun ja, Gottes Wille geschehe!

Erst als die Alarmanlage in ihrer Wohnung zu schrillen begann, begriff Azucena allmählich, was ihr Anakreon die ganze Zeit mitteilen wollte. Sie hatte völlig vergessen, sie auszuschalten. Und das war gefährlich, denn Rodrigos Aura war nicht im elektromagnetischen Schutzsystem ihrer Wohnung registriert. Der Apparat müßte, wenn sie ihn nicht sofort deaktivierte, Rodrigo als einen Fremdkörper identifizieren und verhindern, daß sich seine Körperzellen in der Aerofonkabine wieder richtig zusammensetzten. Was hatte sie nicht alles unternommen! So lange hatte sie gewartet, und ausgerechnet jetzt dieses Mißgeschick! Das konnte doch nicht wahr sein! Auch wenn es glimpflich ausging, würde Rodrigo immerhin vierundzwanzig Stunden desintegriert im Raum schweben. Zum Handeln blieben ihr nur noch wenige Sekunden, in denen Azucena durchs Zimmer sauste, die Alarmanlage deaktivierte und sogar noch die Zeit fand, ihr Haar zu richten und ihr schönstes Lächeln aufzusetzen, um Rodrigo gebührend zu empfangen.

Ein Lächeln, das Rodrigo allerdings nie richtig bemerkt hat, denn als er in ihre Augen blickte, nahm die wunderbarste aller Begegnungen ihren Lauf: die Begegnung von Zwillingsseelen. Zwischen ihnen spielt der physische Körper eine übrigens nur untergeordnete Rolle. Die Glut in den Augen der Liebenden reißt die Barriere ein, die das Fleisch ihnen normalerweise auferlegt; und sie erblicken einzig und allein die Seele des anderen, die, weil sie sein identisches Gegenstück ist, die Energie des anderen als ihre eigene erkennt. Das Erkennen beginnt in den zentralen Energierezeptoren des menschlichen Körpers, in einem der sieben Chakras. Jedes einzelne entspricht einem Ton auf der Tonleiter und einer Farbe des Regenbogens. Wird es von der Energie der Zwillingsseele aktiviert, gerät es in Schwingung und bringt einen Ton hervor. So stimulieren sich die Chakras der Zwillingsseelen gegenseitig. Sie erzeugen identische, harmonische Klänge von einer feinen Energie, die von unten hinauf durch die Wirbelsäule fließt und in das Zentrum des Gehirns steigt. Dort tritt sie heraus und tränkt die Aura in einen farbigen Schleier.

Während sich ihre Seelen vereinigten, aktivierten Rodrigo und Azucena gegenseitig jedes einzelne ihrer Chakras, bis der Augenblick gekommen war, in dem ihre Aura einen vollendeten Regenbogen bildete und ihre Chakras eine wunderbare Melodie anstimmten, die der Sphärenmusik gleicht, welche die Planeten auf ihrer Umlaufbahn im Sonnensystem hervorbringen.

Nun besteht ein gewaltiger Unterschied zwischen der Vereinigung von Körpern, die verschiedene Seelen haben, und der von Zwillingskörpern mit ihren Zwillingsseelen. Im ersten Fall ist der Wunsch, den Körper des anderen zu besitzen, die stärkste Triebfeder, und wie intensiv die Beziehung auch sein mag, sie wird immer durch die Materie bestimmt. Eine vollkommene Kommunikation zwischen den beiden Seelen wird niemals erreicht, mag auch eine noch so große Affinität zwischen ihnen bestehen. Das höchste der Gefühle ist eine überwältigende körperliche Lust, mehr nicht.

Bei Zwillingsseelen ist die Vereinigung der beiden vollkommen, und zwar auf allen Ebenen. So wie es im Körper einer Frau einen Ort gibt, der vom männlichen Glied eingenommen werden kann, existiert zwischen den Atomen eines Körpers ein leerer Raum, der dazu bestimmt ist, mit der Energie der Zwillingsseele gefüllt zu werden, oder besser gesagt, es handelt sich gleichsam um eine gegenseitige Penetration, da jeder Raum gleichzeitig zum Gefäß und zum Inhalt des anderen wird: zu Quelle und Wasser, zu Schwert und Wunde, zu Sonne und Mond, zu Meer und Sand, zu Penis und Vagina. Das Gefühl, in einen Raum einzudringen, ist nur mit dem vergleichbar, das man verspürt, wenn etwas in einen selbst eindringt. Es ist, als ob man gleichzeitig etwas anfeuchtet und selbst befeuchtet wird. Als ob man einem Kind die Brust gibt und gleichzeitig selbst daran saugt. Als ob man das warme Sperma im Leib empfängt und gleichzeitig ejakuliert. Die Gleichzeitigkeit ist es, die den Orgasmus ausmacht. Nur wenn jeder einzelne leere Raum zwischen den Atomen der Körperzellen gefüllt hat oder gefüllt wurde, was ja in diesem Fall dasselbe ist, kann ein tiefer, intensiver Orgasmus folgen, der eine ganze Weile währt. Das Ineinanderaufgehen der Seelen ist dann vollkommen, und es gibt nichts mehr, was eine Seele von der anderen nicht wüßte, denn sie bilden ein einziges Wesen. Die Wiedererlangung dieses Urzustandes läßt beide die Wahrheit erkennen. Jeder sieht im Gesicht des anderen all jene Gesichter, die der Partner in den vergangenen vierzehntausend Leben gehabt hat.

Als sie an diesem Punkt angelangt war, wußte Azucena nicht mehr, welches Körperteil ihr gehörte und welches nicht. Sie spürte eine Hand, aber sie wußte nicht, ob es die ihre oder die von Rodrigo war. Es war eine Hand, nichts weiter. Sie wußte ebensowenig, wer drinnen und wer draußen war. Wer oben und wer unten lag. Wer von vorn und wer von hinten zu sehen war. Das einzige, was sie wußte, war, daß sie mit Rodrigo einen einzigen Körper bildete, der – vom Höhepunkte erschöpft – im Rhythmus der Sphärenmusik durch den Raum schwebte.

Azucena landete wieder in ihrem Bett, als sie plötzlich ein Bein zwischen ihren Schenkeln fühlte. Sie wußte sofort, daß dieses Bein nicht zu ihr gehörte, oder besser, daß es weder Rodrigos noch ihr Bein war. Rodrigo mußte das gleiche gefühlt haben, denn sie schrien beide gleichzeitig auf, als sie den Körper eines toten Mannes neben sich entdeckten. Die Rückkehr in die Realität hätte nicht grausamer sein können. Ihr Hochzeitszimmer war voller Polizisten, Reporter und Schaulustiger. Abel Zabludowsky saß, das Mikrophon in der Hand, auf Azucenas Bettkante und interviewte gerade den Wahlkampfleiter des amerikanischen Kandidaten für die Weltpräsidentschaft, der soeben ermordet worden war.

»Haben Sie eine Ahnung, wer auf Mister Bush geschossen haben kann?«

»Nein.«

»Glauben Sie, daß dieser Mord Teil einer Verschwörung ist, die die Vereinigten Staaten von Nordamerika destabilisieren soll?«

»Das weiß ich nicht, doch dieses feige Verbrechen hat uns in unseren Grundfesten erschüttert, und ich kann es nur verurteilen wie alle Bewohner des Planeten, auf den die Gewalt wieder einmal ihre Schatten geworfen hat. Ich möchte die Gelegenheit wahrnehmen, hier öffentlich zu erklären, daß ich derartige

Taten ablehne und die Generalstaatsanwaltschaft auffordere, die Suche nach dem Täter und seinen Hintermännern sofort einzuleiten. Ich denke, heute ist für uns alle ein Tag der Trauer.«

Der Leiter der Präsidentschaftskampagne war tief betroffen. Vor mehr als einem Jahrhundert hatte man das Verbrechen auf dem Planeten Erde ausgelöscht. Und nun diese unerklärliche Tat, die alle in die Zeit finstersten Obskurantismus zurückwarf, die man überwunden glaubte.

Azucena und Rodrigo brauchten eine Weile, um sich von diesem Schrecken zu erholen. Rodrigo wußte überhaupt nicht, was los war. Azucena schon. Sie hatte vergessen, den Wecker abzustellen, der an das Cyber-TV angeschlossen war. Sie nahm die Fernbedienung, die auf ihrem Nachttisch lag, und stellte den Apparat aus. Die Bilder der Leute am Tatort lösten sich in Luft auf. Nicht so dagegen der bittere Geschmack im Mund, den die Nachricht provoziert hatte. Azucena war übel. Sie war nicht gewohnt, mit Gewalt konfrontiert zu werden. Und schon gar nicht in so brutaler, direkter Form. Das Cyber-TV transportierte einen unmittelbar an den Ort des Geschehens. Man war dann mittendrin. Merkwürdigerweise hatte sie sich das Gerät aber gerade deswegen angeschafft. Weil es nämlich so angenehm war, zum Beispiel vom Wetterbericht geweckt zu werden. Man wachte an irgendeinem Ort der Galaxis auf und konnte ganz exotische oder ganz vertraute Landschaften genießen. Die Augen öffnen und den Sonnenaufgang auf dem Saturn sehen, das Geräusch des Neptun-Ozeans hören, die Hitze eines Abends auf dem Jupiter oder die Kühle eines Waldes genießen, in dem es gerade geregnet hatte. Es gab nichts Besseres, um aus dem Bett zu kommen, bevor man zur Arbeit ging. Doch wer hätte gedacht, daß sie eines Tages so gewaltsam aufgerüttelt werden würde! Und das nach dieser wunderbaren Nacht! Einfach grauenhaft! Sie konnte das Bild des Mannes, der mit einer Kugel im Kopf mitten auf ihrem Bett gelegen hatte, nicht verscheuchen. Auf ihrem Bett! Rodrigos und ihr Bett vom Tod besudelt! Doch als sie in die Augen ihres Liebsten sah, ging es ihr langsam wieder besser, und das Grauen verflog. Als sie dann noch seine Umarmung spürte, war sie erneut im Paradies. Wenn es nach ihr gegangen wäre, hätte es immer so bleiben können. Daß es dann nicht so kam, lag an Rodrigo. Er wollte in seine Wohnung zurück, um seine Sachen zu holen. Er wollte sofort zu ihr ziehen und sich nie wieder von ihr trennen. Bevor er ging, versprach ihm Azucena, daß er bei seiner Rückkehr keine unliebsamen Überraschungen mehr erleben würde. Sie würde alle elektronischen Geräte in ihrer Wohnung abstellen und die Alarmanlage ihres Aerofons deaktivieren, damit Rodrigo ohne Probleme in die Wohnung hineinkäme. Rodrigo bedankte sich mit einem Lächeln. Und dieses lachende Gesicht war das letzte, was sie von ihm sah.

Das erste, was Azucena fehlte, als sie erwachte, war das wohlige Gefühl, das sich immer mit dem ersten Sonnenstrahl einstellte. Die Angst breitete ihre dunklen Schwingen über ihr aus, ließ sie düster und schweigsam werden, betäubte ihre Lust, machte die Bettücher klamm, brachte die Sternenmusik zum Verklingen. Die Party war zu Ende, bevor sie noch einen Tango am Flußufer getanzt, dem Geliebten zugeprostet, im Morgengrauen vor Lust geweint, Rodrigo gesagt hatte, wie verrückt er sie mache mit seinem heimlichen Geflüster. Seine Worte steckten ihr wie ein Kloß im Hals; sie hatte weder eine Stimme, um sie auszusprechen, noch Ohren, um sie zu hören. Ein großer Teil von ihr war in die Zellzwischenräume von Rodrigo geschlüpft, und sie war im wahrsten Sinne des Wortes leer. Von ihrer Liebesnacht war nur ein süßer Schmerz in ihren intimsten Körperteilen geblieben und der eine oder andere Knutschfleck. Das war alles. Doch die Knutschflecken würden verblassen, keine Veilchen auf der Wiese der Ekstase mehr sein, sondern nur noch Zeugen des Verlassenseins, der Einsamkeit. Und der Schmerz würde – wie die Muskeln im Innern des Körpers, die Rodrigo voller Lust empfangen, in sich aufgenommen, gedrückt, umschlossen, befeuchtet und genossen hatten – wieder an seinen Platz zurückkehren. Und in ihrem Körper würde von dieser kurzen Hochzeitsnacht keine spürbare Erinnerung zurückbleiben.

Kann es für Liebende eine größere Qual geben, als einander fern zu sein? Azucena fühlte eine enorme, alles umfassende Leere in sich. Ihre Zwillingsseele zu verlieren bedeutete für sie, sich selbst zu verlieren. Azucena wußte das, und daher versuchte sie verzweifelt, Rodrigos Seele wiederzufinden, indem sie die Orte absuchte, an denen Rodrigo gewesen war. In Räume eindrang, in denen er in der Luft seine Spur hinterlassen hatte. Dieses alte Hausmittel half eine Zeitlang, denn anfangs war Rodrigos Seele noch sehr gegenwärtig, doch nach und nach funktionierte es immer weniger, da die Energie seiner Aura immer schwächer wurde. Azucena spürte ihn fast nicht mehr, erinnerte sich kaum noch an ihn, hatte seinen Duft fast vergessen, sein Aroma, seine Wärme. Ihr Leiden verdüsterte ihr Gedächtnis. Die leeren Räume zwischen ihren Zellen schrumpften vor Traurigkeit, und die Seele des Geliebten verflüchtete sich unabwendbar. Das einzige, was sie deutlich fühlte, war die Einsamkeit, die sie umgab.

Rodrigos Verschwinden machte sie vollkommen niedergeschlagen. Sie konnte es sich nicht erklären. Was sollte sie ihrem Körper sagen, der geradezu nach einer Liebkosung von ihm schrie? Und vor allem, was sollte sie der blöden Cuquita, ihrer Portiersfrau, sagen? Azucena hatte sie gebeten, Rodrigos Aura bei seiner Rückkehr im Hauptkontrollsystem des Hauses zu registrieren. Nun stand sie ganz schön dumm da. Jedesmal, wenn sie Cuquita traf, fragte die schnippisch, wann denn nun ihre Zwillingsseele wiederkäme. Die beiden Frauen hatten sich nie sonderlich leiden können, denn Cuquita war eine von diesen Sozialneidischen, die der PRI, der Partei des Rates der Inkarnationsrückständigen, angehörten. Sie hatte immer hinter ihr her spioniert, versucht, irgendeinen Fehler an ihr zu entdecken, gehofft, sie wenigstens bei einem zu ertappen, um sich nicht ständig unterlegen zu fühlen. Cuquita war bisher nie fündig geworden, doch jetzt hatte sich Azucena selbst in eine höchst mißliche Lage gebracht, und es ärgerte sie maßlos, Ziel ihres Spottes zu sein. Was sollte sie sagen? Ihr fiel nichts ein. Der einzige, der hätte helfen können und ganz gewiß wußte, wo Rodrigo steckte, war Anakreon. Doch Azucena hatte die Verbindung zu ihm abgebrochen. Die Informationen, die sie von ihrem Schutzengel erhalten hatte, interessierten sie nicht. Sie war wütend. Er wußte doch ganz genau, daß Rodrigo aufzuspüren das einzige in ihrem Leben war, was sie interessiert hatte. Wie konnte er es wagen, sie nicht davor zu warnen, daß Rodrigo verschwinden könnte? Wozu hatte man denn, verdammt noch mal, einen Schutzengel, wenn er ein solches Unheil nicht von einem abwenden konnte? Sie beschloß, niemals mehr auf ihn zu hören. Er war ein Taugenichts, dem sie zeigen mußte, daß sie ihn nicht brauchte, um ihr Leben in den Griff zu bekommen.

Das Dumme war nur, daß sie nicht wußte, wo sie damit anfangen sollte. Aus dem Haus mochte sie nicht gehen, das deprimierte sie. Die Stimmung draußen war zu gedrückt. Alle Welt war wegen des Attentates verängstigt. Wenn schon jemand gewagt hatte zu töten, was könnte dann noch alles passieren? Aber natürlich, der Mord! Wieso hatte sie nicht gleich daran gedacht? Logisch! Wahrscheinlich war Rodrigo irgend etwas im Zusammenhang mit diesem Mord passiert! Vielleicht hatte es erneut Unruhen gegeben, die Rodrigo daran gehindert haben, zurückzukehren. Und sie saß totenstarr da und wartete darauf, daß ihr der Bräutigam vom Himmel fiel. Eilig schaltete sie das Cyber-TV an. Eine Woche war es nun schon her, daß sie sich nicht mehr um das gekümmert hatte, was draußen geschah.

Ihr Zimmer verwandelte sich umgehend in eine Kakaoplantage, die gerade von Soldaten der Armee verwüstet wurde. Abel Zabludowskys Stimme kommentierte das Geschehen.

»Heute hat die amerikanische Armee dem Drogenhandel einen vernichtenden Schlag versetzt. Mehrere Hektar der Kakaoplantage wurden zerstört, und einer der mächtigsten Kakao-Bosse, nach dem die Polizei schon lange fahndet, konnte festgenommen werden. Weitere Informationen haben wir bislang nicht. Die Namen des Drogen-Bosses und seiner Komplizen werden nicht bekanntgegeben, um die Ermittlungen nicht zu beeinträchtigen, die in der Verhaftung des gesamten Venuskartells gipfeln könnten.«

Kaum war der Satz ausgesprochen, verwandelte sich Azucenas Zimmer in ein Laboratorium voller Computer, denn jetzt zeigte man einen Dokumentarfilm über die Ausrottung der Kriminalität auf dem Planeten, die mit der Entwicklung eines Gerätes begonnen hatte, das mit Hilfe eines einfachen Blut- oder

Speicheltropfens, einem Stück Fingernagel oder einem Haar den ganzen Körper eines Menschen rekonstruieren und angeben konnte, wo dieser sich aufhielt. Verbrecher konnten wenige Minuten nach ihrer Tat verhaftet und bestraft werden, selbst wenn sie sich in Timbuktu versteckt hielten.

Doch der Mörder des Kandidaten hatte natürlich darauf geachtet, keine Spuren zu hinterlassen. Man hatte schon sämtliche Speichelreste auf dem Straßenpflaster analysiert, doch nichts gefunden. Vom Täter fehlte jede Spur.

Dann verschwanden die Bilder vom Laboratorium, und Abel Zabludowsky und Doktor Díez erschienen. Beide saßen jetzt neben Azucena auf dem Bett. Azucena war verwunderte. Doktor Díez, dessen Praxis direkt neben ihrer lag, war ein guter Freund von ihr. Abel Zabludowsky interviewte den Arzt.

»Herzlich willkommen, Doktor Díez. Vielen Dank, daß Sie zu uns gekommen sind.«

»Aber nein doch, ich danke Ihnen für die Einladung.«

»Sagen Sie, Doktor, was ist das für ein Apparat, den Sie da erfunden haben?«

»Das ist ein sehr einfaches Gerät, das die Aura eines Menschen fotografiert und darin Auraspuren von anderen Menschen nachweist, die sich ihm genähert haben. Mit dieser Methode wird es ganz einfach sein, festzustellen, wer die letzte Person war, die mit Mister Bush in Kontakt war.«

»Moment mal, wenn ich das richtig verstehe wollen Sie damit sagen, daß der Apparat auf einer Auragrafie sämtliche Personen festhält, die sich einem genähert haben?«

»Genau. Die Aura ist eine Energie, die man schon seit langer Zeit fotografiert. Wir alle wissen, daß eine Person, die in unser Magnetfeld eindringt, dieses kontaminiert. Es gibt unzählige Auragrafien, die zeigen, in welchem Augenblick eine Aura verunreinigt wurde, doch bislang konnte man die Aura der kontaminierenden Person nicht analysieren. Eben das kann mein Apparat. Über die Auragrafie des Eindringlings kann sein Körper reproduziert werden.«

»Langsam, langsam. Mister Bush wurde ermordet, als er durch die Menschenmenge ging. Es waren Hunderte von Leuten, die ihm alle nahe gekommen sein und seine Aura kontaminiert haben müssen. Woher wollen Sie nun wissen, welche Aura die des Verbrechers ist?«

»Durch die Farbe. Sie wissen doch, daß alle negativen Emotionen eine eigene Farbe haben ...«

Das genügte. Mehr mußte Azucena nicht wissen. Wenn Doktor Díez wirklich der gute Freund war, könnte sie einfach zu ihm gehen, ihre Aura fotografieren lassen und so Rodrigo lokalisieren. Gott sei Dank! Sie nahm ihre Tasche und stürmte los, ohne sich Schuhe anzuziehen, sich zu kämmen und das Cyber-TV auszuschalten. Hätte sie nur eine Minute länger gewartet, nur eine einzige Minute, dann hätte sie Rodrigo wie einen Verrückten durch ihr Schlafzimmer springen sehen. Abel Zabludowsky war inzwischen zu den interplanetarischen Nachrichten übergegangen. Auf Korma, einem noch sehr unterentwickelten Strafplaneten, war ein Vulkan ausgebrochen. Die Cyber-TV-Zuschauer wurden aufgerufen, den Opfern Hilfe zu schicken. Eines von ihnen war niemand anders als Rodrigo, der verzweifelt versuchte, der glühenden Lava zu entrinnen.

Rodrigo erreichte als letzter die kleine Höhle hoch oben im Gebirge. Noch der winzigste der primitiven Ureinwohner, die den Planeten Korma bewohnten, lief schneller als er. Nun war er nicht nur so langsam, weil er keine Hornhaut unter den Füßen hatte, die ihn gegen Steine und Hitze schützte, sondern auch, weil seine Muskeln für körperliche Anstrengungen dieser Art nicht trainiert waren. Der weiteste Weg, den er in seinem Leben zurückgelegt hatte, war der bis zur nächsten Aerofonkabine, um sich von dort an einen anderen Ort des Planeten beamen zu lassen. Allerdings wußte er nicht mehr, wann er in die Kabine gegangen war, aus der er schließlich hierher katapultiert worden war. Eigentlich erinnerte er sich nicht einmal, es getan zu haben. Genau genommen erinnerte er sich überhaupt an nichts. Allein das unbestimmte Gefühl, irgend etwas Wichtiges vergessen zu haben, irgend etwas noch zu Ende bringen zu müssen, spürte er deutlich. Sein Körper sehnte sich nach etwas, das er nicht benennen konnte, seine Beine hatten Lust, Tango zu tanzen, sein Mund lechzte nach einem Kuß, seine Stimme wollte einen Namen aussprechen, der jedoch aus seinem Gedächtnis gelöscht war. Er lag ihm auf der Zunge, doch in seinem Kopf herrschte völlige Leere. Sicher wußte er nur, daß ihm der Mond fehlte und daß es in dieser Höhle bestialisch stank.

Die Ausdünstungen der dreißig Eingeborenen – Männer, Frauen und Kinder – waren wirklich unerträglich. Die Mischung aus Schweiß, Urin, Exkrementen, Samen, im Mund faulenden Essensresten, Blut, Wachs, Rotz und anderen jahrelang auf den Körpern dieser gräßlichen Wilden verkrusteten Ausscheidungen hätten auch jedem anderen Übelkeit verursacht. Aber schlimmer noch als dieser scheußliche Gestank war für Rodrigo der mangelnde Sauerstoff, der seine Atmung nach diesem Marathonlauf hätte wieder regulieren können. So atmete er die Luft langsam häppchenweise ein und ließ sich müde auf einen Stein fallen. Er achtete darauf, sich so weit wie möglich von den anderen fernzuhalten. Die anstrengende Flucht hatte ihm Krämpfe in den Beinen verursacht, doch für eine Selbstmassage fehlte ihm jede Kraft. Er war total erschöpft. Er war so ausgelaugt, daß er nicht einmal mehr weinen konnte, geschweige denn so verzweifelt schreien wie die Frau vor ihm, die gerade ihr Kind verloren hatte. Sie rannte wie irr im Kreis herum und hielt die verkohlten Reste eines Kinderkörpers in ihren Armen. Die Hände der Frau waren verbrannt. Rodrigo stellte sich vor, wie sie sie in die Lava gesteckt hatte, um ihr Kind zu retten. Der Geruch nach verbranntem Fleisch verbreitete sich spiralförmig, während die Frau vor dem Eingang der Höhle ihre Kreise zog. Draußen war alles in glühende Lava getaucht, die eine schier unerträgliche Hitze verströmte.

Rodrigo schloß die Augen. Er wollte nichts sehen. Er bereute inzwischen, vor der Lava geflohen zu sein. Warum sollte er an diesem Ort, an den er nicht gehörte, überhaupt noch weiterleben? Er wußte nicht mehr, wer er war und woher er kam, doch tief in seinem Innern hatte er das Gefühl, zuvor an einem ganz besonderen Ort gewesen zu sein. Man mußte kein extrem guter Beobachter zu sein, um festzustellen, daß er nicht zu dieser Zivilisation hier gehörte. Er fühlte sich verlassen, voller Schmerzen und innerlich zerrissen. Er fühlte eine Leere in sich, so als hätte man ihm mit einem Ruck die Hälfte seines Körpers herausgerissen. Er wußte nicht, was er tun sollte. Eine Fluchtmöglichkeit gab es nicht. Außerdem, wohin sollte er fliehen? Hatte er eine Familie? Weinte jemand um ihn? Wie lange würde er auf diesem Planeten überleben können? Allein nicht einen einzigen

Tag, und als Mitglied dieses Stammes sah er auch wenig Hoffnung. Ständig spürte er die argwöhnischen Blicke dieser Wilden auf sich gerichtet. Dabei konnte er ihnen ihr Mißtrauen nicht einmal verübeln. Einer, der aussah wie er, ein unbehaarter Mann, einer, dem kein einziger Zahn fehlte – was es hier nur bei den Kindern gab – einer, der keinerlei Narben hatte, der, statt in der Höhle seine Notdurft zu verrichten, dies hinter einem Baum tat, der die Lanzenspitze, statt Dinosaurier damit anzugreifen, dazu benutzte, sich den Dreck unter den Nägeln herauszukratzen, einer, der, statt den Rotz hinunterzuschlucken, sich mit den Fingern der einen Hand die Nase putzte, während er dabei die andere vor das Gesicht hielt, damit niemand es sah, und einer – und das war wirklich höchst verdächtig –, der mit keiner der Frauen des Stammes schlief. So einen lehnte man rundheraus ab.

Nur eine Frau fühlte sich zu ihm hingezogen, was kein Kormarianer verstand. Allerdings hatte auch keiner von ihnen die Landung des Raumschiffes beobachtetet, mit dem Rodrigo nach Korma gekommen war. Die Frau war die einzige, die gesehen hatte, wie er zwischen Feuer und Donner vom Himmel kam und nackt und verwirrt dem merkwürdigen Gefährt entstiegen war. Für sie war das Raumschiff so etwas wie ein fliegender Bauch, der diesen Mann gebar. Sie hielt Rodrigo für einen Gott, einen Sohn der Sterne. Mehr als einmal hatte sie ihm dann das Leben gerettet, hatte wie ein wildes Tier gegen die Männer des Clans gekämpft, um ihn zu verteidigen. Sie wußte nicht, wie sie ihm sonst zeigen sollte, daß er ihr gefiel. Manchmal legte sie sich vor ihn hin und spreizte ihre haarigen Beine in der Hoffnung, er würde sich auf sie stürzen wie die anderen Wilden, wenn man sie derart lockte. Doch Rodrigo tat immer so, als sähe er es nicht, und daher war nie etwas passiert. Dennoch hatte die Wilde die Hoffnung nicht aufgegeben und glaubte, daß jetzt, da ihr Gott verwundet war, ihre große Stunde nahte. Sie legte sich ihm zu Füßen und begann zärtlich die Wunden zu lecken, die sich Rodrigo auf seiner Flucht zugezogen hatte. Er öffnete die Augen und wollte die Füße zurückziehen, doch seine Muskeln gehorchten ihm nicht. Auch merkte er nach wenigen Sekunden, wie angenehm erfrischend sich die feuchte Zunge auf den Verletzungen an seinen Füßen anfühlte. Diese Empfindung war so tröstlich, daß er seinen Widerstand aufgab, die Augen schloß und es mit sich geschehen ließ. Ganz allmählich arbeitete die Frau sich an seinen Beinen empor, war jetzt bei seinen Waden angelangt. Manchmal mußte sie innehalten, um die Dornen aus seinem Fleisch herauszuziehen. Dann leckte sie weiter bis zu den Knien hinauf, hielt sich eine Weile bei seinem Gesäß auf, das ihm ganz gewiß nicht schmerzte – und gelangte schließlich an ihr Ziel. Genüßlich fuhr sich die Wilde mit der Zunge über die Lippen, bevor sie sich weiter helfend und heilend an ihm verging. Rodrigo wurde nervös. Er wußte genau, was dieses gräßliche Weib, das stank wie ein Dachs, lasziv mit seinem Hintern wackelte, schlecht aus dem Mund roch und viel zu behaarte Brüste hatte, von ihm wollte. Was es wollte, war genau das, was Rodrigo von Anfang an zu vermeiden versucht hatte.

Zum Glück war einem der Stammesbrüder nicht entgangen, was zwischen den beiden vor sich ging. Er hielt seinen Blick auf den in die Luft gestreckten Hintern der Frau geheftet. Auf allen Vieren fand er dieses nackte Weib äußerst appetitlich. Und ohne lang zu überlegen, packte er sie bei den Hüften und nahm sie von hinten. Sie protestierte grunzend, was ihr einen Keulenhieb auf den Schädel einbrachte. Das half. Rodrigo war zwar froh, daß der Mann ihm zu Hilfe gekommen war, doch wie er das machte, gefiel ihm ganz und gar nicht. Außerdem fühlte er sich der Frau gegenüber irgendwie verpflichtet, da sie ihm ja schon mehrmals das Leben gerettet hatte. Ohne zu wissen, wie, nahm er all seine Kraft zusammen, stand auf und stürzte sich auf den Eingeborenen. Der verpaßte ihm in seiner Wut einen solchen Schlag, daß er glaubte, von einem Dinosaurier zertreten zu werden. Rodrigo war am Ende, und in seiner ganzen Verzweiflung brach er in Tränen aus. Womit in aller Welt hatte er diese Strafe verdient? Für welches verdammte Verbrechen mußte er hier zahlen? Die Eingeborenen sahen ihn befremdet an. Seine Tränen enttäuschten sogar die Wilde, die ihn doch so sehr bewundert hatte, und eh er sich versah, beschloß man einstimmig, ihn aus dem Stamm zu verstoßen. Man hielt ihn fortan für schwul.

Azucena scheiterte an dem Aerofon von Doktor Díez. Entweder verweigerte es ihr den Zutritt, weil der Doktor mit einem Patienten beschäftigt war, oder er hatte das System blockiert. Azucena blieb also nichts weiter übrig, als erst in ihr Büro zu gehen, um von dort aus in der Nachbarpraxis anzurufen und einen Termin zu vereinbaren. Im Grunde gehörte es sich auch nicht, per Aerofon gleichsam mit der Tür ins Haus zu fallen. Ohne Vorankündigung hatte man nicht mitten in einer Wohnung oder einem Büro zu erscheinen. Doch Azucena war so verzweifelt, daß sie sich über die Grundregeln der Höflichkeit einfach hinwegsetzte. Jetzt zwang die Technik sie dazu, sich an ihre gute Kinderstube zu erinnern. Da war nichts zu machen: Azucena mußte sich wohl oder übel fügen. Während sie noch darauf wartete, daß die Tür zu ihrem Büro aufging, konnte sie der Situation letztlich auch ihre gute Seite abgewinnen. Seit einer Woche war sie nicht mehr in ihrer Praxis gewesen. Ihr Anrufbeantworter würde vermutlich überquellen vor Nachrichten der Patienten, die sie in den letzten Tagen sträflich vernachlässigt hatte.

Das erste, was sie vernahm, als die Tür der Aerofonkabine aufging, war ein kollektives »Schämen solltest du dich!«. Sie war etwas überrascht, doch dann schämte sie sich tatsächlich. Ihre Blumen hatten acht Tage kein Wasser bekommen und begrüßten sie daher zu Recht so sauer. Regelmäßig schloß Azucena sie an den Pflanzensprecher an, einen Computer, der ihre elektrischen Impulse in Worte umwandelte, denn sie liebte es, zur Arbeit zu kommen und von ihren Blumen willkommen geheißen zu werden.

Eigentlich waren sie immer recht reizend und zärtlich zu ihr. Mehr noch, sie hatten sie bisher noch nie beschimpft. Doch Azucena konnte es ihnen nicht übelnehmen, denn wenn jemand wußte, wie es sich anfühlt, sitzengelassen zu werden, dann war sie es! Sofort gab sie ihnen Wasser und bat sie währenddessen tausendmal um Entschuldigung, sang ihnen etwas vor und streichelte sie, als wäre sie selbst diejenige, die getröstet wurde. Die Pflanzen beruhigten sich und begannen zufrieden zu schnurren.

Azucena hörte die Nachrichten vom Band ab. Am verzweifeltsten klang die Stimme eines jungen Mannes, Reinkarnation des Hugo Sánchez und seines Zeichens berühmter Fußballspieler aus dem 20. Jahrhundert. Seit 2200 gehörte der junge Mann, der in diesem Leben wieder Fußballspieler war, zur Erdmannschaft. Demnächst sollte die interplanetarische Meisterschaft ausgetragen werden, und alle erwarteten Großes von ihm. Seine Erfahrungen als Hugo Sánchez aber hatten in traumatisiert. Die Teamkameraden waren damals wahnsinnig neidisch auf ihn gewesen und hatten ihm das Leben zur Hölle gemacht. Azucena hatte in mehreren Astralanalysesitzungen intensiv mit ihm an diesem Trauma gearbeitet, doch es war ihm dennoch nicht gelungen, die bittere Enttäuschung darüber, daß man ihn bei der Weltmeisterschaft 1994 nicht spielen ließ, ganz zu verarbeiten. Der nächste Anruf kam von der Frau eines jungen Mannes, die in einem vergangenen Leben Doktor Mejía Barón gewesen war, der Trainer, der Hugo Sánchez seinerzeit nicht auf den Platz ließ. Man hatte die beiden in diesem Leben zusammengeführt, damit sie lernten einander zu lieben, doch Hugo verzieh ihr nicht, und bei jeder sich bietenden Gelegenheit verprügelte er sie kräftig. Die Frau war am Ende. Sie flehte Azucena an, ihr zu helfen, andernfalls sei sie entschlossen, sich das Leben zu nehmen. Außerdem hatte der Trainer des Jungen einige Male angerufen. Das Spiel der Erdmannschaft gegen das Venusteam stand kurz bevor, und der Trainer wollte seinen Star rechtzeitig aufstellen. Azucena glaubte aber, es sei besser, dem Trainer den Namen eines anderen ihrer Patienten zu geben, der Reinkarnation von Pelé nämlich. Im Augenblick aber war sie nicht in der Lage, sich um irgend jemanden zu kümmern. Es tat ihr leid, aber da war nichts zu machen. Um als Astralanalytikerin arbeiten zu können, mußte man frei von negativen Gefühlen sein, und genau das war Azucena nicht. Sie wollte gerade die nächste Nachricht abhören, als ihre Pflanzen plötzlich lautstark zu zetern und hysterisch zu kreischen begannen. Aus der Praxis von Doktor Díez drang ein heftiger Streit zu ihnen herüber, und schlechte Vibrationen konnten sie nun einmal nicht ab. Azucena öffnete umgehend die Tür zum Flur und klopfte bei ihrem Nachbarn. Der Doktor war an sich der friedfertigste Mensch, den sie kannte. Irgend etwas Dramatisches mußte geschehen sein, wenn er derart explodierte.

Nach ihrem kräftigen Klopfen ebbte der Krach ab. Da ihr nicht geöffnet wurde, wollte Azucena es noch einmal versuchen, doch das war nicht nötig. Die Tür des Doktor Díez wurde aufgerissen, ein stämmiger Kerl stieß sie gegen ihre Praxistür, sie fiel lang hin, das Glas zersprang, und das Schild mit der Aufschrift *Azucena Martínez, Astralanalytikerin* lag zersplittert am Boden. Hinter dem kräftigen Mann stürmte ein zweiter Kerl heraus, der noch aufgebrachter schien, und hinter beiden eilte Doktor Díez nach draußen. Als er Azucena auf dem Boden liegen sah, stoppte er eilig und kam ihr zur Hilfe.

»Herrje, Azucena! Ich wußte nicht, daß Sie das waren. Ist alles in Ordnung?«

»Ja, ich glaube schon.«

Der Doktor half ihr auf und untersuchte sie kurz.

»Ich denke, Ihnen ist tatsächlich nichts passiert.«

»Und Ihnen, was haben die denn von Ihnen gewollt?«

»Ach, nichts weiter. Wir haben uns nur etwas gestritten. Aber dann sind Sie ja gekommen.«

»Wer war das überhaupt?«

»Ach, niemand … Aber sagen Sie, was ist denn mit Ihnen los?«

»Ich sagte Ihnen doch schon, nichts. Die haben mich nur gegen die Tür geschubst.«

»Das meine ich nicht. Mit Ihnen ist doch etwas. Sie sehen ja furchtbar aus. Sind Sie krank?«

Nun konnte Azucena die Tränen doch nicht länger zurückhalten. Der Doktor nahm sie väterlich in den Arm, und sie schüttete ihm, von einzelnen Schluchzern unterbrochen, ihr Herz aus. Sie erzählte ihm, wie sie ihre Zwillingsseele gefunden habe, doch wie kurz ihre Freude gewesen sei. Wie sie an einem einzigen Tag geliebt und verlassen worden war, wie aus Befriedigung Unruhe, aus Trunkenheit Nüchternheit, aus Fülle Leere geworden sei. Sie erzählte ihm, daß sie Rodrigo schon überall gesucht, aber nirgends eine Spur von ihm gefunden habe. Ihre einzige Hoffnung sei jetzt der Apparat, den er doch gebaut habe. Als Azucena Doktor Díez' Erfindung erwähnte, schaute dieser sich vorsichtig nach allen Seiten um und zog Azucena dann am Arm in seine Praxis.

»Kommen Sie. Hier drinnen können wir ungestört miteinander reden.«

Azucena setzte sich in einen der bequemen Ledersessel vor seinem Schreibtisch. Doktor Díez sprach leise, als fürchtete er, ein Fremder könnte sie belauschen.

»Hören sie, Azucena, Sie sind mir eine sehr liebe Freundin, und ich würde Ihnen gern helfen, aber ich kann nicht.«

Die Enttäuschung ließ Azucena verstummen. Traurigkeit verschleierte ihr die Augen.

»Ich habe nur zwei dieser Apparate gebaut. Einen hat die Polizei, und sie wird ihn mir auf gar keinen Fall leihen, da sie Tag und Nacht daran arbeitet, die Mörder von Mister Bush zu lokalisieren. Und den anderen kann ich auch nicht benutzen, da ich keine Zugangserlaubnis zur Zentralbehörde für Karma- und Bewußtseinsanalyse, KuBa, habe, und da steht er jetzt … Aber, warten Sie mal. Da ist doch gerade eine Stelle frei geworden … Vielleicht dürfen Sie den Apparat benutzen, wenn Sie dort arbeiten …«

»Machen Sie Witze? Die stellen doch nur geborene Bürokraten ein. Mich würden die nie nehmen!«

»Und wenn ich Ihnen nun dazu verhelfe, eine waschechte Bürokratin zu werden?«

»Sie? Und wie wollen Sie das anstellen?«

Der Doktor zog einen winzigen Apparat aus seiner Schreibtischschublade und zeigte ihn Azucena.

»Hiermit.«

Das Bürokratenfräulein verstaute achtsam ein Stück ihrer leckeren Maispastete in der Schublade und wischte sich sorgfältig die Hände am Rock ab, bevor sie Azucena Martínez als die letzte Bewerberin für den Posten einer »amtlichen Ermittlerin« begrüßte, die sie noch zu interviewen hatte.

»Setzen Sie sich, bitte.«

»Danke.«

»Wie ich sehe, sind Sie Astralanalytikerin.«

»Ja.«

»Das ist doch eine gut bezahlte Arbeit. Weshalb bewerben Sie sich dann für einen Bürojob?«

Azucena war wahnsinnig nervös. Sie wußte, daß eine fotomentale Kamera jeden ihrer Gedanken aufnahm. Sie hoffte, der Mikrocomputer, den Doktor Díez ihr installaliert hatte, würde tatsächlich nur Gedanken der Liebe und des Friedens aussenden. Sonst war sie geliefert, denn in diesem Augenblick ging ihr wirklich nur durch den Kopf, daß diese Befragungen bescheuert und die Regierungsbüros beschissen waren.

»Ich bin zur Zeit emotional vollkommen erledigt. Mein Arzt hat mir Urlaub verschrieben. Meine Aura hat sich negativ aufgeladen und muß sich erholen. Ich arbeite täglich zehn Stunden und muß mir dabei ständig die Probleme anderer Leute anhören, verstehen Sie?«

»Gewiß, gewiß. Und ich hoffe, daß Sie Ihrerseits verstehen, wie wichtig das Wissen über die früheren Lebzeiten eines Menschen ist, um sein Verhalten zu begreifen.«

»Aber ja doch.«

»Dann glaube ich, Sie werden nichts dagegen haben, wenn wir direkt einmal Ihr Unterbewußtsein analysieren, damit wir auf diese Weise unsere Schlüsse ziehen und feststellen können, ob Sie denn überhaupt die geeignete Person für den Posten hier sind oder nicht.«

Azucena spürte, daß ihr der kalte Schweiß den Rücken hinunterlief. Sie hatte Angst, wahnsinnige Angst. Das war die Feuerprobe. Niemand konnte ohne vorherige Erlaubnis in das Unterbewußtsein eines anderen Menschen eindringen, aber Azucena blieb gar keine andere Wahl, als es ihnen zu erlauben, wenn sie wirklich bei der KuBa arbeiten wollte. Selbstverständlich würde sie ihnen auf keinen Fall den Zugang zu ihrem wahren Unterbewußtsein gestatten, denn die Analytiker wollten ihre sittliche und soziale Vertrauenswürdigkeit prüfen. Sie wollten wissen, ob sie in irgendeinem ihrer Leben andere gefoltert oder getötet hatte. Wie ehrlich sie in diesem Augenblick war, wo ihre Frustrationsgrenze lag und ob zu erwarten stand, daß sie eines Tages revolutionäre Bewegungen organisieren würde. Azucena war ziemlich ehrlich und glaubte, bereits die Karmas für alle Verbrechen abgearbeitet zu haben, die sie begangen hatte. Doch ihre Frustrationsgrenze war äußerst niedrig. Sie war eine geborene Agitatorin und von Natur aus rebellisch. Daher mußte der Mikrocomputer des Doktor Díez unbedingt einwandfrei funktionieren. Sonst, ja sonst würde man ihr den Posten als »amtliche Ermittlerin« nicht geben und sie noch dazu fürchterliche bestrafen: Man würde ihr die Erinnerung an ihre vergangenen Leben löschen ... und dann, adios, Rodrigo!

»Sagen Sie mir das Password.«

»Vergrabene Kartoffeln.«

Das Bürokratenfräulein tippte die Worte in den Computer und gab Azucena einen Helm, den sie sich aufsetzen sollte. Die fotomentale Kamera im Helm sollte die Gedanken aus dem Unterbewußtsein aufnehmen und in virtuelle Bilder umsetzen, die per Computer in der Datenkontrollabteilung hergestellt wurden. Dort analysierte sie dann eine Gruppe von Fachleuten.

Azucena setzte sich den Helm auf, schloß die Augen und vernahm eine äußerst angenehme Musik.

Im Raum nebenan errichteten sich die virtuellen Gebäude der Stadt Mexiko im Jahre 1985. Die Wissenschaftler konnten jetzt auf der Avenida Samuel Ruiz entlangspazieren, wie sie vor zweihundertfünfzehn Jahren ausgesehen hatte, als sie noch Eje Lázaro Cárdenas hieß. Sie kamen an der noch unbeschädigten Kathedrale vorbei, setzten ihren Weg über den Eje Central bis zur Plaza Garibaldi fort. Dort blieben sie neben einer Mariachi-Gruppe stehen, die auf Bitten einiger Touristen musizierte.

Die bürokratischen Wissenschaftler begannen eine hitzige Diskussion. Azucena war die erste Person, deren Erinnerung erstaunlich klare Bilder in chronologischer Reihenfolge hervorbrachte. Normalerweise erinnert der Geist die Dinge wirr und ungeordnet. Die Bilder, die Azucena projizierte, waren jedoch keineswegs konfus, was bedeutete, daß das Mädchen entweder ein Genie war oder womöglich einen illegalen Mikrocomputer eingeschmuggelt hatte. Sofort wollte jemand die Polizei rufen. Ein anderer forderte eine gründliche Untersuchung. Und wieder andere hatte der Klang der Trompeten so erschüttert, daß ihnen vor Rührung Tränen in den Augen standen.

Zum Glück war in diesen Fällen die einzige Meinung, die zählte, die des Computers. Und der Computer akzeptierte die von Azucena gelieferte Information ohne wenn und aber. Die Meinung der Wissenschaftler galt nur dann, wenn der Computer nicht funktionierte, und das war in hundertfünfzig Jahren nur einmal passiert. Es geschah an dem Tag des großen Erdbebens, der Tag, an dem die Erde einen neuen Mond gebar. Damals interessierte sich niemand für die Meinung der Wissenschaftler, da galt es nur noch, das eigene Leben zu retten. Aber heute konnten sie sich die Köpfe heiß reden, solange sie wollten. Das Ergebnis würde ohnehin niemanden interessieren.

Azucena hörte, von allen anderen isoliert, die Musik aus den Kopfhörern im Helm. Sie hatte das Gefühl, in der Zeit zu schweben. Die Melodie trug sie sanft in eines ihrer vergangenen Leben. Ihr wahres Unterbewußtsein hatte ganz automatisch zu arbeiten begonnen und zeigte ihr ein Bild, das sie schon einmal, in einer ihrer Astralanalysesitzungen, gesehen hatte. Es war ihr noch nie gelungen, weiter zurückzugehen, weil sie in diesem vergangenen Leben eine gewaltige Blockade verspürte, doch die eingespielte Melodie hatte offenbar die Macht, sie jetzt zu überwinden.

CD – 1

Plötzlich verstummte die Musik, und Azucena fühlte eine ungeheure Leere. Der Helm wurde abgeschaltet. Das Bürokratenfräulein weckte sie ausgerechnet in dem Moment, als sie Rodrigo sah! Azucena war sich absolut sicher, daß er der Mann war, der sie damals in seine Arme genommen hatte, um ihr das Leben zu retten. Am Tage ihrer Begegnung hatte sie genau dieses Gesicht – dieses eine seiner vierzehntausend Gesichter – gesehen! Es gab nicht den geringsten Zweifel. Er war es! Sie mußte unbedingt herausfinden, welche Musik sie zu Rodrigo geführt hatte.

»Das wär's. Vielen Dank. Jetzt müssen wir auf den Urteilsspruch warten.«

»Was war das für eine Musik, die ich da gehört habe?«

»Klassische Musik.«

»Ja, das schon. Aber von wem?«

»Hmm. Das weiß ich leider nicht. Ich glaube, sie stammt aus einer Oper, aber ich bin mir da nicht ganz sicher ...«

»Könnten Sie nicht mal nachfragen?«

»Warum wollen Sie das denn unbedingt wissen?«

»Na ja, nicht daß es mich persönlich besonders interessieren würde. Aber für meine Arbeit ist es sehr hilfreich, Musik zu benutzen, die das Bewußtsein verändert ...«

»Das sehe ich ein, aber da Sie ja nun für längere Zeit nicht als

Astralanalytikerin arbeiten werden, kann Ihnen das ja vorerst egal sein ...«

Aus einer Öffnung im Schreibtisch spuckte der Computer einen Zettel aus. Das Bürokratenfräulein las ihn und gab ihn dann Azucena.

»Hmm, meinen Glückwunsch, Sie haben die Prüfung bestanden. Nehmen Sie das Papier mit in den zweiten Stock. Dort wird man eine Auragrafie von Ihnen machen. Sobald Sie die haben, können Sie sich an Ihrem Arbeitsplatz melden.«

Azucena wußte nicht, wohin mit ihrer Freude. Es war zu schön, um wahr zu sein! Sie versuchte, sich nichts anmerken zu lassen und keinerlei Emotion zu zeigen, doch konnte sie sich ein triumphierendes Lächeln nicht verkneifen. Alles lief wie geschmiert. Sie würde Anakreon schon zeigen, wie man Probleme löst!

Im zweiten Stock warteten etwa fünfhundert Menschen auf ihre Auragrafie. Verglichen mit den unendlich langen Schlangen, in denen Azucena zuvor schon angestanden hatte, war das gar nichts. Seufzend reihte sie sich ein. Eine Mentalbildkamera beobachtete die Schlange der Wartenden. Das war die letzte Prüfung, die sie zu bestehen hatten, denn es galt noch, die Frustrationstoleranz der künftigen Bürokraten zu testen, und wie es schien, waren die übrigen Anwärter in der Tat aus dem richtigen Holz für den Job geschnitzt. Die würden auch diese letzte Hürde ohne Schwierigkeiten nehmen. Azucena hingegen drohte zu versagen: Mit jeder Minute, die verging, nahm ihre Geduld ab. Das erste, was den Eignungsprüfern auffiel, war ihr nervöses Trippeln mit dem Schuh – ein Verhalten, das im krassen Widerspruch zu Azucenas Gedanken stand. Dann richtete sich die fotomentale Kamera auf ihr Gesicht und registrierte ein ungeduldiges Zucken ihrer Lippen. Auch diese Geste war äußerst verdächtig und entsprach nicht ihren Gedanken. Als Azucena endlich an den Schalter kam, um bedient zu werden, stand da ein Schild *Geschlossen.* Azucena bekam vor Wut fast einen Herzinfarkt. Das konnte doch nicht wahr sein! So viel Pech auf einmal konnte sie doch nicht haben! Sie mußte sich auf die Lippen beißen, um nicht lauthals loszufluchen. Sie mußte die Augen schließen, um das Fräulein nicht mit Blicken zu töten. Sie mußte ihre Füße im Zaum halten, um das Fenster nicht einzutreten. Sie mußte ihre Finger ineinander verschränken, um die Papiere nicht zu zerreißen, die man ihr einfach mit den Worten übergab, sie solle am nächsten Montag wiederkommen.

Montag! Heute war erst Donnerstagmorgen! Wie sollte sie das aushalten! Bis Montag untätig herumsitzen! Was konnte sie nur tun? Am liebsten würde sie wieder in das Leben eintauchen, in dem sie Rodrigo kennengelernt hatte, doch sie hatte weder die CD, die diese Rückführung ausgelöst hatte, noch kannte sie die Oper, die man ihr vorgespielt hatte. Und selbst wenn sie die Arie erkannt hätte, wäre es nicht einfach gewesen, sie sich zu beschaffen. Die letzten Entdeckungen auf dem Gebiet der Musiktherapie hatten den Kauf und Verkauf von CDs ziemlich erschwert. Zwar wußte man seit langem, daß die Klänge der Musik den Organismus stark beeinflußten und das psychische Verhalten der Menschen verändern konnten – Musik war imstande, Schizophrenie, Psychosen, Neurosen und in gravierenden Fällen sogar Morde auszulösen. Doch erst vor kurzem hatte man herausgefunden, daß jede Melodie die Kraft besaß, unsere Erinnerung an vorherige Leben zu aktivieren. Im Bereich der Astralanalyse benutzte man die Musik, um Rückführungen in vergangene Leben einzuleiten. Natürlich stand diese Methode nicht jedem offen. Oft war es besser, die Vergangenheit unter Verschluß zu halten. War eine Erinnerung blockiert, so lag das daran, daß die Person noch nicht reif war, mit ihr umzugehen. Es war schon mehr als einmal passiert, daß irgendein ehemaliger König plötzlich die Juwelen zurückhaben wollte, die ihm einmal gehört hatten. Deshalb hatte die Regierung angeordnet, daß alle Schallplatten, Plattenspieler, Kassettenrecorder, CDs und andere Musikträger bzw. -abspielgeräte in den Besitz der Generaldirektion der Öffentlichen Gesundheitsverwaltung übergingen. Um eine CD zu erwerben, mußte man moralische Integrität und einen gewissen spirituellen Evolutionsgrad nachweisen. Das heißt, man mußte das beglaubigte Schreiben eines Astralanalytikers vorlegen, in dem versichert wurde, daß für die betreffende Person keine Gefahr bestand, eine bestimmte Musik zu hören. Für die Astralanalytikerin Azucena würden all diese Probleme zu lösen sein, doch verginge darüber etwa ein Monat. Und ein Monat, das war eine Ewigkeit! Ihr mußte einfach etwas anderes einfallen, sonst würde sie verrückt werden. Nicht auszudenken, nun nach Hause zu gehen, ohne in der Suche nach Rodrigo einen Schritt weitergekommen zu sein. Sie mußte ihn so schnell wie möglich wiedersehen, um von ihm zu erfahren, warum er sie verlassen hatte. Hatte sie etwas falsch gemacht? War sie nicht attraktiv genug? Oder hatte er gar eine Geliebte? Azucena war bereit, jede Erklärung zu akzeptieren, doch eine Erklärung brauchte sie, diese Ungewißheit war nicht zu ertragen. Das ursprüngliche Mißtrauen, das sie so mühsam mit Hilfe der Astralanalyse überwunden hatte, ergriff wieder Besitz von ihr. Mangel an Selbstvertrauen war der Grund dafür, daß sie unfähig war, in der Vergangenheit eine feste Beziehung einzugehen. Auch Beziehungen zu Männern, die ihr gefielen und die sie gut behandelten, hatte sie letztlich trotz ihres enormen Liebeshungers immer abgebrochen. Diese Sehnsucht nach Liebe ließ dann ihren Entschluß reifen, sich auf die Suche nach ihrer Zwillingsseele zu machen, denn – so dachte sie – mit ihr zusammen würden alle Probleme auf einen Schlag gelöst, da ja beide Seelen vollkommen übereinstimmten. Wie lange dauerte es, bis sie Rodrigo gefunden hatte! Und so schnell hatte sie ihn dann wieder verloren! Das konnte und wollte sie nicht akzeptieren. Das war die größte Gemeinheit, die ihr in ihren vierzehntausend Leben widerfahren war.

Keine Frage, sie mußte etwas tun, um ihre Angst und ihre Verzweiflung in den Griff zu bekommen. Vielleicht sollte sie sich bei der Verbraucherschutzzentrale beschweren. Dort konnte man wenigstens mit jemandem streiten, sich beklagen, aufregen, sein Recht verlangen. Die Bürokraten, die dort ihren Dienst taten, hatten eine Engelsgeduld. Sie waren ja extra dazu da, sich mit den Frustrationen ihrer Zeitgenossen zu befassen. Ja, genau, dorthin würde sie gehen.

Die Verbraucherschutzzentrale glich dem Vorhof zur Hölle – wohin man sah, Jammern, Klagen, Weinen, Selbstvorwürfe, Kummer und Leid. Tausende von Menschen drängten sich in den Schlangen vor den Abfertigungsschaltern und verbreiteten eine wahrhaft teuflische Hitze. Azucena schwitzte wie ein Affe – ebenso Cuquita. Sie stand vor dem Schalter für Astralbeförderungen an, Azucena vor dem für Zwillingsseelen. Beide taten so, als kennten sie sich nicht. Sie hatten nicht die geringste Lust, sich zu begrüßen. Doch das Schicksal schien sie zusammenführen zu wollen, denn als Cuquita gerade abgefertigt werden sollte, rückte Azucena in der Schlange vor und kam praktisch neben ihr zu stehen. Von dem neuen Standort konnte sie die Unterhaltung zwischen Cuquita und der Beamtin, die sie abfertigte, genauestens mitanhören. Die Verständigung der beiden wurde allerdings durch Cuquitas Tick erschwert, mit schwierigen – wie sie fand, eleganten – Wörtern Eindruck zu machen. Nur verwechselte sie die immerzu, und ihre genaue Bedeutung kannte sie auch nicht. Das Ergebnis war, daß kein Mensch verstand, was sie sagen wollte ...

»Hören Sie, Señorita. Wissen Sie überhaupt, was es heißt, ewig umsonst an sich *laboriert* zu haben?«

»Laboriert?«

»Ja, *laboriert.* Ich habe bis zur Selbstaufgabe an mir laboriert, und ich finde, meine kritische Seele hat es verdient, in Zukunft besser *trätiert* zu werden.«

»Aber ja doch, Señora, das Problem ist nur, daß man in diesem Leben alles bezahlen muß; egal ob auf Raten oder in bar, bezahlen muß man.«

»Gewiß, Señorita, aber ich habe wirklich schon längst all mein Karma abgearbeitet. Ich will die Scheidung.«

»Es tut mir furchtbar leid, Señora, aber aus meinen Unterlagen geht hervor, daß Sie Ihrem Ehemann noch einiges aus anderen Leben schuldig sind.«

»Und das wäre?«

»Darf ich Sie an Ihr Leben als Filmkritiker erinnern?«

»Na ja, ich geb' ja zu, daß ich mich damals ziemlich beschissen verhalten habe, aber das habe ich nun doch wirklich nicht verdient! O.k., meine *nocturnen* Kommentare waren rotzordinär, doch dafür habe ich inzwischen viele Leben lang gebüßt! Sehen Sie sich mal mein Auge an. Dieser *negromane* Kerl ist der reine Horror. Wenn Sie die Scheidung nicht genehmigen, bring' ich ihn um, das schwör' ich Ihnen.«

»Machen Sie, was Sie wollen. Auch dafür werden Sie dann eben bezahlen müssen. Der nächste, bitte.«

»Hören Sie, Señorita, gibt es denn gar keine Möglichkeit auf ein gegenseitiges *Arrangemang*, damit ich die Erlaubnis bekomme, meine Zwillingsseele kennenzulernen?

»Nein, die gibt es nicht! Wissen Sie, vielen hier geht's wie Ihnen. Alle wollen Schönheit, Geld, Gesundheit und Ruhm, ohne es verdient zu haben. Wenn Sie nun aber Ihre Zwillingsseele auf Teufel komm raus haben wollen, dann könnten wir Ihnen einen Kredit einräumen, sofern Sie sich verpflichten, die Zinsen zu bezahlen.«

»Und was würde das kosten?«

»Wenn Sie dieses Papier hier unterzeichnen, stellen wir den Kontakt zu Ihrer Zwillingsseele für Sie her, doch Sie müssen sich im Gegenzug dazu verpflichten, noch zehn weitere Jahre an der Seite Ihres augenblicklichen Ehemannes zu verbringen, Schläge, Erniedrigungen und was weiß ich noch ertragen. So Sie dazu bereit sind, können wir gleich einen Vertrag machen.«

»Nein. Dazu bin ich natürlich nicht bereit.«

»Ja, ja, das ist mal wieder typisch: Alle wollen immer alles haben, aber bezahlen will niemand. Man sollte sich schon gut überlegen, wonach man strebt ...«

Azucena war es peinlich, Cuquitas Beschwerde mitangehört zu haben. Obwohl sie die Frau nicht besonders mochte, tat sie ihr nun doch ein bißchen leid. Das Schlimmste war, daß Azucena genau wußte, wie umsonst Cuquita darauf hoffte, ihre Zwillingsseele vor der Zeit kennenzulernen. Die Arme! Wer weiß, wie viele Leben sie noch warten mußte. Na ja, Azucena war inzwischen ohnehin davon überzeugt, daß Liebe und Warten ein und dasselbe waren. Das eine gab es nicht ohne das andere. Lieben hieß warten, paradoxerweise aber war Warten das einzige, was ihr Auftrieb gab. Oder anders gesagt, das Warten hatte sie aktiv werden lassen. Dank der Liebe zu Rodrigo hatte Azucena schon in unzähligen Schlangen gestanden, war rank und schlank geworden, hatte Körper und Seele gereinigt. Seit er verschwunden war, hatte sie an nichts anderes denken können als daran, ihn wiederzufinden. Inzwischen gab sie allerdings doch eher ein unschönes Bild ab. Sie hatte keine Lust mehr, sich zu kämmen. Sie hatte keine Lust mehr, sich die Zähne zu putzen. Es war ihr gleichgültig, ob ihre Aura strahlte oder nicht. Was auf der Welt geschah, war ihr egal, es sei denn, es hing mit Rodrigo zusammen.

Der Mann, der hinter Azucena in der Schlange stand, hatte ihr bereits fünfundsiebzig seiner vergangenen Leben erzählt, ohne daß sie ihn überhaupt beachtet hatte. Sein Gerede schläferte sie ein, was ihr Zufallsbekannter nicht bemerkte, da sie ihre stoischste Miene aufgesetzt hatte. Niemand, der sie sah, hätte ahnen könne, daß sie allmählich müde wurde. Dieser Mann da schien die beste Medizin gegen ihre verheerende Schlaflosigkeit zu sein, die sie quälte, seit Rodrigo sie verlassen hatte. Sie hatte schon alles versucht, um dieses Übel zu behandeln, von Lindenblütentee über Milch mit Honig bis zu einer im allgemeinen unfehlbaren Methode, die darin bestand, sich an alles zu erinnern, was sie im Leben gemacht hatte. So zum Beispiel Schlangestehen: Der Witz bestand darin, die Personen, die vor ihr an einem Schalter abgefertigt worden waren, rückwärts zu zählen. Bevor sie Rodrigo verloren hatte, hatte diese Methode nie versagt. Doch jetzt funktionierte auch sie nicht mehr. Jedes Mal, wenn sie an eine Schlange dachte, erinnerte sie sich daran, wie groß ihre Hoffnung war, endlich wieder geküßt, liebkost, umarmt zu werden … Derlei Gedanken vertrieben den Schlaf. Die Müdigkeit dann wieder zurückzuholen war unmöglich. Wer weiß, ob es das Zusammenspiel von Hitze und dem Redestrom ihres Mitwartenden war, jedenfalls fielen ihr fast die Augen zu. Dieser Typ war imstande, ohne weiteres ein ganzes Bataillon mit seinen Geschichten einzuschläfern, so sterbenslangweilig war sein Monolog.

»Und habe ich Ihnen eigentlich schon aus meinem Leben als Ballerina erzählt?«

»Nein.«

»Noch nicht? Also, in jenem Leben … Sie wissen ja, wie das so ist …! Eigentlich wollte ich nicht zum Ballett, sondern Musiker werden, aber da ich in einem anderen Leben schon Rockmusiker gewesen bin und von unserem Krach jede Menge Leute taub geworden sind, hatte man mir kein gutes Gehör gegeben – also wurde ich Tänzerin … Oh, nein, darüber war ich ganz und gar nicht traurig. Ich fand es wunderbar! Das einzig Unangenehme waren die Schwielen, die ich von den Spitzenschuhen bekam, aber davon abgesehen, liebte ich das Ballett! Es war, als schwebe man in der Luft … als … Ach, mir fehlen die Worte …! Das Dumme war nur, daß man mich umbrachte, als ich zwanzig war. Sie glauben mir nicht? Oh, das war grauenhaft! Ich kam gerade aus dem Theater, als mich mehrere Männer überfielen und vergewaltigen wollten. Ich habe mich gewehrt, und da hat mich einer von ihnen getötet …«

Azucena war gerührt, als sie diesen großen, kräftigen, unattraktiven Mann wie ein Kind weinen sah. Sie gab ihm ein Taschentuch. Während er sich die Tränen trocknete, versuchte Azucena sich vorzustellen, wie er wohl auf Zehenspitzen tanzend aussehen möge. Doch es gelang ihr nicht.

»Das war fies! Ich war damals schwanger … und habe meinen kleinen Sohn nie gesehen …«

Das war das Stichwort für Azucena. Trennungsschmerz, den kannte auch sie nur allzu gut. Sie identifizierte sich sofort mit dem Leid dieses armen Mannes, der niemals sein geliebtes, ersehntes Kind sehen durfte. Dennoch fiel ihr nicht ein, wie sie ihn hätte trösten sollen, und so beschränkte sie sich darauf, ihn mitfühlend anzuschauen.

»Deshalb möchte ich mich hier beschweren. In diesem Leben hätte ich wieder einen Frauenkörper erhalten sollen, um meine Lehrzeit aus dem anderen Leben zu beenden, doch versehentlich bin ich in dieser scheußlichen Haut geboren worden. Wirklich häßlich, nicht wahr?«

Azucena versuchte ihn aufzumuntern, doch schmeichelhafte Komplimente fielen ihr nicht ein. Der Mann war tatsächlich zum Gotterbarmen unattraktiv.

»Ach! Sie haben ja keine Ahnung, was ich dafür geben würde, einen Körper zu haben wie Sie. Ich hasse es, als Mann leben zu müssen … Da ich keine Frauen mag, bin ich auf Homosexuelle angewiesen, aber die meisten Männer sind so grob! Ohne jede Zärtlichkeit … doch was ich brauche, ist Zärtlichkeit … Wäre ich wenigstens etwas zierlicher gebaut, dann würden sie mich vielleicht auch liebevoller anfassen …«

»Haben Sie noch nie eine Seelenverpflanzung beantragt?«

»O doch! Seit zehn Jahren stehe ich Schlange, doch jedesmal, wenn ein Körper zur Verfügung steht, wird er nicht mir, sondern einem anderen gegeben. Es ist zum Kotzen ...«

»Nun ja, ich hoffe Sie werden bald einen wirklich tollen kriegen.«

»Das hoffe ich auch.«

Der Mann gab Azucena das Taschentuch zurück, das sie ihm geliehen hatte. Mit spitzen Fingern nahm sie das vollgerotzte Tüchlein entgegen und entschied sich schließlich, es dem Mann zu schenken, anstatt es in ihre Tasche zu stecken. Er bedankte sich vielmals, und sie verabschiedeten sich eilig, da die Reihe jetzt an Azucena war.

»Sie sind dran. Auf Wiedersehen! Viel Glück!«

»Für Sie auch.«

»Der nächste, bitte«

Azucena ging zum Schalter.

»Worum geht's?«

»Also, ich habe meine Unterlagen schon vor längerer Zeit beim Amt für astrale Beförderung eingereicht.«

»Astrale Beförderungsfragen werden am anderen Schalter bearbeitet. Der nächste, bitte.«

»Hören Sie, lassen Sie mich ausreden ...! Man hat mir dort gesagt, daß ich die Voraussetzungen bereits erfüllt hätte, meine Zwillingsseele kennenzulernen. Der Kontakt zwischen ihm und mir wurde schon hergestellt, und wir haben uns gesehen.«

»Wenn Sie ihn schon getroffen haben, weshalb kommen Sie dann? Ihr Fall ist damit erledigt. Der nächste, bitte ...«

»So warten Sie doch! Ich bin noch nicht fertig. Das Problem ist, daß er von einem Tag auf den anderen verschwunden ist und ich ihn nicht wiederfinde. Könnten Sie mir denn nicht seine Anschrift geben?«

»Wie bitte? Sie haben ihn getroffen und wissen seine Anschrift nicht?«

»Nein, man hat mir nur seine Aerofonnummer gegeben. Ich habe dort eine Nachricht hinterlassen, und er ist zu mir gekommen.«

»Ja, dann rufen Sie ihn doch einfach wieder an. Der nächste, bitte ...«

»Hören Sie mal, für wie blöd halten Sie mich denn? Ich habe ihn Tag und Nacht angerufen, aber er nimmt nicht ab. Ich kann nicht in seine Wohnung, weil ich in seinem Aerofon nicht registriert bin. Wollen Sie mir nun freundlicherweise seine Anschrift geben, oder wollen Sie, daß ich hier einen Aufstand mache? Weil ich nämlich – hören Sie mir gut zu! – von hier schnurstracks zur Behordenleitung gehen werde! Es liegt an Ihnen, ob Sie mir die Anschrift im guten oder im bösen geben!«

Azucenas Geschrei und ihr teuflischer Blick jagte dem Bürokratenfräulein einen Heidenschrecken ein. Brav nahm sie das Papier mit den Angaben zu Rodrigo entgegen, das Azucena ihr reichte, und suchte eifrig auf dem Computer nach der gewünschten Information.

»Diesen Herrn gibt es nicht.«

»Was heißt hier, den gibt es nicht?«

»Den gibt es nicht. Ich habe ihn bei den Inkarnierten und den Nichtinkarnierten gesucht, aber er steht in keinem Register.«

»Das kann nicht sein, Señorita. Er muß drinstehen.«

»Ich sage Ihnen doch, es gibt ihn nicht.«

»Hören Sie, Señorita, lassen Sie bitte diesen Unsinn! Der Beweis dafür, daß es ihn gibt, bin ich, denn ich bin seine Zwillingsseele. Rodrigo Sánchez gibt es, weil es mich gibt, und damit basta.«

In der gesamten Verbraucherschutzzentrale gab es niemanden, der das erregte Gezeter von Azucena nicht gehört hatte, doch keiner war so erstaunt darüber wie ihr gesprächiger Zufallsbekannter in der Warteschlange. Beinahe wäre ihm die Wimperntusche aus der Hand gefallen. Nach dem Tränenstrom, den er vergossen hatte, war er gerade dabei, sein Augen-Make-up etwas aufzufrischen. Seine Hände zitterten vor Aufregung, und nur mühsam gelang es ihm, die Schminke wieder in seiner Handtasche zu verstauen. Als Azucena wie eine Furie ihre Papiere nahm und auf dem Absatz kehrtmachte, wußte er nicht, was er tun sollte. Er war jetzt an der Reihe, blieb aber wie angewurzelt stehen, fragte sich, ob er an den Schalter gehen oder besser Azucena folgen sollte.

Als sie auf die Straße trat, ließ ein Klopfen auf ihre Schulter sie zusammenfahren. Neben ihr stand ein Mann von unangenehmem Äußeren, der ihr etwas ins Ohr flüsterte.

»Brauchen Sie einen Körper?«

»Wie bitte?«

»Ich kann Ihnen einen besorgen. In ordentlichem Zustand und zu einem guten Preis.«

Das fehlte gerade noch als Abschluß dieses zauberhaften Morgens in den Klauen der Bürokratie! Dummerweise hatte sie diesen »Schlepper« nicht gleich ignoriert, was bedeutete, daß sie ihn die nächsten drei Blocks nicht wieder loswürde. In allen Regierungsbehörden liefen jede Menge dieser Typen herum. Wollte man ungestört die Straße entlanggehen, so durfte man sie keines Blickes würdigen, sonst hängten sie sich wie eine Klette an einen, um ihre Ware, koste es, was es wolle, zu verhökern.

»Nein, danke.«

»Ach, kommen Sie. Nur Mut! Sie werden nirgendwo ein besseres Angebot bekommen!«

»Ich sagte nein. Ich brauche keinen neuen Körper.«

»Mein Vorschlag kommt doch nicht von ungefähr. Sie sehen schon ziemlich ramponiert aus.«

»Und was geht Sie das an?«

»Nichts natürlich, ich meine nur so. Nun kommen Sie schon, wir haben gerade ein paar neue reinbekommen, richtig hübsch, mit blauen Augen und allem drum und dran …«

»Ich sagte Ihnen doch, daß ich keinen will.«

»Aber, aber – angucken kostet doch nichts.«

»Nein. Haben Sie denn nicht kapiert?«

»Falls Sie sich Sorgen machen wegen der Polizei, können Sie beruhigt sein. Wir arbeiten nur mit Körpern ohne Auraregistrierung.«

»Die Polizei werde ich rufen, wenn Sie mir weiter auf den Geist gehen!«

»Sie haben vielleicht 'ne Laune!«

Da hatte sie aber noch einmal Glück gehabt. Schon nach anderthalb Blocks hatte sie den Kerl abgeschüttelt. Azucena drehte sich aber an der Ecke doch noch einmal um, weil sie sehen wollte, ob er ihr weiter folgte, und da sah sie, daß er nun ihren Zufallsbekannten ansprach. Hoffentlich geriet diese Ex-Ballerina, die ohne ihren Frauenkörper so frustriert war, in ihrer Verzweiflung nicht in die Fänge dieses Gauners! Sei's drum, was ging es sie an! Sie hatte ja wirklich genügend eigene Probleme.

Ihretwegen konnte die Welt getrost untergehen, ihr wäre das egal. Und so tief war Azucena in ihre Gedanken versunken, daß sie das Raumschiff nicht bemerkte, das über der Stadt kreiste und die Nominierung der neuen Kandidatin für die Weltpräsidentschaft verkündete: Ihr Name war Isabel González.

CD – 2

Tanzpause

Mala porque no me quieres
mala porque no me tocas
mala porque tienes boca
mala cuando te conviene

mala como la mentira
el mal aliento y el estreñimiento
mala como la censura
como rata pelona en la basura
mala como la miseria
como foto de licencia
mala como firma de Santa Anna
como pegarle a la nana

mala como la triquina
mala, mala y argentina
mala como las arañas
mala y con todas las mañas

mala como el orden, la decencia,
como la buena conciencia
mala por donde la mires
mala como una endodoncia
mala como clavo chato
mala como película checa
mala como caldo frío
mala como fin de siglo

mala por naturaleza
mala de los pies a la cabeza
mala, mala, mala
mala, ¡pero qué bonita chingaos!

LILIANA FELIPE

Du liebst mich nicht – wie fies,
berührst mich nicht – wie fies,
bist ein elendes Klatschmaul – wie fies,
und das gefällt dir auch noch – wie fies.

Wie die Lüge – so fies,
Gestank aus allen Poren – so fies,
Wie die Zensoren – so fies,
Wie kahle Ratten im Müll – so fies,
Wie die Armut – so fies,
Wie das Foto im Paß – so fies,
Wie ein wertloser Wisch – so fies,
Wie 'ne Tracht Prügel für Oma – so fies.

Wie ein Bandwurm im Darm – so fies,
Wie ein falscher Fuffziger – so fies,
Wie riesige Spinnen – so fies,
Widerlich und fies, fies, fies.

Wie die Pingeligkeit, das ach so feine Benehmen,
wie die Spießer,
Wohin man auch sieht – alles fies!
Wie ein Geschwür im Mund – so fies,

wie ein stumpfer Nagel – so fies,
Wie ein tschechischer Film – so fies,
Wie kalte Suppe – so fies.

Wie das Ende des Jahrhunderts – so fies.
Schon fies geboren,
Von Kopf bis Fuß – fies, fies fies.
Fies, aber was für ein verdammt toller Hecht!

LILIANA FELIPE

Dämon zu sein ist an sich schon ein cooler Job, aber Mammon zu sein, Isabels Dämon, das ist einfach die Krönung! Denn Isabel González ist die beste Schülerin, die ich in Hunderttausenden von Jahren gehabt habe. Sie ist die schönste, sanftmütigste Blume, die je auf dem Felde der Macht und des Ehrgeizes gewachsen ist. Ihre Seele befolgt arglos meinen Rat. Mein Vorschlag ist ihr Befehl, den sie schnurstracks ausführt. Sie schreckt vor nichts und niemandem zurück. Sie vernichtet ohne Gewissensbisse diejenigen, die sie vernichten soll. Um ihr Ziel zu erreichen, ist ihr keine Mühe zu groß, so daß ich glaube, daß sie schon bald unserem Kollegium angehören wird, und an jenem Tage werde ich der stolzeste Dämon der Hölle sein.

Welch ein Glück, ihr Meister zu sein! Die Wahl hätte ja einen anderen, in der Finsternis lebenden gefallenen Engel treffen können. Es gibt so viele, die mir an Erfahrung voraus sind. Doch – Gott sei Dank – entschied man sich für mich. Isabels Ehrgeiz wird mir den Aufstieg verschaffen, auf den ich nun schon jahrhundertelang warte. Endlich wird mir die verdiente Anerkennung zuteil werden, denn bislang habe ich nur Undank geerntet. Meine Mühen werden miserabel honoriert! Immer sind es diese Schutzengel, die den Applaus, die Orden, den Ruhm kassieren. Und ich frage mich, was die denn ohne uns machen würden, ohne uns Dämonen? Gar nichts. Ein Geist muß im Laufe seiner Entwicklung alle nur denkbaren Schrecken der Finsternis durchleben, bevor er die Erleuchtung erfährt. Es gibt keinen anderen Weg zum Licht als den durch die Dunkelheit. Eine Seele wird nur durch Leiden und Schmerz gestählt. Dem Menschen bleibt dieses Leiden nicht erspart. Die menschliche Seele ist töricht und wird nur durch Erfahrung klug. Bevor die Erkenntnis ins Hirn gelangt, muß sie erst vom Körper und den Sinnesorganen verarbeitet werden.

Bevor er wußte, daß es Sünde war, von der verbotenen Frucht zu essen, mußte der Mensch erst einmal ihr lockendes Aroma wahrnehmen, unter dem Verlangen leiden, sie zu schmecken, im Genuß schwelgen, in sie hineinzubeißen, sich das Stückchen im Munde zergehen lassen, die Rundungen der Frucht, ihren Saft, die weiche Haut kosten, die Speiseröhre, Magen und die Eingeweide umschmeichelt. Erst als Adam den Apfel aß, öffnete sich sein Geist neuen Erkenntnissen. Erst als er den Apfel verdaute, begriff sein Verstand, daß er nackt im Paradies wandelte. Und erst als er unter den Folgen zu leiden begann, die das Erlangen des Wissens der Götter nach sich zieht, die ihn einst schufen, wußte er, daß er falsch gehandelt hatte. Sinnlos, den Menschen zu sagen, sie dürften die Frucht vom Baume der Erkenntnis nicht essen. Sie lassen sich nun einmal durch nichts überzeugen, was sie nicht die eigene Erfahrung gelehrt hätte. Und die müssen sie voll und ganz durchleben.

Doch wer verschafft ihnen diese Erfahrung? Die Schutzengel? Nein, meine Herrschaften, wir, die Dämonen! Dank unserer Arbeit leidet der Mensch. Dank der Probe, auf die wir ihn stellen, kann er sich weiterentwickeln. Und was ist der Dank dafür? Man macht uns mies! Nun ja, so ist das Leben. Wir müssen immer die Rolle des Bösewichts spielen. Irgend jemand muß ja der Meister, der Korrektor, der Führer des Menschen in der Dunkelheit sein. Und ich versichere Ihnen, leicht ist das nicht. Erziehung schmerzt. Es tut weh, tadeln, strafen, verdammen zu müssen. Den Menschen unsertwegen ewig leiden zu sehen ist wirklich kein Vergnügen, und es ist auch kein Trost, zu wissen, daß all dies zu seinem Besten geschieht. Seine Qualen hören dadurch nicht auf. Wie viel angenehmer wäre es doch, zu denen zu gehören, die Linderung verschaffen, Ängste nehmen, Tränen trocknen, Schutz gewähren. Doch wie soll damit etwas Vernünftiges aus dem Menschen werden? Ohne Fleiß kein Preis, und irgend jemand muß ja die Schläge austeilen. Was wäre ein Klavier, würde nicht jemand die Tasten anschlagen? Den schönen Klang, wir würden ihn nicht hören!

So muß der Materie oft Gewalt angetan werden, damit sie sich in all ihrer Schönheit offenbart. Mit Hammer und Meißel entsteht aus einem Marmorblock ein Meisterwerk. Ohne Erbarmen, ohne Gewissensbisse, ohne Angst muß man zuschlagen, den Stein brechen, damit der Marmor seine Schönheit preisgibt. Ein Kunstwerk schaffen heißt Störendes entfernen. Ebenso verfährt die Schöpfung. Im Mutterleib werden Zellen verdrängt und vernichtet, damit andere existieren können. Damit sich die Oberlippe von der Unterlippe trennen konnte, mußten Tausende von Zellen sterben, die sie verbanden. Wäre dem nicht so, wie könnte der Mensch sprechen, singen, essen, küssen und voller Liebe seufzen?

Leider besitzt die Seele nicht die Weisheit der Zellen. Sie ist ein Rohdiamant, der durch Leiden geschliffen werden muß, bevor er in vollem Glanz erstrahlt. Nach so vielen Jahrhunderten sollte die Seele gelernt haben, der Strafe keinen Widerstand entgegenzusetzen, doch sie weigert sich beharrlich, die Zelle zu sein, die sich auslöscht, damit der Mund sich öffnen kann, um für alle zu sprechen. Das gleiche geschieht mit den Menschen. Sie wollen nicht der Teil des Steins sein, der abgeschlagen wird, damit die Skulptur zutage tritt. Es gibt also keinen anderen Ausweg, als ihn – zum Wohle der Menschheit – zu zertrümmern.

Die dazu Auserwählten sind diejenigen, die der Materie ohne Skrupel Gewalt antun; solche, die weder den Ort, an dem sich die Dinge befinden, noch deren Ordnung respektieren; diejenigen, die das Leben nicht als reines Wunder sehen, sich niemals niederlassen, um etwa die Schönheit eines Sonnenuntergangs zu genießen. Es sind diejenigen, die wissen, daß man die Welt zum eigenen Nutzen verändern kann; diejenigen, die glauben, daß es keine Grenze gibt, die nicht überschritten, keine Ordnung, die nicht zerstört, kein Gesetz, das nicht geändert, keine Tugend, die nicht gekauft, keinen Körper, der nicht besessen, keine Pyramide, die nicht zertrümmert werden könnte. Es sind jene, die wissen, daß es keinen Gegner gibt, der unverletzlich wäre.

Diese Menschen sind unsere besten Verbündeten. Und Isabel ist ihre Königin. Sie ist der unbarmherzigste, unmenschlichste, ehrgeizigste, grausamste und auf subtilste Weise gehorsamste aller Gewaltmenschen. Ihre virtuosen, brutalen Schläge haben die schönste Musik hervorgebracht. Dank der Folter, die sie ausgeübt hat, wurden viele Menschen mit Luzifers Küssen und Segnungen beschenkt. Dank den Kriegen, die sie entfacht hat, sind große Fortschritte im Bereich von Wissenschaft und Technik gemacht worden. Dank der Korruption, die sie ausübt, konnten Menschen großzügig sein. Dank dem Gebrauch und Mißbrauch der Privilegien, die die Macht verleiht, dank ihrer Respektlosigkeit, dank der Art, wie sie anderen ihre Vorstellungen aufzwingt, dank der Tatsache, daß sie die Handlungen der ihr Untergebenen kontrolliert, konnten diese zu Erleuchtung und Erkenntnis geführt werden.

Damit ein Mensch lernt, wie viel seine Beine wert sind, müssen sie ihm abgeschlagen werden. Um zu erkennen, was Trost bedeutet, muß man ihn benötigen. Um sich über liebevolle Umsorgung einer Mutter freuen zu können, muß man krank sein. Um zu erkennen, was Erniedrigung ist, muß man erniedrigt werden. Um zu wissen, was es heißt, verlassen zu sein, muß man verlassen werden. Um Solidarität schätzenzulernen, muß man in Ungnade fallen. Um zu wissen, daß Feuer brennt, muß man sich verbrennen. Um den Wert von Ordnung schätzenzulernen, muß man die Folgen des Chaos erfahren. Um das Leben im Universum fassen zu können, muß der Mensch erst lernen, es zu zerstören. Um das Paradies wiederzuerlangen, muß der Mensch erst durch die Hölle gehen, und er muß sie vor allen Dingen lieben. Denn nur, wenn man das liebt, was man haßt, entwickelt man sich weiter. Nur über die Dämonen kommt man zu Gott. So müßte also Azucena mehr als dankbar dafür sein, daß ihr Schicksal mit dem meiner geliebten Isabel verknüpft wird, denn bald, sehr bald schon wird sie diese Verbindung zu Gott führen.

Laßt uns frohlocken, Freunde,
einander umarmen.
Wir wandeln auf blühender Erde.
Niemand soll hier die Blumen,
niemand den Gesang zerstören,
sie werden im Hause des Schöpfers überdauern.

Auf Erden ist das Reich des flüchtigen Augenblicks.
Wird dies auch dort so sein,
wo wir einst weiterleben?
Wird man dort glücklich sein?
Wird es dort Freundschaft geben?
Oder ist es nur hier auf Erden,
wo wir einander erkennen?

AYOCUAN CUETZPALTZIN, *Dreizehn Dichter der Aztekischen Welt,* MIGUEL LEÓN-PORTILLA

Je mehr sich das Haus mit Blumen und Glückwunsch-Telegrammen füllte, desto enger schnürte sich Isabels Brust zusammen. Das Leben hätte ihr kein größeres Geschenk machen können als das, zur amerikanischen Kandidatin für die Weltpräsidentschaft gewählt worden zu sein. Ihr Traum, einmal auf dem Gipfel der Macht zu stehen, den Respekt und die Bewunderung aller zu spüren, war wahr geworden. Doch sie fühlte nur die Angst in sich. Eine unerklärliche Furcht hinderte sie, ihren Triumph richtig auszukosten. Je mehr Unterstützung man ihr anbot, desto bedrohter fühlte sie sich, denn logischerweise hätte jeder gern an ihrer Stelle gestanden. Sie fühlte sich beneidet, beobachtet und außerdem sehr, sehr verletzlich. Sie hielt alle, die sie umgaben, für mögliche Feinde. Da sie wußte, daß der Mensch von Natur aus käuflich ist, vertraute sie niemandem. Jeder konnte ein Verräter sein. Deshalb war sie vorsichtiger denn je. Sie schloß die Tür ihres Schlafzimmers ab, nahm ständig fremde Gerüche wahr, die sonst niemand bemerkte. Ihr Geschmackssinn war übersensibel geworden. Sie empfand ihre Umwelt nur noch als reale Bedrohung und war überzeugt davon, daß das gesamte Universum gegen sie war. Solange sie nichts zu verlieren hatte, lebte sie mehr oder weniger ruhig, doch jetzt, wo sie kurz davor stand, alles zu besitzen, zitterte sie wie eine Mohnblume im Wind. Wie einst als Kind, als sie nicht wagte, im Dunkeln allein unterwegs zu sein, weil sie immer das Gefühl hatte, der Schwarze Mann könnte sie jederzeit von hinten packen. Es war das gleiche Gefühl, das sie heute überkam, wenn sie in Filmen Liebesszenen sah. Sie wußte, daß das Unglück meist nicht lange auf sich warten ließ, und anstatt sich an den Küssen der Liebenden zu erfreuen, ließ sie ihren Blick in der bangen Erwartung über den Bildschirm wandern – gleich könne ein Dolch auftauchen und sich in den Rücken des Liebhabers bohren. Mit der Filmmusik war es dasselbe. Da sie wußte, daß sich jede Art von Horror mit der entsprechenden Musik ankündigte, konnte sie die Liebesszenen nie genießen, sondern versuchte ständig, aus jeder kleinsten Veränderung in der Melodie den nahenden Schrecken herauszuhören, um dann rechtzeitig die Augen zu schließen und einen Seelenschock vermeiden zu können. Es war allgemein bekannt, daß diese Art von Angstzuständen der Gesundheit schadeten. Und zwar so sehr, daß die Gesundheitsbehörde gerade solche Horrormelodien in Filmen verboten hatte, weil sie die Leber der Zuschauer angriff. Isabel hatte dieser Maßnahme begeistert zugestimmt. Sie bedauerte nur, daß es nicht auch im realen Leben eine Organisation gab, die das Hereinbrechen von Tragödien im Alltag regelte; die verhinderte, daß auf den Klang der Festtagsglocken unvermittelt das Geheule von Krankenwagensirenen folgte; eine Institution, die vor kommenden Katastrophen warnte. In ihrer jetzigen Situation waren Isabels Nerven immerzu bis zum Zerreißen gespannt. Alle wollten sie sehen, sie begrüßen, interviewen, in ihrer Nähe, oder besser, in der Nähe der Macht sein. Isabel mußte sich dem stellen, doch immer mit wachem Blick. Sie mußte sehr vorsichtig sein; durfte keinem trauen. Sich nicht die geringste Schwäche anmerken lassen, die dem Feind Gelegenheit gäbe, sie im Handumdrehen zu vernichten. Sie mußte immer wachsam bleiben und durfte sich, im Zweifelsfalle, auch nicht von ihrem Herzen in Versuchung führen lassen. Das war allerdings ihr geringstes Problem. Wenn sie es schon geschafft hatte, ihre eigene Tochter aus dem Weg zu räumen, würde sie es mit jedem aufnehmen, der ihr in die Quere kam.

Ihre Tochter war am 12. Januar 2180 um 21 Uhr 20 Minuten in Mexiko-Stadt im Sternzeichen des Steinbocks mit Aszendent Jungfrau geboren worden. Ihr Geburtshoroskop zeigte, daß sie einige Probleme mit der Autorität haben würde, ausgewiesen über die Quadratur zwischen Saturn und Uranus. Saturn repräsentierte die Autorität, Uranus hingegen verwies auf die Freiheit, die Rebellion. Außerdem stand Uranus im Zeichen des Widders, was diese Konstellation noch enorm verstärkte. Das bedeutete, daß Isabels Tochter ihre Ansichten vehement verteidigen, häufig impulsiv und unverantwortlich handeln würde. Daß Uranus im VIII. Haus, im Haus des Verbrechens, stand, wies zudem auf die Möglichkeit hin, daß sie sich gegen Autoritäten auflehnen und dabei in geheime, illegale Machenschaften verwickelt werden könnte.

All diese subversiven Eigenschaften, die das Mädchen in sich vereinigte, ließen erwarten, daß es, wenn es heranwuchs, zu einem wahren Problem werden würde, vor allem für Isabel, deren Plan es von jeher gewesen war, einmal Weltpräsidentin zu werden. Nun, es war nicht nur ein Traum. Schon in ihrem Geburtshoroskop stand dergleichen geschrieben. Darüber hinaus konnte man dort lesen, daß, sobald sie Präsidentin sei, für die Menschheit eine Epoche des Friedens anbrechen würde. Daher wollte Isabel ihre Tochter nicht zur Feindin haben. Und noch bevor sie etwas für sie empfinden konnte, hatte sie angeordnet, das Kind für einen Zeitraum von hundert Jahren zu desintegrieren, damit verhindert wurde, daß das momentan positive Schicksal der Menschheit einen negativen Lauf nahm.

Manchmal dachte sie an diese Tochter. Wie wäre sie wohl gewesen? Hübsch und voller Anmut? Hätte sie ihr ähnlich gesehen? Wäre sie schlank geworden oder dick wie Carmela, ihre andere Tochter? Wenn man es recht bedachte, hätte auch Carmela desintegriert werden sollen. Sie stürzte Isabel von einer peinlichen Situation in die nächste. Heute morgen zum Beispiel hatte Isabel als erstes das Cyber-TV angestellt, um zu sehen, ob das Interview ausgestrahlt wurde, das sie nach ihrer Ernennung zur Weltpräsidentschaftskandidatin gegeben hatte. Und tatsächlich. Wie reizvoll es doch war, sich selbst dreidimensional im eigenen Schlafzimmer zu sehen. Welch eine Genugtuung, zu wissen, daß ihr Lächeln in alle Haushalte der Welt hineinstrahlte! Das einzig Dumme war nur, daß Abel Zabludowsky auf die Idee gekommen war, auch Carmela zu interviewen. Mein Gott, wie peinlich! Ihr dickes Fräulein Tochter tauchte nun auch überall auf. Wenn sie bloß beide vernünftig in die Zimmer paßten und nicht sie, Isabel, hinausgedrängt würde. Das könnte man im wahrsten Sinne des Wortes als Sendeplatzklau bezeichnen! Meine Güte! Was mußten die Leute von ihr gedacht haben! Daß sie eine schlechte Mutter war, weil sie ihr Kind nicht auf Diät setzte? Einfach gräßlich! Sie wußte auch nicht, was sie an diesem Tag mit Carmela machen sollte. Sie erwartete eine Unzahl von Leuten zu einem offiziellen Empfang. Im Patio des Hauses wurde schon alles für das Essen vorbereitet, das sie für die Presse geben wollte. Und da wollte sie ihre Tochter auf keinen Fall dabei haben. Aber wie sollte sie sie verstecken? Jetzt, wo sie in den Nachrichten erschienen war, würden alle nach ihr fragen.

Isabel mußte sich etwas einfallen lassen. Die Stimme ihrer Tochter unterbrach ihre Überlegungen.

»Mami, darf ich reinkommen?«

»Ja.«

Die Tür ging auf, und Carmela stand im Schlafzimmer. Sie hatte sich für das Essen schöngemacht und ein weißes Spitzenkleid angezogen. Dieser Tag war für ihre Mutter ein besonderer, da wollte Camela so schick wie möglich aussehen.

»Zieh das Kleid aus!« zischte Isabel.

»Aber ... es ist mein bestes ...«

»Damit siehst du aus wie ein aufgeblasener Hefekloß. Ist ja schlimm. Wie kommst du bloß darauf, bei deiner Figur etwas Weißes anzuziehen.«

»Du hast gesagt, das Essen findet tagsüber statt, und du hast auch immer gesagt, 'was Schwarzes trägt man nur am Abend.«

»Sieh an, sieh an, wenn's dir paßt, kannst du sogar zuhören. Aber wenn du wirklich mal gehorchen sollst, sieht das ganz anders aus. Also, zieh dich um! Und wenn du wiederkommst, bring auch die Handtasche mit, die du zu deinem Kleid tragen willst.«

»Ich habe keine schwarze Handtasche.«

»Dann besorg dir eine. Jedenfalls kommst du nicht ohne Handtasche. Nur die leichten Mädchen gehen ohne. Willst du etwa wie ein Flittchen aussehen? Legst du es unbedingt drauf an, mich lächerlich zu machen?«

»Nein.«

Carmela konnte ihr Schluchzen nicht mehr zurückhalten. Sie zog ein Papiertaschentuch aus ihrer Tasche und trocknete die Tränen, die ihr in Strömen übers Gesicht liefen.

»Was soll denn das nun wieder. Hast du etwa keine Stofftaschentücher? Wie kannst du nur ohne ein Stofftaschentuch losgehen? Von heute an mußt du lernen, dich meiner neuen Stellung entsprechend zu benehmen. Und nun verschwinde, Ärger genug hast du mir ja schon gemacht!«

Carmela drehte sich auf dem Absatz um, doch bevor sie an der Tür war, hielt Isabel sie zurück.

»Und vergiß ja nicht, einen großen Bogen um die Kameras zu machen.«

Isabel war fuchsteufelswild. Diese Jugend! Immer mußte sie ihren Kopf durchsetzen, auf ihrer verrückten Mode beharren, die Autorität herausfordern. Und die Autorität war in diesem Falle sie. Sie verstand nicht, wieso offensichtlich jeder ein Problem mit ihr und ihrer Rolle hatte. Aber so war es. Niemand ertrug es, sie in einer hohen Position zu sehen. Bei jeder Gelegenheit mußten sie immer gleich aufbegehren. Am besten sollte sie schnell einmal nachsehen, ob ihre Angestellten den Patio und die Tische so schmückten, wie sie es angeordnet hatte.

Der Innenhof glich einem Schwarm wildgewordener Bienen. Unzählige Arbeiter rannten, von Isabels Vertrautem, Agapito, befehligt, hektisch hin und her. Agapito fiel es schwerer denn je, es seiner Chefin recht zu machen, denn er hatte viel zu wenig Zeit, einen so großen Empfang zu koordinieren. Isabel hätte damit ruhig noch warten können. Sie war erst vor vierundzwanzig Stunden zur Kandidatin ernannt worden, und jeder hätte Verständnis dafür gehabt, daß sie auf so viele Leute nicht vorbereitet war. Doch sie, mit ihrem phantastischen Organisationstalent, hatte sie alle beeindrucken wollen. Agapito tat sein Bestes, alles perfekt zu erledigen. Die Tische, die Tischtücher, die Blumenarrangements, die Weine, das Essen, die Bediensteten, die Einladungen, die Presse, die Musik, alles – was man so alles nennt – war von ihm organisiert worden. Kein Detail war ihm entgangen. Er hatte jeden Schnipsel, der in der Presse über ihre Ernennung zu finden gewesen war, ausgeschnitten und eine Liste der Personen angefertigt, die Isabel telefonisch gratuliert hatten. Er ahnte, daß sie vor allem wissen wollte, wer neben ihr sitzen würde und wer sich bisher noch nicht positiv über sie geäußert hatte, damit diese Leute auf die Liste der Feinde gesetzt werden konnten.

Als Agapito Isabel auf sich zukommen sah, wurde er nervös. Er lechzte nach einem Lob aus dem Munde seiner Herrin. Schließlich hatte er bis zum Umfallen geschuftet. Isabel ließ ihren Blick über den Innenhof schweifen. Alles schien ihren Erwartungen zu entsprechen, doch dann entdeckte sie schon wieder die Spitze der Pyramide, die mitten im Hof den Boden durchstieß. Man kannte das Problem. Es war nicht zum ersten Mal aufgetaucht. Wieder einmal mußte sie anordnen, die Trümmer zu verdecken, denn die Regierung durfte nicht erfahren, daß ihr Haus auf einer präkolonialen Pyramide stand. Normalerweise wurde in solchen Fällen der Besitz nämlich enteignet. Scharen von Archäologen würden die Stätte bevölkern und mit den antiken Schätzen auch Isabels Vergangenheit ans Tageslicht bringen, die sie lieber gut vergraben, tief unter der Erde wußte.

»Agapito! Warum ist die Pyramide nicht zugedeckt worden?«

»Nun ... weil ... wir haben gedacht, es sei gut für Ihr Image, wenn jedermann sieht, wie wichtig Ihnen die alten Heiligtümer sind ...«

»Wir haben gedacht? Wer ist *wir*?«

»Nun ja, die Jungs und ich ...«

»Die Jungs! Die Jungs sind Vollidioten, die nicht allein denken können und dir unterstellt sind. Wenn sie mehr Macht haben als du, wozu brauche ich dann noch dich? Ich werde mir jemand suchen müssen, auf den sie hören!«

»Ja, aber, sie hören doch auf mich ... Eigentlich war es ja auch meine Entscheidung ...«

»Gefeuert bist du – so oder so.«

»Aber warum denn bloß?«

»Warum? Weil ich es satt habe, für euch Rotzlöffel die Erzieherin zu spielen. Ich habe dir tausendmal gesagt, daß die, die nicht machen, was ich sage, zum Teufel gehen sollen.«

»Aber ich habe doch gemacht, was Sie gesagt haben.«

»Und habe ich dir niemals gesagt, daß du die Pyramide so lassen sollst.«

»Aber Sie haben nicht gesagt, daß ich sie verdecken soll. Es ist unfair, mich wegen eines kleinen Fehlers zu feuern, wo doch sonst alles perfekt ist, das sehen Sie doch ...«

»Das einzige, was ich sehe, ist, daß du kein Profi bist und daß ich möchte, daß du sofort verschwindest. Sag Rosalío, er soll hier für dich weitermachen.«

»Rosalío ist nicht da.«

»Wieso ist er nicht da? Wo ist er denn?«

»Im Zentrum ...«

Isabel freute sich diebisch über diese Antwort und fragte Agapito leise: »Um Schokolade für mich zu besorgen?«

»Nein, Sie selbst haben ihm doch die Erlaubnis gegeben, seine Papiere bei der Verbraucherzentrale einzureichen.«

»Dann wird er auch gefeuert. Ihr geht mir alle auf den Geist!«

Als Isabel Abel Zabludowsky mit seinem Team und den Kameras hereinkommen sah, hörte sie sofort auf zu meckern und setzte ihr charmantestes Lächeln auf. Sein Kommen versetzte ihr einen Schrecken. Er hatte ihr Gezeter wohl hoffentlich nicht mit angehört. Das hätte ganz und gar nicht zu ihrem Image gepaßt. Für alle Fälle legte sie Agapito den Arm um die Schulter und tat so, als würde sie mit ihm scherzen. Als dann aber auch noch zwei Zentner Carmela daherkamen, machte ihr Herz erneut einen Satz. Man mußte unbedingt verhindern, daß ihre Tochter noch einmal interviewt wurde und daß Abel Zabludowsky die Spitze der Pyramide sah.

Der wachsame Agapito hatte mal wieder gut aufgepaßt und ihre Gedanken erraten. Ihm war eine geniale Idee gekommen. Damit konnte er vielleicht seine Stellung und das Vertrauen Isabels zurückgewinnen:

»Und wenn wir nun Carmela auf die Spitze der Pyramide setzen und ihr sagen, daß sie da gefälligst bleiben soll?«

So geschah es. Die dicke Carmela bewahrte ihre Mutter davor, daß irgend jemand merkte, daß der Patio drauf und dran war, eine Pyramide zu gebären.

Azucena war zu Fuß nach Hause gegangen. Spazierengehen beruhigte sie. Von der Ecke der Straße aus, in der sie wohnte, sah sie Cuquita ins Haus gehen. Sie wunderte sich, daß sie erst jetzt kam, da sie das Büro für Astralbeförderung lange vor ihr verlassen hatte. Der prall gefüllten Einkaufstasche nach zu urteilen war sie wohl noch auf dem Markt gewesen. Cuquita bemerkte Azucena ebenfalls von weitem, was ihr gar nicht paßte. Um ein Zusammentreffen zu vermeiden, versuchte sie so schnell wie möglich ins Haus zu kommen, doch der lang im Eingang hingestreckte stinkige Körper ihres betrunkenen Ehemanns Ricardo hinderte sie daran. Daß er dort lag, war nichts Außergewöhnliches. Ihr Mann gehörte sozusagen zum Inventar des Viertels, und niemand wunderte sich mehr darüber, ihn täglich besudelt und vollgeschmiert am Boden liegen zu sehen. Die Nachbarn hatten sich bereits beim Gesundheitsamt beschwert und Cuquita nachhaltig dafür zurechtgewiesen, daß ihr Mann die Straße gern als Schlafzimmer benutzte. »Arme Cuquita!« dachte Azucena. Kein Wunder, daß sie einen solchen Gatten loswerden wollte. Aber irgend etwas Schlimmes mußte sie ja in anderen Leben angestellt haben, um ein so gräßliches Karma zu haben. Von ihrem Standort aus sah sie, wie Cuquita ihren Mann ins Haus zu ziehen versuchte, der sich aber wütend wehrte und Cuquita einen deftigen Schlag versetzte.

Sein Verhalten machte Azucena ausgesprochen sauer. Ihr schoß das Blut in den Kopf, und ohne daß sie etwas dagegen tun konnte, verwandelte sie sich in eine wahre Furie. Im Handumdrehen war sie bei dem ungleichen Paar, packte Cuquitas Mann an den Haaren, schleuderte ihn gegen die Wand und versetzte ihm einen phänomenalen Tritt in die Eier. Obendrein bekam er gleich noch einen rechten Haken in die Leber und, als er am Boden lag, ein paar gepfefferte Fußtritte, in die sie ihre ganze aufgestaute Wut legte. Anschließend war Azucena erschöpft, aber sichtlich zufrieden. Sie fühlte sich befreit. Cuquita wußte nicht, ob sie ihr die Hand küssen oder die eigene Einkaufstasche aufheben sollte, die ihr die Treppe heruntergefallen war. Sie beschloß, ihr nur kurz zu danken, und raffte dann ihre Sachen zusammen, bevor jemand sie sah. Azucena eilte ihr zur Hilfe und wunderte sich sehr, als sie feststellte, daß in der Tasche weder Obst noch Gemüse, sondern nur jede Menge Cyber-Bücher steckten.

Einige Monate zuvor hatte Cuquita sie gebeten, ihr beim Kauf solcher Bücher behilflich zu sein. Ihre Großmutter war blind und verzweifelt darüber, daß sie weder lesen noch fernsehen konnte. Damals war ein sensationelles Produkt neu auf den Markt gekommen: Filme für Blinde. Es handelte sich dabei um eine ganz einfache Brille, die elektrische Impulse direkt ins Gehirn aussandte. Das Ergebnis waren virtualisierte Bilder für Blinde, die fortan genausogut »sahen« wie Menschen, die noch ihr Augenlicht hatten. Cuquitas Großmutter war die erste, die einen Antrag auf Erwerb dieses Apparates gestellt hatte, und die erste, die abgewiesen worden war. Ihr wurde dieser Genuß verwehrt, weil ihre Blindheit auch ihr Karma war. Sie hatte, während ihrer Zeit als Soldat in Argentinien, mehrere Leute mit

Blendungen gefoltert. Cuquita, die sie Tag und Nacht weinen sah, hatte sich ein Herz gefaßt und Azucena um ein Empfehlungsschreiben gebeten, in dem sie angeben sollte, daß sie Astralanalytikerin sei und bestätigte, daß die Großmutter ihr Karma schon doppelt und dreifach abgearbeitet habe, was natürlich nicht stimmte. Azucena hatte selbstverständlich abgelehnt. Das verstieß gegen ihren Berufsethos. Doch jetzt stellte sie überrascht fest, daß Cuquita es irgendwie allein geschafft und einen Apparat bekommen haben mußte. Azucena fragte sich, wie sie das wohl angestellt hatte. Wen hatte sie bestochen? Cuquita ließ ihr keine Zeit, noch weitere Theorien darüber aufzustellen. Sie riß ihr die Virtualbücher aus der Hand und steckte sie schnell in die Tasche. Dann wandte sie sich Azucena zu und fragte herausfordernd: »Werden Sie mich nun *annoncieren*?«

»Was annoncieren?«

»Nun tun Sie doch nicht so! Ich wollte Sie nur gleich vorwarnen, wenn Sie das der Polizei sagen, bin ich zu allem fähig. Für meine Familie ...«

»Ach so! Nein, machen Sie sich keine Sorgen, ich werde Sie nicht denunzieren ... Aber sagen Sie mal, da, wo es diese Bücher gibt, bekommt man da auch CDs?«

Cuquita wunderte sich sehr über Azucenas Interesse. Sie schien sie nicht nur nicht verraten zu wollen, sondern im Gegenteil – sie hatte offenbar selbst vor, aus ihrer Information Nutzen zu ziehen. Das verriet der Glanz in ihren Augen, und ohne weiter darüber nachzudenken, hatte sie Vertrauen gefaßt!

»Ja ... schon ... aber es ist ziemlich gefährlich, CDs zu kaufen. Die sind wirklich *obsolet* verboten. Ich warne Sie!«

»Das ist mir egal. Sagen Sie mir bloß, wo ich sie kriege. Ich muß unbedingt eine haben!«

»Auf dem Schwarzmarkt in Tepito.«

»Und wie komme ich dahin?«

»Was, Sie waren noch nie da?«

»Nein.«

»Ach du liebe Zeit! Dann werden Sie sich bestimmt verlaufen, denn es ist ziemlich *komplex,* da hinzukommen. Ich würde Sie ja gern begleiten, aber meine Großmutter wartet auf mich. Ich muß ihr was zu essen machen ... Wenn Sie wollen, gehen wir morgen zusammen hin.«

»Nein danke, lieber heute. Ich werd's schon finden.«

»Na ja, wie Sie wollen. Also, gehen Sie erst mal nach Tepito. Und da fragen Sie dann weiter.«

»Danke.«

Azucena sprang auf und rannte, ohne sich von Cuquita zu verabschieden, zur Aerofonzelle an der Ecke, um sich nach Tepito zu beamen. Innerhalb weniger Sekunden stand sie schon mitten auf dem Markt von Lagunilla. Die Tür der Aerofonzelle ging auf, und sie sah sich einer Menschentraube gegenüber, die sich vor ihrer Kabine drängelte. Mühsam bahnte sie sich einen Weg durch die Menge und begann ihre Wanderung durch Tepito. Auf dem überfüllten Markt kämpfte sie sich bis zu den Ständen vor, an denen Antiquitäten verkauft wurden. Jeder einzelne Gegenstand übte eine geradezu magische Zauberkraft auf sie aus. Sie fragte sich, wem diese Dinge gehört haben mögen, aus welcher Zeit sie wohl stammten. Sie kam an Ständen mit alten Reifen, Autos, Staubsaugern, Computern und einer Vielzahl anderer Gegenstände wobei, die längst von niemandem mehr gebraucht wurden; doch Musik entdeckte sie nirgends. Endlich sah sie an einem Stand immerhin einen CD-Player. Dort würde sie sicher fündig. Sie trat näher heran und beobachtete den Händler, verwickelt in das Gespräch mit einem Kunden, der sich für einen Zahnarztstuhl mit einem Satz Pinzetten und Spritzen sowie Formen für Zahnabgüsse interessierte. Azucena verstand nicht, wie man sich für solche Folterinstrumente interessieren konnte, aber die Geschmäcker sind ja bekanntlich verschieden. Sie wartete, daß die beiden sich einig wurden, doch der eine war so stur wie der andere, und keiner wollte nachgeben. Irgendwann wandte sich der Händler, der keine Lust mehr zum Feilschen hatte, Azucena zu und wollte wissen, was sie denn wünsche, die aber blieb stumm wie ein Fisch. Sie wagte nicht, laut zu fragen, wo man denn unter der Hand CDs erhalte. Um sich nicht lächerlich zu machen, fragte sie nach dem Preis für einen der schönen silbernen Servierlöffel. Da hörte sie hinter sich eine Frauenstimme rufen: »Der Löffel gehört mir. Ich habe ihn zurücklegen lassen.« Azucena drehte sich um und stand vor einer attraktiven brünetten Frau, die ihr den Löffel aus der Hand reißen wollte. Azucena gab ihn ihr und entschuldigte sich höflich. Sie habe nicht gewußt, daß er schon jemandem gehöre. Ziemlich frustriert machte sie sich davon. Auch wenn es einen Schwarzmarkt für CDs gab, so schien es doch ziemlich schwierig zu sein, die Leute zu finden, die ihn kontrollierten. Sie hatte nicht die geringste Ahnung, wie sie das anstellen sollte, wen sie fragen, wohin sie gehen sollte. Das hatte sie nun von ihrem hohen Stand spiritueller Entwicklung! Sich nicht auszukennen in zwielichtigen Geschäften war nicht gerade von Vorteil. Am besten ging sie erst mal nach Hause und käme an einem anderen Tag mit Cuquita wieder.

Azucena wollte sich schon zwischen den unzähligen Ständen

hindurch einen Weg zum Ausgang bahnen, als plötzlich eine Melodie aus einem Laden erklang, der auf CD-Player, Radios und Fernseher spezialisiert war. Sofort steuerte sie ihn an. Das erste, was ihr auffiel, was das Schild *Musik zum Weinen*, und darunter stand in winzigen Buchstaben: *Mit Genehmigung der Obersten Gesundheitsbehörde.* Obwohl alles sehr legal wirkte, ahnte Azucena, daß sie hier finden würde, was sie suchte. Musik konnte einen ja tatsächlich zum Weinen bringen, so wie sie die Sehnsucht weckte und an der Erinnerung rührte. Bei der Musik mußte Azucena erneut an Rodrigo denken und wie sie mit ihm zu einem einzigen Wesen verschmolzen war, wie sie die Grenzen der Haut überschritten und vier Arme, vier Beine, vier Augen und zwanzig Finger gehabt hatte, die mit ihren zwanzig Nägeln das feine Häutchen in ihrem Innern zerreißen sollte, das den Eingang zum Paradies versperrte. Azucena stand vor dem Laden des Antiquars und weinte bitterlich. Der Mann betrachtete sie freundlich. Azucena schämte sich und trocknete hastig ihre Tränen. Wortlos zog der Ladenbesitzer die CD aus dem Abspielgerät und gab sie ihr.

»Was macht das?«

»Nichts.«

»Wieso nichts? Ich kaufe sie …«

Der Antiquar lächelte liebenswürdig. Azucena spürte, wie sich ein Strom von Sympathie zwischen ihnen aufbaute.

»Niemand kann etwas verkaufen, was ihm nicht gehört. Und auch nichts bekommen, was man nicht verdient hat. Nehmen Sie nur, sie gehört Ihnen.«

»Danke.«

Azucena griff nach der CD und steckte sie in ihre Handtasche. Es war ihr peinlich, den Antiquar auch noch nach einem Player zu fragen, denn dieser gleichzeitig so vertraute wie dennoch unbekannte Mann hätte ihr wahrscheinlich selbst den Apparat noch geschenkt, und das wäre nun doch etwas zu viel gewesen. Bevor sie ging, kam die brünette Frau mit dem Silberlöffel hinzu und begrüßte den Antiquar. »Hallo Teo!« Der Antiquar umarmte sie. »Meine liebe Citlali, wie schön, dich zu sehen!« Azucena verschwand wortlos und ließ das angeregt plaudernde Paar zurück. Einige Stände weiter konnte sie wenigstens einen Discman für ihre CD erstehen und machte sich dann auf den Weg zur nächsten Aerofonzelle. Sie hatte es eilig, nach Hause zu kommen und die Musik zu hören. Sie fühlte sich wie ein Kind mit einem neuen Spielzeug. Bei den Aerofonzellen drängten sich so viele Menschen, daß einem fast die Luft wegblieb. Azucena gelang es, sich durch die Menge zu boxen und die Kabinentür in wahrer Rekordzeit zu erreichen: Gerade mal eine halbe Stunde hatte sie gebraucht. Ihr Glück lag zum Greifen nah, als ein Mann mit dichtem Schnurrbart versuchte, sich vor ihr in die Zelle zu drängeln. Azucena hatte diese ewigen Hindernisse allmählich satt. Mit wutverzerrtem Gesicht packte sie den Mann und zog ihn mit einem Griff aus der Zelle. Der Mann sah völlig verzweifelt aus. Er schwitzte heftig und bat inständig:

»Señorita, lassen Sie mich vor, bitte!«

»Von wegen! Jetzt bin ich dran. Ich habe genauso lange wie Sie gebraucht, um endlich ranzukommen ...«

»Was macht es denn schon, wenn Sie mich vorlassen? Was sind denn schon dreißig Sekunden mehr oder weniger? Länger dauert es doch nicht, bis die Kabine wieder für Sie frei ist ...«

Die Menge begann zu pfeifen und versuchte, in die leere Zelle zu gelangen, die die beiden Streithähne über ihrem Disput fast vergaßen. In genau diesem Augenblick sah der Schnurrbärtige, daß die Kabine nebenan frei wurde und schlüpfte hinein. Azucena trat, bevor jemand anderes es tun konnte, schnell in die andere. Damit war die Sache wohl erledigt.

Nicht zu fassen! Wer hätte gedacht, daß die Menschen sich im 23. Jahrhundert noch immer wie wilde Tiere aufführten. Bedachte man die großen Fortschritte auf dem Gebiet der Wissenschaft, war das eigentlich ein Witz. Während Azucena ihre Aerofonnummer wählte, dachte sie daran, wie angenehm es doch war, all die Errungenschaften der Technologie nutzen zu können. Sich zu desintegrieren, durch das Weltall zu reisen und wieder zu integrieren – und all das im Handumdrehen. Einfach super!

Die Tür der Aerofonzelle öffnete sich, und Azucena wollte in ihr Wohnzimmer gehen. Vergebens! Eine elektromagnetische Sperre hinderte sie daran. Eine Alarmanlage begann zu schrillen, und Azucena merkte, daß sie sich nicht in ihrer eigenen, sondern in einer wildfremden Wohnung befand, wo sich gerade ein Paar hemmungslos liebte. Nun ja, wenn man es recht bedachte, dann war auf die technologischen Errungenschaften in Mexiko letztlich doch kein Verlaß. Derartige Unfälle passierten immer wieder, wenn sich die Aerofonleitungen kreuzten oder gestört waren. Das war zwar nicht lebensgefährlich. Aber solche Fehlschaltungen konnten ganz schön ärgerlich und peinlich sein.

Das Paar hielt, als es den Alarmton hörte, in seinem Liebesakt inne. Die Frau glättete hastig ihren Rock, während sie »O Gott, mein Mann!« brüllte. Azucena wußte nicht, was sie tun, wohin sie schauen sollte. Sie ließ ihren Blick durch die Wohnung schweifen und entdeckte ein Foto an der Wand. Es verschlug ihr den Atem. Der Mann auf dem Bild war niemand anderes als der Schnurrbärtige, mit dem sie sich gerade auf dem Markt gestritten hatte! Kein Wunder, daß der Arme schnell nach Hause wollte. Er ahnte wohl etwas.

Azucena kombinierte: Vermutlich hatte der Schnurrbärtige seine Aerofonnummer gewählt, bevor sie ihn aus der Kabine zog, und so war sie in seiner Wohnung gelandet. Azucena wählte verzweifelt ihre eigene Nummer. Noch nie hatte sie sich in einer so peinlichen Lage befunden. Aufgeregt sucht sie nach einer passenden Entschuldigung.

»Verzeihung, falsch verbunden.«

»Paß gefälligst in Zukunft besser auf, du Schwachkopf!«

Die Tür zur Aerofonkabine schloß sich, und Sekunden später atmete Azucena erleichtert auf, als sie sah, daß sie nun in ihrer Wohnung gelandet war. Oder besser gesagt, in dem, was von ihr übriggeblieben war. Das Wohnzimmer war ein einziges Chaos. Möbel und Wäschestücke lagen herum und mittendrin ... der Schnurrbärtige. Tot. Ein Blutrinnsal lief aus seinen Ohren. Das geschah immer, wenn jemand den Alarmton nicht beachtete und so unvermittelt in das magnetische Schutzfeld einer Wohnung geriet, die ihm nicht gehörte. Die Körperzellen konnten sich dann nicht richtig reintegrieren, und der Überdruck ließ die Arterien platzen ... Der Arme! Offenbar hatten sich die Aerofonleitungen gekreuzt, und weil dieser Mann unbedingt seine Frau in flagranti ertappen wollte, war er wie ein Geschoß aus der Zelle geflogen, ohne auf den Alarmton zu achten ... Aber wieso? Azucena hatte die Alarmanlage doch überhaupt nicht eingeschaltet! Sie hoffte immer noch, Rodrigo würde irgendwann zurückkommen, und wollte nicht, daß er dann Desintegrationsprobleme bekäme. Was also war passiert? Und wieso war ihre Wohnung so verwüstet?

Azucena untersuchte sofort die Alarmanlage und stellte fest, daß jemand daran herummanipuliert hatte. Die Drähte lagen über Kreuz und waren nicht richtig angeschlossen. Das bedeutete, irgend jemand hatte versucht, sie umzubringen. Am Ende hatte ihr noch die Aerofongesellschaft aus reiner Inkompetenz das Leben gerettet. Die zwei verkreuzten Aerofonleitungen hatten dazu geführt, daß der Mann an ihrer Stelle gestorben war. Das war Schicksal! Sie verdankte ihr Leben dem schlamperten Amt! Blieb die Frage: Warum wollte man sie töten, und wer steckte dahinter? Sie hatte keine Ahnung. Nur eines stand fest: derjenige, der ihr ans Zeug wollte, hatte die Möglichkeit, die zentrale Registrieranlage zu manipulieren, und die einzige, die dazu Zugang hatte, war Cuquita.

Azucena klingelte bei Cuquita. Sie mußte kurz warten, bevor die Nachbarin ihr mit Tränen in den Augen die Tür öffnete. Azucena bedauerte, offensichtlich im falschen Augenblick gekommen zu sein. Der besoffene Ricardo hatte sie wohl wieder einmal geschlagen!

»Guten Tag, Cuquita.«

»Guten Tag.«

»Ist etwas mit Ihnen?«

»Ja, ich sehe gerade fern.«

Azucena hatte vollkommen vergessen, daß Cuquita normalerweise niemand hereinließ, wenn sie ihre TV-Serie sah, eine moderne Fassung von *Das Recht zu leben.*

»Ach, entschuldigen Sie bitte. Das habe ich völlig vergessen ... Ich wollte nur wissen, ob jemand hier war, um mein Aerofon zu reparieren ...«

»Aber freilich. Ein paar Leute von der Aerofongesellschaft waren heute da.«

»Hatten die einen Auftrag?«

»Na klar! Ich laß' doch niemanden einfach so rein.«

»Und haben die gesagt, ob sie wiederkommen?«

»Ja, sie sagten, sie wollten morgen noch mal vorbeischauen, um den Rest zu machen ... Und wenn Sie keine weiteren Fragen haben, würde ich jetzt gern weitergucken ...«

»Natürlich, Cuquita, es tut mir leid. Vielen Dank und bis morgen.«

»Mmm.«

Der Knall, mit dem Cuquita die Tür zuschlug, durchfuhr Azucena ebenso heftig wie das Wort Gefahr, das ihr durch den Kopf schoß. Die angeblichen Aerofonleute mußten davon ausgehen, daß sie gestorben war und man morgen problemlos ihre Leiche abholen könnte. Diese Mistkerle! Sie würden wiederkommen. Aber wann genau? Cuquita hatte keine Zeit erwähnt, doch eine innere Stimme riet ihr dringend davon ab, noch einmal zu stören. Also, vermutlich würden die Männer während der Dienststunden kommen, da sie sich ja als Arbeiter der Aerofongesellschaft ausgaben. Nun, sie würde die ganze Nacht lang Zeit haben, ihre Gedanken zu ordnen und eine Verteidigungsstrategie auszuhecken. Doch zuerst einmal mußte sie den Schnurrbärtigen loswerden.

Azucena kehrte schnell in ihre Wohnung zurück und holte aus der Hosentasche des Gehörnten dessen Personalausweis. Dann wählte sie die dort angegebene Aerofonnummer, verfrachtete den Schnurrbärtigen in die Zelle und schickte ihn nach Hause. Wenn es auch nicht gerade der Glückstag dieses Mannes gewesen war, so war es zweifellos der Tag der Überraschungen für seine Frau! Die würde Augen machen! Ganz zu schweigen von den Schuldgefühlen, an die Azucena aber jetzt nicht denken wollte. Wieso sollte sie ihre Nase schon wieder in Dinge stecken, die sie nichts angingen? Es war eben eine Berufskrankheit, um die traumatischen Auswirkungen zu bedenken, die tragische Ereignisse meist nach sich ziehen.

Sie bedauerte diesen Mann, der sein Schicksal aus Versehen gegen ihres getauscht hatte. Sie würde ihm auf ewig dankbar sein. Er hatte sie vor dem Tod gerettet. Doch wer würde sie vor der Gefahr retten, in der sie sich jetzt befand? Wenn dieser Mann sie doch wenigstens auch gleich noch ihres Körpers beraubt hätte. Dann wäre die gute Tat perfekt, denn die Aerofonleute würden kommen, ihren leblosen Körper finden und sie für tot halten, während sie weiter nach Rodrigo suchen könnte, auch wenn sie im Körper des Schnurrbärtigen steckte. Azucena überlegte ... Körpertausch ... der Schlepper ... Bingo! Azucena mußte morgen nur ganz früh bei der Verbraucherzentrale erscheinen. Dort würde sie bestimmt den Schlepper wieder antreffen, der Seelenverpflanzungen in nicht registrierte Körper anbot. Sie wußte, daß dies bedeutete, voll in die Illegalität abzutauchen, zu riskieren, daß man im Büro für Astralbeförderung von ihren kriminellen Machenschaften erfahren und ihr die Erlaubnis entziehen würde, an der Seite ihrer Zwillingsseele zu leben. Doch im Augenblick hatte Azucena keine andere Wahl. Sie war zu allem bereit.

Während sie in der Schlange vor der Verbraucherzentrale mit vielen anderen darauf wartete, daß die Schalter öffneten, und dabei nach dem Schlepper Ausschau hielt, dachte Azucena darüber nach, wer sie wohl umbringen wollte und warum. Sie hatte sämtliche Karmas abgearbeitet, für alles bezahlt. Sie hatte keine Feinde und mußte kein Verbrechen mehr sühnen. Die einzige Widersacherin war Cuquita, doch die hielt sie für zu dumm, sich einen so ausgeklügelten Mord auszudenken. Wenn Cuquita sie hätte umbringen wollen, hätte sie ihr schon längst ein Küchenmesser in den Rücken gerammt. Aber wer sonst? Der widerliche Anblick des Schleppers, der gerade um die Ecke kam, unterbrach ihre Grübeleien. Azucena ging auf ihn zu. Als der Mann sie sah, grinste er gemein.

»Na, die Meinung geändert?«

»Ja.«

»Folgen Sie mir.«

Azucena folgte dem Schlepper mehrere Häuserblocks, und allmählich gelangten sie in den ältesten und verkommensten Teil der Stadt. Sie betraten eine Fabrik, die entfernt an eine Schneiderei erinnerte, und stiegen über eine Geheimtreppe in den Keller. Azucena stand, von Grauen geschüttelt, auf dem Schwarzmarkt für Körper.

Mit dem Handel hatte Ende des 20. Jahrhunderts eine Gruppe von Wissenschaftlern eigentlich eher zufällig begonnen, die sich mit der künstlichen Befruchtung steriler Frauen beschäftigten. Es fing damit an, daß man zunächst einer Frau operativ eine Eizelle entnahm, die mit dem Sperma des Ehemannes befruchtet wurde. Wenn der Reagenzglas-Fötus einige Wochen alt war, wurde er in den Leib der Mutter gepflanzt. Kam es zu einer Fehlgeburt, mußte das Ganze noch einmal wiederholt werden. Da die Operation ziemlich mühsam war, beschlossen die Wissenschaftler, statt einer gleich mehrere Eizellen zu entnehmen.

Sie befruchteten sie alle zusammen, so daß, wenn der erste Implantationsversuch scheiterte, ein Ersatzfötus von derselben Mutter und vom selben Vater sofort zur Verfügung stand. Da es nicht immer notwendig war, einen zweiten Fötus zu implantieren, wurden die übrigen eingefroren. So entstand die Embryonenbank. Sie wurde später leider zu allen möglichen unmenschlichen Experimenten mißbraucht, bis das große Erdbeben die Stadt erschütterte. Damals wurde das Laboratorium mit den Embryonen für viele Jahre unter den Erdmassen begraben. In unserem Jahrhundert wurden dann beim Umbau eines Ladens die tiefgefrorenen Keimzellen gefunden. Einem skrupellosen Wissenschaftler war es gelungen, aus jedem Fötus einen erwachsenen Körper zu entwickeln. Das war ein Bombengeschäft. Das einzige Wesen, das einem menschlichen Körper eine Seele einhauchen kann, ist die Mutter. Diese Körper jedoch hatten keine Mutter, also auch keine Seele. Sie waren nirgendwo registriert, da sie an keinem von der Regierung kontrollierten Ort geboren worden waren. Mit anderen Worten, sie warteten nur darauf, daß jemand ihnen eine Seele implantierte, damit sie leben konnten. Und den Schlepper machte es glücklich, derartig gute Werke zu vollbringen.

Azucena folgte ihm durch die finsteren Gänge. Sie wußte nicht, welchen Körper sie wählen sollte. Es gab sie in allen Größen, Farben und Formen. Azucena blieb vor dem einer Frau mit wunderschönen, langen Beinen stehen. Sie hatte immer davon geträumt, solche Superbeine zu haben. Ihre waren ziemlich dürr. Und obwohl sie viele intellektuelle und spirituelle Vorzüge hatte, war sie die fixe Idee nie losgeworden, einmal mit wirklich schönen Beinen durch die Welt zu spazieren. Azucena zögerte einen Augenblick, doch sie hatte nicht viel Zeit mit Überlegungen zu verlieren, denn die Aerofonleute könnten gleich vor ihrer Wohnung stehen. Sie zeigte schnell auf die Langbeinige und forderte bestimmt: »Diese da!« Sie hatte den Körper kaum ausgesucht, da bat sie auch schon um sofortige Transplantation. Das erhöhte zwar die Kosten, aber was soll's. Es gibt im Leben Momente, da fackelt man nicht lange.

Im Handumdrehen steckte Azucena im Körper einer blonden, blauäugigen Frau mit Superbeinen. Sie fühlte sich fremd, konnte aber nicht lange über ihren neuen Zustand nachdenken. Sie zahlte, und man brachte sie zu einer geheimen Aerofonzelle, von der aus sie ihren alten Körper in ihre Wohnung schickte. Anschließend begab sie sich zur Kabine, die neben ihrem Haus stand. Sie wollte mehr oder weniger gleichzeitig mit ihrem alten Körper ankommen, denn sie mußte unbedingt dabeisein, wenn die Aerofonleute ihn abholten, um die Gesichter ihrer Feinde zu sehen. Sie hatte die Drähte und Kontakte extra so gelassen, wie sie sie vorgefunden hatte. So würde ihr alter Körper genauso »sterben«, wie die Mörder es hofften. Und man würde sie fortan in Ruhe lassen.

Azucena stand an der Ecke zu ihrer Straße. Von dort aus konnte sie genau beobachten, was sich in ihrem Gebäude tat. Doch auch sie wurde beobachtet, nämlich ihrer schönen, langen Beine wegen, die mit anerkennenden Pfiffen und Komplimenten bedacht wurden. Nicht zu fassen, daß die Menschheit sich in Tausenden von Jahren nicht weiterentwickelt hatte! Nicht zu fassen, daß ein Paar schöne Beine die Männer immer noch verrückt machten. Sie war doch noch genau dieselbe, die sie gestern gewesen war, hatte sich in ihrem Wesen nicht verändert. Aber gestern hatte ihr niemand Beachtung geschenkt. Wann endlich würden die Männer auch angesichts der strahlenden Aura einer erleuchteten, heiligen Frau, in Verzückung geraten? Wer weiß! Nur länger sollte sie hier nicht darüber nachgrübeln, sonst würde sie noch ganz andere Angebote bekommen. Sie beschloß, in ein Café an der anderen Straßenecke zu gehen, weil sie von dort aus beobachten konnte, wer das Gebäude betrat oder verließ, und gleichzeitig ein köstliches Sandwich zu essen. Sie hatte plötzlich Hunger bekommen. Vielleicht war es wegen der Angst oder weil ihr neuer Körper Nahrung brauchte, jedenfalls sehnte sie sich nach nichts mehr als nach einem Sandwich.

Als sie das kleine Restaurant betrat, starrten sie eine Vielzahl begehrlicher Männeraugen an. Azucena fühlte sich belästigt. Sie ging schnell durch das Lokal und setzte sich an ein Fenster, um nichts von dem zu versäumen, was draußen passierte. Nachdem sie ihre Beine unter dem Tisch versteckt hatte, ging man wieder zur Tagesordnung über. Die meisten der Stammkunden waren Arbeiter, Pendler vom Mond, die frühmorgens, noch bevor der Nachrichtensender mit seinem Programm begann, losgefahren waren. Und so erfuhren sie, einmal abgesehen davon, daß sie ein leckeres Frühstück bekamen, in diesem Imbiß, was in der Welt geschah. Besonders angenehm war, daß die Besitzer dieses Ladens einen Fernseher von Anno dazumal behalten hatten. Das machte einem, vor allem in solch unruhigen Zeiten, das Fernsehen erträglicher. Die Nachrichten wiederholten immer und immer wieder den Bericht von der Ermordung Mister Bushs. Und natürlich ging einem irgendwann auf die Nerven, durch das Cyber-TV direkt am Ort des Geschehens sein zu müssen, die Detonation in den eigenen Ohren zu spüren, zu sehen, wie die Kugel in den Kopf eindrang und das Gehirn aus der Wunde spritzte, mitzuerleben, wie Mister Bush zusammenbrach, seine Schreie zu hören, das Gerenne, das Grauen noch einmal über sich ergehen zu lassen. In den meisten Restaurants liefen die Cyber-TVs den ganzen Tag über, und zwar auf Wunsch der Bevölkerung, die trotz ihrer Angst keine Minute des Geschehens versäumen wollte. Azucena war es unbegreiflich, wie man das aushalten konnte, wie man essen und dabei Blut und Pulverdampf riechen und Schmerzensschreie mitanhören konnten. Doch hier in dem Café zumindest, wo sich die Besitzer weigerten, einen Cyber-TV-Apparat aufzustellen, konnte jeder selbst bestimmen, ob er sehen wollte, was auf dem Bildschirm ablief, oder nicht. Azucenas eigene Verzweiflung und Angst waren groß genug. Sie mußte sich dazu nicht noch die Miseren der anderen antun. Sie beschloß, sich auf das zu konzentrieren, was auf der anderen Straßenseite geschah, während die meisten der Gäste auf den Bildschirm starrten. Die Nachrichten brachten nichts Neues über die Ermittlungen im Mordfall Bush.

»Die Polizei ist weiterhin am Tatort und stellt Beweise sicher …«

»Dieser feige Mord hat die Welt erschüttert …«

»Die planetarische Generalstaatsanwalt hat der Kriminalpolizei Anweisungen gegeben, die Ermittlungen zu intensivieren, die zur Lokalisierung des Mörders führen …«

»Der Weltpräsident verurteilt dieses Attentat gegen Frieden und Demokratie und verspricht der Bevölkerung, daß man schnellstmöglich feststellen wird, wer die Hintermänner dieses ruchlosen Verbrechens sind und woher sie stammen …«

Azucena hörte das leise, ängstliche Flüstern der Frühstücksgäste. Sie schienen äußerst bedrückt zu sein, doch als dann die

Sportnachrichten an der Reihe waren, lebten sie sofort wieder auf. Die Fußball-Meisterschaft ließ sie das Attentat vergessen, und ihre größte Sorge war jetzt nur noch, ob der junge Mann, der die Inkarnation des Hugo Sánchez war, aufgestellt würde oder nicht. Azucenas Meinung nach hatten die Attentäter genau geplant, daß der Mord mit der interplanetarischen Fußballmeisterschaft zusammenfiel. Es war unglaublich, wie Fußball den Verstand lähmen konnte! Gerade wurde der Gouverneur von Mexiko-Stadt interviewt, der der Bevölkerung mitteilte, daß rund um den Platz am Unabhängigkeitsengel keine Feierlichkeiten stattfinden würden. Das Denkmal würde am Tag des Spiels Erde gegen Venus für eine Woche desintegriert werden, um jeglichem Vandalismus vorzubeugen. Die Leute im Lokal pfiffen und protestierten so lautstark, daß das von Abel Zabludowsky moderierte Live-Interview aus dem Haus von Isabel González kaum noch zu hören war. Die Kandidatin für die Weltpräsidentschaft prahlte gerade damit, in ihrem Leben als Mutter Teresa in den Adelsstand erhoben worden zu sein. In diesem Moment schwenkte die Kamera auf ein unglaublich dickes Mädchen, das den gesamten Bildschirm ausfüllte. Die Zuschauer fragten sich zwar kurz, wer denn dieser Fettwanst sei, wandten sich aber schnell wieder anderen Themen zu.

Die einzige, die sich auf ihrem Beobachtungsposten durch nichts ablenken ließ, war Azucena. Gerade war das Raumschiff der Aerofongesellschaft vor ihrem Haus gelandet. Zwei Männer stiegen aus. Azucena vergaß alles, was um sie herum geschah. Für sie gab es nur noch diese beiden Figuren, die sie nicht mehr aus den Augen ließ. In dem Augenblick, als sie fast ihre Gesichter erkennen konnte, landete zu allem Überfluß auch noch der interplanetarische Hahnenkampf-Expreß ihres Nachbarn Julito und versperrte ihr die Sicht. Azucena flippte fast aus. Das konnte doch nicht wahr sein! Eine Gruppe Mariachi verließ einer nach dem anderen, das Raumschiff. Jetzt konnte sie überhaupt nichts mehr sehen, denn ihre riesigen Sombreros verdeckten alles. Sie hatte Julito nie recht leiden können, aber in diesem Moment hätte sie ihn am liebsten erwürgt. Azucena zahlte ihr Sandwich und verließ eilig das Lokal. Sie mußte näher an das Gebäude herangehen, damit ihr die Mörder nicht entgingen, auch wenn sie dabei Gefahr lief, von ihnen erkannt zu werden. Unsinn! Mit ihrem neuen Körper konnten sie sie ja gar nicht erkennen. Azucena mußte über sich selbst lachen. Der Körperwechsel war so schnell über die Bühne gegangen, daß sie sich noch nicht daran gewöhnt hatte.

Azucena setzte sich auf die Treppe vor ihrem Haus und wartete. Kurz darauf kamen die Leute der Aerofon heraus. Mit ihnen die tränenüberströmte Cuquita. Sie verabschiedeten sich an der Tür und wünschten ihr herzliches Beileid. Azucena erstarrte, nicht weil ihr vermeintlicher Tod Cuquita zu Tränen rührte, sondern weil sie in einem der Männer niemand anderen als ihren Zufallsbekannten, die Ex-Ballerina, erkannte, der mit ihr in der Verbraucherzentrale Schlange gestanden hatte. Großer Gott! Hatte er sie etwa getötet, um wieder einen Frauenkörper zu bekommen? Aber warum hatte er sich dann nicht gleich an sie herangemacht? Vermutlich, um das grausame Spiel weiterzuspielen. Doch es kam noch dicker, und Azucena begriff überhaupt nichts mehr: Vor ihrem Haus landete das Raumschiff des Bestattungsinstituts Gayosso, um ihren Körper mitzunehmen und im Raum zu desintegrieren. Wie konnte die Ex-Ballerina sich seiner dann bemächtigen? Hatte sie vielleicht einen guten Draht zu einem der Totengräber?

Julito begann, mit der Mariachi-Gruppe das Lied *Sabor a mí* einzustudieren. Die Musik unterbrach Azucenas Gedankengang, und sie fing an zu weinen. In letzter Zeit wurde sie immer so sentimental, wenn sie Musik hörte. Musik! Sie war auch wirklich zu blöd! In all dem Durcheinander hatte sie vergessen, ihre CD aus der Wohnung zu holen. Und sie hegte den Verdacht, daß eben die Oper, die man ihr bei der Prüfung bei der KuBa vorgespielt hatte, auf der CD war. Sie mußte unbedingt in ihre Wohnung! Doch dazu war es leider zu spät, da ihr neuer Körper ja nicht in der Hauptanlage registriert war. Aber irgendwie mußte sie die CD da rausholen, und ohne weiter darüber nachzudenken bei der Portiersfrau. Cuquita antwortete über das Videofon.

»Ja, bitte?«

»Cuquita, ich bin's! Machen Sie mir auf.«

»Was heißt hier ich? Ich kenne Sie nicht.«

»Cuquita ... Sie werden es mir nicht glauben, aber ich bin's wirklich ... Azucena.«

»Ach nee!«

Ein schnödes Klicken in der Leitung verwies Azucena auf das Ende der Verbindung. Ihr Bild verschwand vom Monitor. Azucena klingelte noch einmal Sturm.

»Sie schon wieder? Hören Sie, ich rufe gleich die Polizei.«

»Meinetwegen. Ich denke, die Polizei wird sehr daran interessiert sein, zu erfahren, wo Sie die Cyberbücher für Ihre Großmutter kaufen ...«

Cuquita antwortete nicht. Dieser Satz hatte ihr die Sprache verschlagen. Wer zum Teufel war diese Frau, die etwas von den Cyberbüchern wußte? Tatsächlich war die einzige, die etwas wissen konnte, Azucena.

»Cuquita, bitte, lassen Sie mich rein, ich erzähle Ihnen dann alles.«

Der Türöffner surrte, und Azucena schlüpfte ins Haus.

Je weiter Azucena mit ihrer Geschichte kam, desto näher fühlte sich ihr Cuquita. Sie hielt sie nun nicht mehr für eine Feindin oder gar für was Besseres, eine Frau, auf die man von vornherein neidisch sein mußte. Zum erstenmal sah sie sie als »eine von uns«, obwohl Azucena in einer anderen politischen Liga spielte: der der spirituell Entwickelten. Der Klassenkampf hatte immer wie eine Schranke zwischen beiden gestanden und verschärfte sich noch, nachdem die Regierung ein neues Gesetz verabschiedet hatte, das den spirituell Entwickelten nahelegte, ein sichtbares Zeichen in ihrer Aura zu tragen: den Davidstern auf der Höhe der Stirn. Der Träger dieses Sterns sollte überall sofort erkennbar sein, damit man ihn entsprechend bevorzugt behandeln konnte. Die spirituell Entwickelten hatten nämlich ein Anrecht auf unzählige Privilegien. Ihnen waren die besten Plätze in den Raumschiffen, in den Hotels, in den Ferienzentren vorbehalten, und was noch wichtiger war: Nur sie durften Vertrauensposten bekleiden. Das war im Grunde genommen logisch, denn niemand würde etwa auf den Gedanken kommen, die Staatskasse in die Hände eines spirituell Nichtentwickelten zu legen, da so jemand aufgrund seiner kriminellen Vorgeschichte oder mangelnder mentaler Erfahrung am ehesten die Kasse plündern würde. Cuquita fand das absolut ungerecht. Wie sollten die Nichtentwickelten je ihre niedere Evolutionsstufe überwinden, wenn man ihnen keine Gelegenheit gab, zu zeigen, daß sie sich weiterentwickelt hatten? Es war absurd, daß jemand, der in einem vorigen Leben einen Hund getötet hatte, in diesem noch als Hundetöter registriert war. Sie mußten für ihr Recht auf freie Willensausübung kämpfen, und deshalb war die PRI gegründet worden. Cuquita war ein begeistertes aktives Mitglied ihrer Partei, und ihr größter Wunsch war, wie ihre Nachbarin das Recht zu erhalten, ihre Zwillingsseele kennenzulernen. Wie sehr hatte sie Azucena damals beneidet, als sie erfahren hatte, daß diese Rodrigo getroffen hatte. Aber wie das Schicksal nun mal so spielt: Jetzt saßen beide im selben Boot, waren allein, verängstigt und verzweifelt. Cuquitas Blick war freundlich, und sie war zu Tränen gerührt, als Azucena ihr ihre Liebesgeschichte anvertraute. Die beiden lagen sich in den Armen wie alte Freundinnen und schworen, ihrer beider Geheimnis zu wahren. Weder würde Cuquita etwas über Azucenas wahre Identität verraten, noch Azucena jemandem etwas über die Cyberbücher für Cuquitas Großmutter sagen. Und wo sie nun schon so vertraut miteinander waren, wagte Cuquita, ihr eine Frage zu stellen: Was würde Azucena am Montag machen, wenn sie sich mit ihren Papieren bei der KuBa vorstellen müßte? Wie wollte sie es anstellen, daß die Auragrafie, die man von ihr gemacht hatte, mit der ihres neuen Körpers übereinstimmte? Azucena blieb der Mund offen. Daran hatte sie nicht gedacht. Wenn man nur ans momentane Überleben denkt, verliert man völlig den Überblick. Was sollte sie tun? Ihr kam in den Sinn, daß man ja den Schalter geschlossen hatte, noch bevor sie ihre Papiere abgeben konnte. Sie mußte also nur irgendwo eine Auragrafie von ihrem neuen Körper machen lassen und diese gegen die der KuBa austauschen, und dann ... Azucena wurde aschfahl. Sie hatte ja einen neuen Körper! Als sie den Körper wechselte, hatte sie total vergessen, daß der Mikrocomputer im alten Körper bleiben würde. Ohne ihn konnte sie sich dem Gebäude der KuBa nicht einmal nähern. Die Gedanken sämtlicher Personen wurden bereits im Umkreis von einem Häuserblock aufgenommen. Sie mußte sofort Doktor Díez aufsuchen und sich von ihm auf die Schnelle einen neuen Mikrocomputer implantieren lassen.

Azucena atmete tief durch, bevor sie an der Praxistür des Doktors klingelte. Sie war fünfzehn Stockwerke zu Fuß hinaufgestiegen. Díez' Aerofon war ständig besetzt gewesen. Vermutlich war es kaputt. Und da sie das Aerofon in ihrer Praxis nicht benutzen konnte, weil ihr neuer Körper im elektromagnetischen Feld nicht registriert war, hatte sie die Treppe eben zu Fuß hinaufsteigen müssen. Noch etwas außer Atem klingelte sie bei ihrem lieben Nachbarn und bemerkte, daß die Tür nur angelehnt war. Azucena öffnete sie einen Spalt und mußte erkennen, weshalb das Aerofon von Doktor Díez ständig besetzt gewesen war: Ihr Freund war sterbend in der Tür der Aerofonzelle zusammengebrochen. Nun konnte sich die Kabinentür nicht mehr automatisch schließen. Der Doktor war also auf die gleiche Weise getötet worden wie der Schnurrbärtige. Azucena blieb die Luft weg. Was war bloß los? Zwei Verbrechen innerhalb einer einzigen Woche! Sie begann zu zittern. Da hörte sie das Usambaraveilchen des Arztes leise weinen. Doktor Díez hatte genau wie Azucena seine Blumen immer an die Pflanzensprechanlage angeschlossen. Azucena wurde übel. Sie rannte ins Bad und übergab sich. Sie mußte schnellstens von hier verschwinden. Man sollte sie auf keinen Fall finden. Bevor sie hinauslief, nahm sie aber noch eilig das Usambaraveilchen mit. Hier würde es ja vor Trauer und Einsamkeit sterben.

Azucena lag auf ihrem Bett. Sie fühlte sich allein. Mutterseelenallein. Trübsal ist kein guter Gefährte. Er betäubt die Seele. Azucena schaltete das Cyber-TV an, eigentlich mehr, um jemanden in ihrer Nähe zu fühlen, als um ein spezielles Programm zu sehen. Wieder einmal ließ sich Abel Zabludowsky augenblicklich auf ihrer Bettkante nieder. Azucena schmiegte sich an ihn. Sein Körper war zwar nur eine Illusion, ein Trugbild, und Abel, der sich im Cyber-TV-Studio aufhielt, bemerkte Azucenas Anwesenheit natürlich nicht, doch sie fühlte sich irgendwie nicht mehr ganz so einsam. Abel kommentierte den Werdegang des ermordeten Ex-Weltpräsidentschaftskandidaten. Mister Bush war ein Farbiger, der aus einer der wichtigsten Familien der Bronx stammte. Er hatte seine Kindheit in diesem Viertel verbracht. Hatte die besten Schulen besucht und schon früh den Drang in sich gespürt, dem Gemeinwohl zu dienen. Unzählige karitative Aktivitäten zeichneten ihn aus und so weiter und so fort. Doch Azucena hörte überhaupt nicht zu. Was Abel da erzählte, interessierte sie nicht im geringsten. Sie wollte nur wissen, wer Doktor Díez getötet hatte und warum. Sein Tod hatte sie völlig aus der Fassung gebracht. Nicht nur weil er ein guter Freund war, sondern weil sie nun niemals für die KuBa würde arbeiten können. Und das bedeutete das Ende der Hoffnung, Rodrigo je wiederzufinden. Rodrigo! Wie lange war es nun schon her, daß sie mit ihm dieses Bett geteilt hatte. Jetzt mußte sie mit Abel

Zabludowsky vorliebnehmen, einem lächerlichen, illusorischen Ersatz. Rodrigo war so ganz anders. Nie zuvor hatte sie jemanden gekannt, in dessen Augen man sich so tief versenken konnte, dessen Arme einen so sehr beschützten, jemanden, dessen Berührungen so zärtlich und dessen Muskeln geradezu sinnlich waren. In Rodrigos Armen hatte sie sich geborgen, geliebt, lebendig gefühlt! Jede Faser ihres Körpers war von Lust erfüllt, das Blut in ihren Schläfen hatte vor Leidenschaft gepocht, ein Gefühl glühender Hitze hatte sie überschwemmt wie ... genau wie sie es jetzt in den Armen von Abel Zabludowsky empfand. Azucena öffnete erschreckt die Augen. So geil konnte sie doch nicht sein! Was war nur los mit ihr? Und – was war los mit dem Cyber-TV? Abel Zabludowsky war verschwunden, und sie saß wahrhaftig da, eng an Rodrigos Körper gekuschelt. Man hörte nur Abels Stimme, die die Bevölkerung warnte:

»Der Mann, den sie hier sehen, ist der vermeintliche Komplize des Mörders von Mister Bush. Er wird von der Polizei gesucht.«

Auf dem Bildschirm erschien die Aerofonnummer der interplanetarischen Generalstaatsanwaltschaft, bei der sich jedermann mit sachdienlichen Hinweisen umgehend melden sollte. Azucena machte einen Satz. Nein, das war unmöglich! Das war eine Lüge, eine widerliche Lüge! Rodrigo war am Tag des Mordes mit ihr zusammengewesen. Er hatte mit diesem Attentat nichts zu tun. Aber wenigstens saß er neben ihr, und dafür war sie dankbar. Nur weil man ihn mit dem wirklichen Verbrecher verwechselt hatte, konnte sie Rodrigos Anwesenheit genießen. Sie begann zärtlich seinen Körper zu liebkosen, doch die Freude war kurz, denn Rodrigos geliebtes Bildnis verschwand allmählich, und der Mann, mit dem sie in der Verbraucherzentrale angestanden hatte, trat an seine Stelle. Diese frustrierte Ex-Ballerina, die Azucena getötet beziehungsweise versucht hatte, sie zu töten, hatte vermutlich auch Doktor Díez umgebracht.

Was war bloß los? Wer war dieser Mann? Was wollte er? War er ein Psychopath? Schneller als erwartet, gab Abel Zabludowsky auch darauf eine Antwort. Dieser Mann war der Mörder von Mister Bush. Die auragrafischen Untersuchungen bewiesen es. Man hatte ihn tot in seiner Wohnung gefunden. Er hatte sich mit einer Überdosis Tabletten das Leben genommen. Aber warum hatte er sich umgebracht? Wer würde jetzt beweisen können, daß Rodrigo nichts mit dem Mord zu tun hatte? Azucena schwirrten zu viele Fragen im Kopf herum. Zu viele, um klar denken zu können. Jemand mußte sie aufklären. Und der einzige, der dazu imstande war, war Anakreon. Azucena war drauf und dran, mit ihm in Kontakt zu treten, doch ihr Stolz verbot es ihr. Sie konnte und wollte sich noch nicht geschlagen geben. Sie würde ihm schon zeigen, daß sie ihr Leben allein meistern könne – koste es, was es wolle!

CD – 3

Tanzpause

Zongo le dio a Borondongo
Borondongo le dio a Bernabé
Bernabé le pegó a Muchilanga
le echó a Burundanga
le hincha los pies.

¿Por qué Zongo le dio a Borondongo?
Porque Borondongo le dio a Bernabé.

¿Por qué Borondongo le dio a Bernabé?
Porque Bernabé le pegó a Muchilanga

¿Por qué Bernabé le pegó a Muchilanga?
Porque Muchilanga le echó a Burundanga

¿Por qué Muchilanga le echó a Burundanga?
Porque Burundanga le hincha los pies.

O. Bouffortique

Zongo haute Borondongo
Borondongo haute Bernabé
Bernabé ohrfeigte Muchilanga
Muchilanga trat nach Burundunga
der ihm auf den Wecker fiel.

Warum hat Zongo Borondongo gehauen?
Weil Borondongo Bernabé eins verpaßt hat.

Warum hat Borondongo Bernabé verhauen?
Weil Bernabé Muchilanga geohrfeigt hat.

Warum hat Bernabé Muchilanga verpügelt?
Weil Muchilanga Burundanga getreten hat.

Warum hat Muchilanga Burundanga getreten?
Weil Burundanga ihn nervte.

O. Bouffortique

Azucena ist wirklich störrisch wie ein Maultier. Seit sie sich weigert, mit mir zu reden, und auf eigene Faust handelt, hat sie nur Mist gebaut. Es ist zum Verzweifeln, mitansehen zu müssen, wie sie von einem Unglück ins andere stolpert. Und ich kann nicht eingreifen! Wie gesagt, dieses Weib ist gewohnt, seinen eigenen heiligen Willen durchzusetzen und mir damit den letzten Nerv zu rauben. Das Schlimmste ist, wenn sie ihre Depressionen bekommt, ist ihr einfach nicht zu helfen. Ich beobachte nun schon eine ganze Weile ihre Schlaflosigkeit, wie sie sich im Bett dreht und wendet. Sie findet einfach keine Ruhe. Unter anderem, weil ihr neuer Körper sich der Kuhle nicht anpaßt, die ihr alter im Lauf der Zeit in die Matratze gedrückt hat. Erst hat sie ziemlich lange auf der Bettkante gesessen. Dann hat sie etwa zwanzig Minuten lang geheult. Sich währenddessen fünfzehnmal geschneuzt. Hat dreißig Minuten an die Decke gestarrt. Hat sich fünf Minuten lang im Spiegel des antiken Schrankes betrachtet, der gegenüber ihrem Bett steht. Dann hat sie ihre Hand unters Nachthemd gesteckt und sich ganz, ganz lange gestreichelt und sich, wohl um ihren neuen Körper ganz in Besitz zu nehmen, selbst befriedigt. Hat wieder geweint, etwa zwanzig Minuten. Hat vier Sandwiches, drei Maispasteten und fünf Sahnetörtchen verschlungen. Zehn Minuten später hat sie alles wieder erbrochen. Hat sich dabei das Nachthemd bekleckert. Hat es ausgezogen. Hat es gewaschen. Hat es über das Abflußrohr der Dusche gehängt. Hat dann geduscht. Hat beim Haarewaschen ihr langes Haar von früher vermißt. Hat sich wieder ins Bett gelegt. Hat erst wie ein Kreisel im Bett rotiert und schließlich fünf Stunden lang wie katatonisch dagelegen. Aber hat mich nicht ein einziges Mal um Hilfe gebeten. Hätte sie mich gefragt, so hätte ich ihr geraten, zuallererst einmal ihre CD anzuhören und damit in ihre Vergangenheit zurückzugehen. Denn dort liegt der Schlüssel zu allem. Aber sie hat es nicht getan – aus Angst vor noch mehr Depressionen. Es ist zum Verzweifeln!

Natürlich macht warten mürbe. Azucena wartet darauf, daß Rodrigo zurückkommt. Ich warte darauf, daß sie aus ihrem Tief wieder rauskommt. Pavana, der Schutzengel von Rodrigo, wartet darauf, daß ich mit ihr zusammenarbeite. Lilith, meine Verlobte, wartet darauf, daß ich Azucena endlich zur Vernunft bringe, damit wir zusammen Urlaub machen können. Aber wir sitzen alle da und können nichts tun, weil die gute Frau so störrisch ist.

Sie will einfach nicht einsehen, daß alles, was in dieser Welt geschieht, seinen Grund hat und nicht einfach nur so passiert. Eine Tat, mag sie auch noch so unbedeutend sein, setzt eine Kette von Reaktionen in Gang, und um die vollkommene Harmonie der Schöpfung im Gleichgewicht zu halten, muß jedes Lebewesen seine Aufgabe nun mal erfüllen. Tut es dies nicht, gerät die Ordnung des Universums durcheinander. Daher kann Azucena jetzt nicht einfach machen, was sie sich in den Kopf gesetzt hat. Selbst das kleinste Teilchen eines Atoms weiß, daß es auf einen höheren Befehl angewiesen ist und nicht allein handeln kann. Wenn eine Zelle im Körper beschließt, Herrin ihres eigenen Schicksals zu sein und tun und lassen zu können, wonach ihr gerade der Sinn steht, so wird sie sich in eine Krebszelle verwandeln, die den reibungslosen Ablauf der Funktionen des gesamten Körpers grundlegend stört. Nur wenn man vergißt, daß man Teil des Ganzen ist und im Innern eine göttliche Essenz birgt, und ob man will oder nicht, mit dem Kosmos verbunden ist, kann man so blöd sein, einfach im Bett herumzuliegen und sich irgendeinen Schwachsinn auszudenken. Azucena ist gar nicht so allein, wie sie glaubt. Sie ist auch nicht so abgeschnitten, wie sie meint. Und so dusselig, wie sie sich im Moment anstellt, ist sie im Grunde auch nicht, verdammt noch mal! Sie denkt, sie hat nichts, und merkt nicht, daß eben dieses Nichts sie stützt – und zwar immerzu und überall. Nichts wird ihre Harmonie aufrechterhalten, wohin sie auch geht. Und dieses Nichts wird immer auf den richtigen Moment warten, um sich ihr zu vermitteln, damit sie seine Botschaft hört.

Jede Zelle des menschlichen Körpers trägt eine Botschaft in sich. Und woher kommt die? Aus dem Gehirn. Und das Gehirn, woher hat es sie? Vom Menschen, der diesen Körper befehligt. Und dieser Mensch, woher bekommt er die Botschaft? Na, von seinem Schutzengel natürlich. Es gibt eine Höchste Intelligenz, die uns anweist, wie die Harmonie zwischen Schöpfung und Zerstörung aufrechtzuerhalten ist. Aktivität und Ruhe regeln den Kampf zwischen diesen beiden Kräften: Die Kraft der Schöpfung ordnet das Chaos. Dann folgt eine Ruheperiode, bis man sich irgendwann wieder bemühen muß, die Unordnung unter Kontrolle zu bringen. Dauert diese Ruhepause aber länger als nötig, gerät die Schöpfung in Gefahr, denn die zerstörende Kraft spürt, daß die Kräfte erlahmen, und wird selbst aktiv. Das ist wie bei einer Pflanze, die im Licht gewachsen ist und plötzlich in den Schatten gestellt wird. Die stützende Kraft wurde ihr genommen, und nun macht sich die destruktive Energie daran, sie sterben zu lassen. Das genau ist das Gefährliche an Azucenas Lähmung.

Gerät ein Mensch in einen Zustand der Lähmung, lähmt er alles. Der Rhythmus des Universums wird gestört. Würde der Mond seine Bahn unterbrechen, so führte das zu einer Katastrophe. Würden die Wolken streiken und es würde nicht mehr regnen, folgte eine weltweite Trockenheit, Dürre und Hungersnot. Und die Hungersnot würde das Ende der Menschheit bedeuten. Je größer die Lähmung, desto größer die Depression. Und je größer die Depression, desto größer das Unheil.

Manchmal sieht es so aus, als befände sich jemand im Zustand der Lähmung, doch ist er nur dabei, in seinem Inneren die Ordnung wiederherzustellen, die ihn schließlich wieder in Harmonie zum Kosmos bringen wird. Problematisch ist nur eine totale Lähmung. In jeder Hinsicht. Wie die von Azucena. Und das Schlimme ist, daß sie nichts dagegen unternimmt, weder nach außen noch nach innen. Nicht nur auf mich will sie nicht hören, sondern auch nicht auf sich selbst. Und da sie sich auch ihrer inneren Stimme gegenüber taub stellt, weiß sie nicht, was zu tun ist. Die Botschaft erreicht sie nicht, weil ihr Geist sie nicht hineinläßt. Azucena ist erfüllt von negativen Gedanken. Und die müssen raus, weil sie die Kommunikation stören. Die Höchste Intelligenz kommuniziert auf direktem Wege. Treten Interferenzen auf, so wird die Kommunikation fehlgeleitet und die Höchste Intelligenz nicht vernommen oder mißverstanden. Um dies zu verhindern, bedarf es einer geistigen Ausrichtung. Dieses Ausrichten hat nichts mit der Art von Ausrichtung zu tun, die auf der Erde üblich ist, diese nach oben sich immer weiter zuspitzende Hierarchie, in der die auf der unteren Ebene nur das tun können, was ihnen von oben befohlen wird. Nichts weiter. In dieser Hierarchie ist der Mensch für sein Handeln nicht verantwortlich, unterwirft sich nur dem, was andere ihm befehlen. Nein, diese Art der Ausrichtung bedeutet einzig und allein Verdummung. Die Ausrichtung dagegen, die ich meine, bedeutet vielmehr, sich in Einklang zu bringen mit der Liebesenergie, die den gesamten Kosmos durchzieht. Und man erreicht dies, indem man sich selbst losläßt und zuläßt, daß das Leben jede einzelne Zelle durchflutet. Dann wird die Liebe, dieses gleichsam kosmische DNS, sich an ihre ursprüngliche genetische Botschaft, an ihre Mission, erinnern. Doch ist diese Mission individuell und nicht etwa kollektiv wie die der irdischen Ausrichtung. In dem Augenblick also, in dem Azucena sich mental ausrichtet, wird ihr ganzes Wesen die kosmische Energie atmen und sie wird sich wieder erinnern, daß sie nicht allein und vor allem nicht ohne Liebe ist.

Die zu verstehen, ist nicht einfach. Für gewöhnlich glauben wir, ein Liebespaar sei die Inkarnation der Liebe. Doch die Liebe, die im Liebesakt erlebt wird, ist nur ein blasser Abglanz der wahren. Der Liebende ist nur ein Vermittler, durch den wir die Göttliche Liebe empfangen. Durch Kuß und Umarmung findet die Seele Frieden. Und dieses Friedens bedarf es, sich auf Gott auszurichten, mit ihm in Verbindung zu treten. Doch, Vorsicht, das soll weder heißen, daß nur ein Liebespaar diese Liebe besitzt, noch daß der Geliebte die einzige Person ist, die sie uns geben kann, noch daß diese Person, wenn sie geht, die Liebe mit sich nimmt und sie uns verläßt. Die Göttliche Liebe ist ewig. Sie ist überall und jederzeit für uns erreichbar. Es wäre sehr töricht, sie auf den kleinen Raum zu beschränken, den Rodrigos

Arme umfassen können. Würde Azucena doch erkennen, daß sie einzig und allein ihr Bewußtsein der Energie anderer Ebenen öffnen muß, um in übervollem Maße die Liebe zu bekommen, die sie so sehr ersehnt! Würde sie doch spüren, daß sie in eben diesem Augenblick ganz und gar von Liebe umgeben ist, obwohl niemand sie küßt, streichelt und umarmt. Würde sie doch verstehen, daß sie eine vom Universum geliebte Tochter ist, dann würde sie sich nicht mehr so verloren fühlen.

Azucena gibt mir die Schuld an allem, was passiert, und merkt nicht, daß sie den Verlust von Rodrigo erleiden muß, weil sie in dem Augenblick, da sie sich auf die Suche nach ihm macht, auf ein Problem stoßen wird, das die Menschheit seit Jahrtausenden quält. Hier eben liegt der wahre Grund. Die Erklärung für all ihre Zweifel. Es gibt ein kosmisches Problem, das alle Bewohner dieses Planeten betrifft. Und sie ist ausersehen, es zu lösen. Es ist dies also eine Mission, die jeden von uns einschließt, die Azucenas Ego jedoch zu einer ganz persönlichen Frage macht. Ihr verletztes Ego läßt sie denken, daß die Welt gegen sie ist und daß alles, was geschieht, nur sie betrifft. Sie ist ein Teil dieser Welt, und wenn etwas sie betrifft, dann betrifft es auch die Welt. Die Welt hat Größeres vor, als Azucena zu zerstören. Außerdem wäre es absurd, denn einen Menschen zu zerstören hieße, auch sich selbst zu zerstören. Und Selbstzerstörung ist nicht Sache des Universums.

Könnte sie doch mit mir im Raum schweben! Sie könnte gleichzeitig ihre Vergangenheit und ihre Zukunft sehen und dann verstehen, warum ich zugelassen habe, daß Rodrigo verschwand. Könnte sie doch sehen, daß mit Doktor Díez nicht all ihre Möglichkeiten dahin sind! Könnte sie doch erkennen, daß ihr viel bessere Alternativen zur Verfügung stehen als die, die ihr der Doktor bot! Könnte sie doch ihren freien Willen richtig gebrauchen! Das kann doch nicht so schwer sein, verdammt noch mal! Das Leben an sich stellt uns nie an einen Kreuzweg, an dem einer der Wege zwangsläufig ins Verderben führen muß. Das Leben stellt uns nicht vor Situationen, die wir nicht meistern können. Nur läßt sich der Mensch meist von den Umständen unterkriegen. Die hält er für überwindbare Hürden, gegen die man nichts unternehmen kann. Nichts falscher als das! Das Universum stellt uns jeweils vor Aufgaben, die unserem spirituellen Evolutionsgrad entsprechen. Deshalb war ich in Azucenas Fall immer dagegen, daß sie ihre Wiederbegegnung mit Rodrigo so eilig vorantrieb. Und dies nicht, weil sie sich noch weiter entwickeln müßte oder wegen der Schuld, die er noch zu sühnen hätte, sondern weil Azucena noch lernen sollte, ihre Triebe und ihre Widerspenstigkeit zu beherrschen, damit sie die Situation meistern kann, in der sie sich jetzt befindet. Ich ahnte von Anfang an, daß sie störrisch reagieren würde, und habe mich nicht geirrt. Die Verwirrung, in der sie lebt, macht sie blind für die Wahrheit.

Es gibt auf dieser Welt viele Wahrheiten, viele Irrtümer und Lügen. Der Irrtum entsteht, wenn der Mensch Dinge für wahr hält, die einfach nicht wahr sind. Die Wahrheit verschwindet nie. Jeder hat die Fähigkeit, sie zu finden, wenn er in sich geht. Verständlich, daß Azucena in diesem Augenblick verwirrt ist. Von außen hat sie nur Chaos, Lüge, Mord, Angst und Unentschlossenheit erlebt. Sie hält all dies für unverrückbare, felsenfeste Wahrheiten. Dem ist nicht so. Angesichts der allgemeinen Verzweiflung, die in der Außenwelt herrscht, sollte sie sich sagen: »Auch wenn ich überall um mich herum Chaos erlebe, ich bin nicht das Chaos.« In dem Augenblick, in dem sie erkennt, daß die sie umgebende Realität nicht die Wahrheit ist, wird sie ihre eigene Wahrheit und ihren Frieden finden. Da das Äußere auch das Innere ist, wird dieser individuelle Frieden den universellen Frieden schaffen. Doch da Azucena zur Zeit leider nicht in der Lage ist, dies zu erkennen, muß ich dafür sorgen, daß sie jemandem zu Hilfe kommt. Denn indem sie einem anderen hilft, wird sie sich selbst helfen.

Ein lautes Klopfen an der Tür ließ Azucena fast aus dem Bett fallen. Als sie öffnete, standen vor ihr Cuquita, Cuquitas Großmutter, Cuquitas Koffer und Cuquitas Papagei. Der Papagei sah ganz heil aus, aber Cuquita und ihre Großmutter waren grün und blau geschlagen. Azucena wußte nicht, was sie sagen sollte, also bat sie die beiden erst einmal herein, und es dauerte keine zwei Sekunden, da machte Cuquita ihrem Herzen schon Luft. Ihr Mann verprügele sie jeden Tag heftiger. Sie könne es nicht mehr ertragen. Jetzt habe er auch noch ihre Großmutter geschlagen, und das gehe nun wirklich zu weit. Sie bat Azucena, einige Tage in ihrer Wohnung verbringen zu dürfen. Ob sie nun wollte oder nicht, Azucena konnte ihr diese Bitte nur schwerlich abschlagen. Cuquita wußte von dem Körpertausch, und sie wollte um keinen Preis von ihr verraten werden. Natürlich hätte Cuquita alles ausplaudern können, und das mußte Azucena verhindern. Zwar war auch die Sache mit Cuquitas Cyberbüchern nicht ganz sauber, aber Azucena hatte mehr zu verlieren. Daher beschloß sie, ihre Wohnung vorübergehend mit den beiden zu teilen. Es sollte ja nur für ein paar Tage sein.

Schon als Cuquita von der Küche Besitz ergriff, hatte Azucena verstärkt das Gefühl, Opfer einer Hausbesetzung zu sein. Natürlich verstand sie, daß die Großmutter wegen der Aufregung dringend einen Kamillentee brauchte, und selbstverständlich hatte sie auch nichts dagegen, daß die Oma sofort in ihren Lieblingssessel plumpste, er war schließlich am bequemsten. Aber als Cuquita dann noch den Vogelkäfig direkt über den Frühstückstisch hängte, wurde es ihr doch zu bunt. Nicht nur, daß er die Sicht versperrte, sondern von nun an würde man noch beim Essen Papageienfedern in der Nase haben. Das Gefühl der Okkupation verstärkte sich in dem Maße, wie Cuquita sich ausbreitete. Ohne zu fragen bettete sie ihre Großmutter auf das Sofa im Wohnzimmer. Die Oma war zwar durchaus pflegeleicht und muckste nicht, doch irgendwie störte sie. Azucena mußte jetzt, wenn sie ein Glas Wasser aus der Küche holen wollte, immer über sie rüberklettern. Der Gipfel aber war, als Cuquita schließlich auch von ihrem Schlafzimmer Besitz ergriff. Überall ließ sie ihre Sachen liegen, die Azucena regelmäßig wieder aufsammelte. Liebenswürdig schlug sie ihr vor, den AVON-Vorführkoffer doch in den Schrank zu stellen. Gar nicht auszudenken, was wohl Rodrigo sagen würde, wenn er plötzlich zurückkäme und direkt über dieses Mordsding stolperte. Doch Cuquita weigerte sich beharrlich; sie habe morgen eine Präsentation, und damit sie die wirklich nicht vergesse, müsse der Koffer dort und nirgendwo sonst stehen.

Acuzena konnte kaum glauben, was für einen Haufen Krimskrams Cuquita da mit sich herumschleppte. Ins Auge stach ihr allerdings ein seltsamer Apparat, der an eine einfache Schreibmaschine erinnerte und mit dem Cuquita ganz besonders vorsichtig umging. Azucena fragte nach dem merkwürdigen Gerät, und Cuquita erklärte stolz:

»Das ist eine Erfindung von mir.«

»Ach, ja? ... Und was für eine?«

»Eine kybernetische Ouija«

Cuquita stellte den Apparat auf den Nachttisch und präsentierte ihn, als würde sie eines ihrer kostbaren Produkte anpreisen. Der Apparat bestand aus einem ausrangierten Computer, einem Faxgerät, einem uralten Plattenspieler, einem Fernschreiber, einer Waage, einem Destillierkolben, aus dem merkwürdige Rohre ragten, sowie aus einem von Quarzsteinen und einer Rassel umrahmten runden Tortillabackblech. In der Mitte des Bleches war mit Kreide genau die Stelle markiert, auf die man die Hände legen sollte.

»Oh … Das sieht ja wirklich aufregend aus! Und was macht man damit?«

»Was man damit macht? Haben Sie noch nie eine Ouija benutzt?«

»Nein.«

»Na klar, ich habe ganz vergessen, daß ihr Höherentwickelten ziemliche *Snubs* seid und derlei Apparate nicht braucht, um euch mit euren Schutzengeln in Verbindung zu setzen. Aber wir, die wir noch nicht die höheren Weihen erhalten haben, wir geistig Armen, wir Blöden, wir müssen selber sehen, wie wir klarkommen, wir müssen, um unsere Vergangenheit kennenzulernen, solche Scheißdinger erfinden …«

Azucena war von Cuquitas Ausbruch gerührt. Er zeigte so deutlich, wie tief gekränkt und verletzt sie war. Als Astralanalytikerin wußte Azucena, daß man Cuquita mit diesem schlechten Gefühl nicht allein lassen durfte, und daher versuchte sie, sie ein bißchen aufzumuntern.

»Seien Sie nicht böse, Cuquita. Wenn ich Sie gefragt habe, was man mit diesem Gerät macht, dann liegt das nicht daran, daß ich noch nie eine Ouija benutzt habe, sondern daran, daß ich noch nie eine so komplexe Ouija, eine so außergewöhnliche, so moderne Ouija gesehen habe. Wie funktioniert die denn?«

Cuquita, die sich bestätigt fühlte, wurde sofort ruhiger und begann mit sanfterer Stimme zu sprechen:

»Sehen Sie, das ist ganz einfach. Wenn Sie mit Ihrem Schutzengel in Verbindung treten wollen, legen sie die Hände hier auf das Blech. Dann konzentrieren Sie sich ganz fest auf ihre Frage, und sie erhalten die Antwort umgehend – per *Facks.* Wenn Sie jedoch mit Ihren geliebten Verstorbenen sprechen wollen, dann ist es besser, wenn man gar nicht erst laut redet, wegen der versteckten Schätze und so. Lieber schickt man denen die Fragen mit dem Fernschreiber und bekommt auch vom Fernschreiber die Antwort ...«

»Das ist ja toll!«

Cuquita strahlte übers ganze Gesicht, als sie Azucenas Bewunderung spürte. Sie bekam neben den blauen Flecken, die sie sowieso schon hatte, noch ein bißchen rote Farbe ins Gesicht.

»Ach, das ist noch gar nichts. Sehen Sie, wenn man Ihnen zum Beispiel eine Antiquität andrehen will, eine Platte von Pedro Infante oder so, und Sie wissen wollen, ob die echt ist oder ob man Sie betrügen will, dann legen sie das Ding, falls es eine Platte ist, hier rauf«, dabei zeigte sie auf den Plattenspieler. »Wenn es irgendein anderes Ding ist, dann tun Sie es hier rein«, dabei zeigte sie auf den Destillierkolben, »und träufeln dann Spezialflüssigkeit darauf, die das Ding zerkleinert wie *frappiertes* Eis, und dann druckt der Computer die Geschichte des Gegenstands, die der übrigens selbst erzählt, und das *Facks* spuckt Farbfotos aus von all den Leuten, die diesen Gegenstand je berührt haben, das heißt, Sie schlagen gleich zwei Fliegen mit einer Klappe, Sie wissen, ob man Ihnen eine Fälschung untergejubelt hat, und bekommen dazu noch ein Gratisfoto von Ihrem Lieblingssänger. Na, was sagen Sie dazu?«

Azucena blieb wirklich vor Staunen der Mund offenstehen. Wie war es möglich, daß diese Frau, die nicht einmal den Hauptschulabschluß hatte, einen so komplizierten Apparat erfinden konnte? Nun, man mußte zwar probieren, ob der auch wirklich funktionierte, doch schon die Initiative, die Cuquita an den Tag gelegt hatte, war bewundernswert. Die Erfinderin wußte nicht, wohin mit ihrer Freude darüber, daß Azucena aufrichtig an ihrem Apparat interessiert war.

»Wissen Sie, Cuquita, ich sehe da nur noch ein Problem. Wenn ich beispielsweise wissen möchte, wem ein Bett einmal gehört hat, was mache ich dann?«

»Na, dann nehmen sie einen Holzsplitter aus dem Gestell und legen ihn in den Destillierkolben.«

»Ja, aber wenn das Bett aus Messing ist?«

»Ach, wissen Sie, das ist dann halt Ihr Problem. Ich kann ja schließlich nicht an alles denken. Und überhaupt. Wir reden jetzt mal von was anderem. Sie machen mich ganz *neurosig.*«

Cuquita ging schon wieder fast in die Luft. Azucena wollte das vermeiden, denn schließlich würden sie ja eine Zeitlang die Wohnung teilen, und das wäre ein schlechter Anfang.

»Hören Sie, Sie haben mir noch nicht gesagt, wozu die Rassel dient?«

»Oh, die ist wahnsinnig wichtig. Wenn sie sich dreht und knattert, verändert sie die Energie im Zimmer, in dem die Botschaften auf Kurzwelle empfangen werden, und man vermeidet so, daß die Teufel dazwischenfunken.«

»Ach so!«

Azucena konnte ihre Neugier, mit dem Jenseits in Verbindung zu treten, nicht unterdrücken. Seit sie ihre Verbindung zu Anakreon abgebrochen hatte, hatte sie keine Ahnung mehr, was geschah oder geschehen würde. Vielleicht bot sich ja hiermit eine Möglichkeit, herauszubekommen, wo Rodrigo steckte, ohne Anakreon klein beizugeben.

»Darf ich dem Apparat mal eine Frage stellen?«

»Aber gern doch!«

Cuquita fühlte sich geschmeichelt, und es dauerte keine Sekunde, bis das ganze Zimmer unter ungeheurem Rasseln und Schnarren erbebte. Darauf erklärte sie Azucena, wie sie ihre Hände auf die Mitte des Blechs zu legen hatte und wie sie sich konzentrieren sollte, wenn sie ihre Frage stellte. Azucena folgte den Anweisungen aufs Wort, und Sekunden später begann das Faxgerät die Antwort auszudrucken: »Liebes Kind, du wirst ihn schneller finden, als du gehofft hast.«

Azucena traten Tränen in die Augen. Cuquita umarmte sie mütterlich.

»Sehen Sie. Alles wird wieder gut.«

Azucena nickte. Vor Glück brachte sie kaum noch ein Wort heraus. Cuquita fühlte sich rundum bestätigt. Es war das erste Mal, daß jemand ihren Apparat benutzt und bewiesen hatte, daß er tatsächlich funktionierte. Die Stimmung in der Wohnung änderte sich zusehends. Azucena bemerkte es, und ihr wurde klar, daß die kleine Hilfe, um die sie Cuquita gegeben hatte, ihr großen Nutzen brachte. Sie begann die gute Seite ihrer anfangs mißlichen Lage zu sehen. Schließlich konnte es ja ganz lustig werden und von Vorteil sein, Cuquita ein paar Tage bei sich zu haben.

Die Nachricht, Rodrigo bald zu finden, hatte sie so euphorisch gestimmt, daß sich alle dunklen Wolken aus ihrem Kopf verzogen. Das erste Mal seit vielen Tagen war ihr das Herz nicht mehr schwer. Und sie fand, daß jetzt der beste Augenblick sei, ihre CD anzuhören. Sie fühlte sich nach all den Strapazen so entspannt, daß sie eine gewaltige Müdigkeit überfiel. So schlug sie Cuquita vor, schlafenzugehen. Der kam das sehr gelegen. Es war drei Uhr morgens, und ihr Tag war lang. Azucena setzte sich die Kopfhörer auf, legte sich aufs Bett und schloß die Augen. Cuquita lag neben ihr.

Zu Azucenas Bedauern entdeckte Cuquita die Fernbedienung des Cyber-TVs und wurde ganz blaß vor Freude. Sie vergaß ihre Müdigkeit, die Erschöpfung und die schmerzenden blauen Flecken. Ihr Leben lang hatte sie sich ein Cyber-TV gewünscht, aber nie das Geld gehabt, sich eins zu kaufen. Zu mehr als einem ganz normalen 3D-Fernseher hatte es nie gereicht. Also schaltete sie es ein und zappte sich wie eine Irre durch alle Kanäle. Azucena bekam nichts davon mit. Sie hörte ruhig und mit geschlossenen Augen ihre CD.

Als würdige Repräsentantin der Nichtentwickelten genoß Cuquita das Geplänkel in Cristinas Talk-Show in vollen Zügen. In dieser Nacht sendete man direkt aus dem Gefängnis eines Strafplaneten. Mit Hilfe der Mentalbildkamera wurden die Gedanken der schlimmsten Kriminellen in virtuelle Bilder umgewandelt. Auf diese Weise konnte sich das Cyber-TV-Publikum an jene Orte begeben, wo Inzest, Vergewaltigungen, Morde begangen worden waren. Cuquita war begeistert. Derart starke Emotionen hatte sie nicht mehr erlebt, seit sie die Schule verlassen hatte. Dort wurde die gleiche Methode angewandt, und zwar, um den Schülern unmittelbar zu veranschaulichen, wie grauenhaft Kriege sind. Man fand sich mitten im Schlachtgetümmel wieder, roch den Tod, spürte am eigenen Leib Schmerz, Verzweiflung, Grauen. Dies schien die einzige Art, den Kindern etwas beizubringen: die Vermittlung von Erfahrungen über die eigenen Sinnesorgane. Man erhoffte sich von einer Lehrmethode, die drastischer nicht sein konnte, daß niemand es mehr wagen würde, Kriege anzuzetteln, zu foltern oder irgendein anderes Verbrechen zu begehen. Aber geklappt hatte das dann doch nicht ganz. Zwar konnte die Kriminalität unter Kontrolle gebracht werden, allerdings weniger, weil die Menschen aus der Erfahrung gelernt hatten, sondern vor allem aufgrund der technischen Neuerungen. Vor der Ermordung von Mister Bush hatte niemand zu töten gewagt. Nicht etwa, weil niemand Lust aufs Morden gehabt hätte, sondern aus Angst, geschnappt zu werden. Dafür gab es ja die Geräte, mit denen man jeden Verbrecher orten konnte. Den Menschen blieb also nichts anderes übrig, als zu lernen, ihre kriminellen Neigungen zu unterdrücken. Das bedeutete allerdings nicht, daß sie keine hatten. Im Gegenteil! Der Beweis war die enorm hohe Einschaltquote der Talk-Shows von Cristina, Oprah, Donahu, Sally usw., in denen die Cyber-TV-Zuschauer ihre erdenklich primitiven Emotionen ausleben konnten. Die Regierung erlaubte die Ausstrahlung der Sendungen, weil das Volk so seine verbrecherischen Neigungen kanalisierte und es einfacher war, es unter Kontrolle zu halten.

Cuquita war schlichtweg hingerissen, sich mitten im Geschehen zu befinden. Sie sah begeistert der Ermordung von Sharon Tate zu. Sie genoß es, die Angst in ihrem ganzen Körper zu fühlen, die Gänsehaut, den kalten Schweiß, die erstickte Stimme. Die Gewalt verursachte ihr Übelkeit, doch als gute Masochistin, die sie war, hielt sie dies für einen Teil des Vergnügens. Wenn nur nicht kurz vor dem Höhepunkt die Werbung käme. Cuquita war wütend, denn sie war gerade so richtig schön lustvoll am

Leiden. Verzweifelt zappte sie sich erneut durch die Programme, um ähnliches zu finden, als ihr Blick von einem glühenden Rot gebannt wurde. Lava hatte schon immer eine hypnotische Wirkung auf sie ausgeübt.

Die Sendung kam live vom Planeten Korma. Isabel wanderte zwischen den Überlebenden des Vulkanausbruchs umher. Sie befand sich mit einer Rettungsmannschaft auf Stippvisite dort. Es war ihr Wunsch gewesen, als erste Aktion ihrer Präsidentschaftskampagne diese Strafkolonie zu besuchen. Cuquita sicherte sich dank dem Cyber-TV sofort den besten Platz, nämlich zwischen Isabel und Abel Zabludowsky, der nicht umhin konnte, zu erwähnen, wie unglaublich gut Isabel mit ihren fünfzig Jahren noch aussah. »Kein Wunder!« meinte Cuquita. Isabel hatte jahrelang als Interplanetarische Botschafterin gearbeitet. Bei jeder Reise gewann sie aufgrund des Zeitsprungs Wochen und Monate, die sich inzwischen ganz hübsch summiert hatten. Kam sie etwa von einer Tour zurück, die für sie eine Woche gedauert hatte, so waren auf der Erde bereits fünf Jahre vergangen. Doch obwohl Isabel so jung aussah, hätte Cuquita nicht mit ihr tauschen wollen. »Wie viele der Maispasteten hätte man in diesen verlorenen Jahren dann nicht gegessen. An wie vielen Geburtstagsfeiern nicht teilgenommen?« Isabel begann an die Opfer des Vulkanausbruchs Essen auszuteilen. Es waren alles Wilde, die sich gegenseitig mit ihren Keulen bedrohten, um ja nicht zu kurz zu kommen. Die Leibwächter mußten regelrecht dazwischenhauen, um Isabel zu schützen.

Cuquita machte unvermittelt einen Salto im Bett und brüllte nach Azucena.

»Azucena! Azucena, schaun Sie mal!«

Isabels Leibwächter waren die vermeintlichen Arbeiter der

Aerofongesellschaft, und Azucena – nun ja, Ex-Azucena, deren Körper ja jetzt eine andere Person beherbergte.

Azucena, die echte Azucena, riß die Augen auf und versuchte zu erkennen, was da passierte. Sie sah, wie die Leibwächter Isabel von der Schar hungriger Wilder fortführten. Azucena war irritiert, daß einer der Leibwächter in ihrem ehemaligen Körper steckte und daß daneben der ehemalige Aerofonarbeiter stand. Doch sie fiel fast in Ohnmacht, als sie sah, wie Isabel auf einen Mann zuging, der sich etwas von den anderen entfernt hielt: Es war niemand anders als Rodrigo! Azucena hatte gerade von ihm geträumt, als Cuquita sie weckte, und wußte nun nicht, ob sie weiterträumte oder ob dies hier die Realität war.

Rodrigo war ganz in sich versunken damit beschäftigt, mit einem Stein einen Löffel aus einem Stück Holz zu schnitzen. Als er Isabel näher kommen sah, erhob er sich. Isabel gab ihm ein Sandwich, doch Rodrigo ging, anstatt es anzunehmen, auf Ex-Azucena zu, streichelte ihr Gesicht, so als versuchte er, sie wiederzuerkennen. Ex-Azucena wurde nervös. Isabel war verwirrt, und Cuquita war empört, während Azucena beschloß, Rodrigo mit all ihrer Inbrunst zu liebkosen. Es blieb ihr zwar wenig Zeit, doch genug, um ihre Verzweiflung darüber, zusehen zu müssen, wie er sich wieder in Luft auflöste, ins Unermeßliche wachsen zu lassen. An die Stelle der Bilder vom Planeten Korma traten nun die Fußballspieler im Trainingslager. Die Nachrichtensendung war beim Sportteil angekommen. Cuquita und Azucena blickten einander an. Azucena weinte verzweifelt.

»Das war Rodrigo!«

»Der da?«

Cuquita war überrascht von dem erbärmlichen Zustand, in dem er sich befand.

»Ja.«

»Und Sie waren auch da!«

»Ja.«

»Und was macht ihr Liebster auf Korma?«

Azucena wußte es nicht. Sie wußte nur, daß sie in Riesenschwierigkeiten steckte. Wenn die Leute, die versucht hatten, sie umzubringen, und die ihren Körper geraubt hatten, die Leibwächter Isabels waren, dann konnte nur Isabel selbst dahinterstecken. Wenn sie aber dahintersteckte, dann hatte sie die Macht auf ihrer Seite. Und wenn sie die Macht auf ihrer Seite hatte, dann war es töricht, sich ihr entgegenzustellen. Azucena überlegte schnell, was für Gründe Isabel gehabt haben mochte, um sie umbringen. Ohne Zweifel hatte sie Mister Bush umbringen lassen. Und sie hatte Rodrigo die Rolle des Mörders zugedacht. Aber warum ihm? Wer weiß. Dann hatte sie erfahren, daß Rodrigo die ganze Mordnacht lang im Liebesrausch verbracht hatte, und daher blieb Isabel nichts anderes, als die Frau zu vernichten, die sein Alibi bestätigen konnte, nämlich sie. Gut, bis hierhin machte das Sinn. Doch, was würde der nächste Schritt sein? Isabel brauchte Rodrigo als Mörder. Was würde sie also tun, damit er gegenüber den Behörden nicht seine Unschuld bewies? Vielleicht war gerade das ihr Plan. Vielleicht hatte sie ihn eben deshalb nach Korma geschickt. Vielleicht wollte sie ihn dort für immer lassen. Vielleicht ... vielleicht. Sie verstand nur überhaupt nicht, wie Isabel das Risiko eingehen konnte, daß ihre ganze Strategie in sich zusammenbrach. Wenn nun einer der Cyber-TV-Zuschauer, der gerade die Nachrichten sah, Rodrigo denunzierte? Was würde dann geschehen? Azucena sah keinen Ausweg, Cuquita schon – vielleicht gerade deshalb, weil sie weniger analytisch dachte. Sie hatte eine Idee.

»Wir müssen zu Ihrem Liebsten und ihn holen«, entschied sie.

»Das können wir doch nicht. Er wird von der Polizei gesucht, die behauptet, er sei der Komplize des Bush-Mörders. Aber das stimmt nicht, er war damals die ganze Nacht bei mir.«

Azucena erinnerte sich erneut an ihre Liebesnacht, und schon wieder kamen ihr die Tränen.

»Weinen Sie nicht. Is' doch egal, ob ihn die Polizei sucht. Wir stecken ihn einfach in einen anderen Körper, und schon ist das Problem gelöst! Wir leben ja nicht mehr in Großmutters Zeiten, als es immer hieß: ›Oh, wie entsetzlich! Das Haus ist zusammengestürzt, das Geschirr liegt zerschmettert am Boden, die Kinder sind krank und der Papa tobt. Was soll ich bloß machen?‹ Nein, wir leben in einer Zeit, in der man dem Unglück etwas entgegensetzen kann. Trocknen Sie Ihre Tränen, und auf in den Kampf!«

Azucena hörte auf zu weinen und lachte leise über Cuquitas Beherztheit. Sie selbst war am Ende. Ihr waren in zu kurzer Zeit zu viele Wunden geschlagen worden. In nur einer Woche hatte sie ihre Zwillingsseele verloren, war fast ermordet worden, hatte sich gezwungen gesehen, eine Seelenverpflanzung mitzumachen, hatte den Mord an einem guten Freund erleben müssen, hatte mit ansehen müssen, daß in ihrem eigenen geliebten Körper ein Mörder steckte, und hatte schließlich Rodrigo, der sich an einem für sie praktisch unerreichbaren Ort in großer Gefahr befand, in einem wahrlich üblen Zustand vorgefunden. Sie war verzweifelt. Fühlte sich vergewaltigt, angegriffen, schutzlos, zerbrechlich, erschöpft und unfähig, irgendeinen Entschluß zu fassen.

»Wir müssen gleich morgen hin.«

»Klar, tolle Idee, aber wie denn? Ich habe kein Geld. Und Sie noch viel weniger! Und diese interplanetarischen Reisen sind wahnsinnig teuer.«

»Ganz schön happig, ja! Aber wir werden schon einen Weg finden ...«

Cuquitas und Azucenas Blicke trafen sich. In Cuquitas Augen blitzte es auf, und dieser Geistesblitz übertrug sich auf Azucena. Beide riefen wie aus einem Munde:

»Julito!«

Azucena verlor langsam die Geduld. Die interplanetarische Raumfähre von Julito war nichts weiter als ein mieses Bummelschiff, das auf jedem Planeten auf dem Weg nach Korma haltmachte. Immer wenn das Raumschiff anlegte, hatte Azucena das Gefühl, das Universum würde stillstehen. Sie hatte Julito schon mehrmals vorgeschlagen, aber eine Möglichkeit auszuloten, im Direktflug nach Korma zu reisen, aber Julito hatte entschieden abgelehnt und sie dezent darauf hingewiesen, daß er ihr keinerlei Sonderwünsche erfüllen könne, da sie gratis mitfuhr. Außerdem war Julito verpflichtet, Zwischenstops einzulegen, denn abgesehen davon, daß er das Hahnenkampfteam auf einem weniger entwickelten Planeten absetzen mußte, hatte er zwei weitere Geschäfte zu erledigen, die ihm einen guten Verdienst einbringen würden: die Enkelvermietung und die Eillieferung von Ehegatten. In den weit entfernten Weltraumkolonien lebten Männer und Frauen in fortgeschrittenem Alter, die nie die Gelegenheit hatten, zu heiraten und Kinder zu bekommen, und deshalb in tiefste Depressionen verfielen. Julito hatte da mit der Enkelvermietung eine phantastische Marktlücke aufgetan. Und jetzt war gerade Hochsaison, denn die Waisenkinder hatten vor kurzem Ferien bekommen. Das andere Geschäft, das sich ebenfalls großer Nachfrage erfreute, war die Eillieferung von Ehegatten. Wenn junge Männer oder Frauen sich für längere Zeit auf Weltraummission befanden, spielten ihre Hormone verrückt. Da es nicht empfehlenswert war, sexuelle Verbindungen mit den Eingeborenen anderer Planeten einzugehen, schickten ihnen die Ehepartner von der Erde Ersatzpartner, die die sexuellen Bedürfnisse befriedigen sollten. Und nicht nur das. Der oder die Ersatzgeliebte lernten auf besonderen Wunsch der Ehegatten Botschaften und Gedichte auswendig, um diese dann beim Liebesakt zu rezitieren. Das Raumschiff war – einmal abgesehen von Kampfhähnen, den Mariachi, den Entertainern und Sängern des Begleitprogramms der Hahnenkämpfe – voller Kinder und Ersatzeheleute.

Azucena wurde fast verrückt. Sie brauchte Ruhe, um ihre Gedanken zu ordnen, und das Chaos im Raumschiff war ihr einfach zu viel! Die Kinder rannten überall herum, die Mariachi übten *Amorcito corazón* mit einem Sänger, der als Reinkarnation des Pedro Infante wiedergeboren war, die Ersatzeheleute übten mit den Entertainern ihre Rezitations-Nummer, Cuquitas Großmutter übte, ohne richtig sehen zu können, einen rechten Haken, Cuquitas versoffener Ehemann übte sich im Erbrechen, die Hähne übten ihr Kikeriki, der Schlepper vom Körpertauschhandel, der Azucena ihren neuen Körper verkauft hatte, versuchte erfolglos, die Seele eines Entertainers mit der eines Hahns zu vertauschen.

Unter diesen Umständen hatte Azucena nur die Wahl: entweder vor Verzweiflung durchzudrehen oder, wie alle anderen, auch etwas einzuüben. Sie beschloß, den Kuß zu proben, den sie Rodrigo geben würde, wenn sie ihn wiederfände. Und begeistert probierte sie, indem sie den Zeigefinger zwischen die Lippen steckte, wieder und wieder aus, wie ein Zungenkuß am besten wirkte. Sie hörte erst auf, als einer der Ersatzehemänner sich anbot, mit ihr zusammen zu üben. Es war ihr peinlich, daß man sie ertappt hatte, und daher hielt sie es für das beste, sich von nun an von all diesen Verrückten an Bord fernzuhalten. Wie die Liebenden aller Epochen wollte auch sie allein sein, um in Ruhe an Rodrigo zu denken. Doch ihre Mitreisenden störten sie, lenkten sie ab, waren ihr lästig. Sie mußte Rodrigo in ihrem Innern wieder neu erschaffen, sich erinnern, wie wunderbar es war, mit ihrer Zwillingsseele vereint zu sein, mußte dieses Gefühl von Selbstlosigkeit, totaler Hingabe und Unendlichkeit noch einmal durchleben. Nur Rodrigos Gegenwart würde der Wirklichkeit wieder Substanz verleihen, nur das Licht, das sein Lächeln verbreitete, konnte Azucenas Trübsal verscheuchen, das ihre Seele bedrückte. Die Vorstellung, ihn bald wiederzusehen, gab allem einen neuen Sinn. Sie setzte sich die Kopfhörer auf und begann ihre CD zu spielen. Ihr einziger Wunsch war, in eine Welt einzutauchen, die in keiner Weise der wirklichen glich. Sie hatte allerdings die Hoffnung schon aufgegeben, daß die Musik sie in ihr vergangenes Leben an Rodrigos Seite zurückbringen könnte. Die Nacht zuvor hatte sie die CD schon einmal vollständig ablaufen lassen, um die Melodie zu finden, die man bei ihrer Aufnahmeprüfung für die KuBa vorgespielt hatte – doch ohne Erfolg. Jetzt, da sie wußte, daß die Musik auf dieser CD nicht die war, nach der sie suchte, konnte sie sich besser entspannen und ließ sich mit einem seligen Lächeln von der unbekannten Melodie forttragen. Es war schon kurios, wie schnell es ihr jetzt gelang, die Musik ungehindert in ihr Unterbewußtsein eindringen zu lassen, so daß sie auf ganz natürliche Weise in ihr vorheriges Leben geführt wurde, das sie so brennend herbeigesehnt hatte.

CD – 4

ERIA

Cuquita rüttelte Azucena wach und riß sie brutal aus ihren Träumen. Ihr Herz schlug wie verrückt, und sie war außer Atem. Als sie Azucenas Gesicht sah, tat es Cuquita leid, sie geweckt zu haben. Sie hatte ihr nur sagen wollen, daß sie gleich auf Korma landen würden. Azucenas Wangen waren gerötet, und auf ihrer Stirn sammelten sich Schweißperlen. Sie sah und hörte nichts, war vollkommen in sich versunken. Isabel und sie hatten sich also in jenem früheren Leben gekannt! Wie war das möglich? Es waren inzwischen unendlich viele Jahre vergangen, und Isabel sah immer noch genauso aus wie damals. Die Sache wurde mit jedem Tag komplizierter. Isabel sollte doch in jenem Leben Mutter Teresa gewesen sein? Wie konnte diese »Heilige« fähig sein, sie zu töten – ein Baby? Am ehesten wohl, weil sie gar keine Heilige war. Sie war ein Miststück, das alle betrogen hatte, indem sie sie glauben machte, sie sei Mutter Teresa gewesen. Dabei stand fest, daß die Isabel aus dem Jahre 2200 und die aus dem Jahre 1985 ein und dieselbe waren! Azucena rechnete nach. Wenn Isabel tatsächlich dieselbe Frau war, die sie während des Erdbebens gesehen hatte, in dem ihre Eltern im Jahre 1985 in Mexiko-Stadt ums Leben gekommen waren, dann war sie ja nicht hundertfünfzig, sondern zweihundertfünfzig Jahre alt! Doch wer hatte ihr das Leben der Mutter Teresa verschafft? Da kam nur einer in Frage: Doktor Díez! Aller Wahrscheinlichkeit nach hatte er, genauso wie er es mit ihr selbst gemacht hatte, für Isabel ein falsches Leben ausgetüftelt und ihr das per Mikrocomputer installiert. Das schien des Rätsels Lösung! Bestimmt hatte Isabel den Doktor, nachdem der sein Werk vollbracht hatte, eliminieren lassen, damit er sie nicht verriet. Vermutlich hatte Isabel aus diesem Grund auch befohlen, sie zu töten. Ganz davon abgesehen, daß sie Zeugin für Rodrigos Alibi war, war sie auch Zeugin dafür, daß Isabel im Jahr des Attentats, 1985, gelebt hatte. Und nicht nur das! Azucena war auch Zeugin des Verbrechens, das Isabel an ihr begangen hatte, und eine Kandidatin für die Weltpräsidentschaft mußte ohne Fehl und Tadel sein, durfte sich zumindest in den letzten zehn Leben keines Verbrechens schuldig gemacht haben. Isabel würde also zwangsläufig aus dem Rennen sein, wenn jemand erfuhr, daß sie 1985 sogar einen Mord begangen hatte. Aber irgend etwas paßte da nicht zusammen. Wenn Isabel Azucena getötet hatte, als sie noch ein Baby war, dann mußte Isabel auch Rodrigo kennen, denn er war in jenem Leben offensichtlich Azucenas Vater gewesen. Und wenn Isabel Rodrigo kannte, warum ließ sie ihn dann nicht auch eliminieren? Vielleicht weil Rodrigo, als Isabel das Attentat beging, tot war und sie nicht sah. Wer weiß? Und wer weiß, ob Rodrigos Leben in Gefahr war, jetzt, da Isabel sich auf Korma befand. Sicher war nur eins: Isabel war äußerst gefährlich, und Azucena tat gut daran, sich von ihr fernzuhalten.

Sie nahm einen Schluck des heißen, süßen Maisschleims, den Cuquita ihr anbot, und fühlte sich gleich besser. Azucena war ein Waisenkind und hatte nie jemanden gehabt, der sie verwöhnte. Es war das erste Mal, daß jemand sie bemutterte und tröstete. Cuquitas warmherzige Fürsorglichkeit rührte sie zutiefst, und von diesem Augenblick an liebte sie sie.

Als sie Rodrigo sah, zersprang Azucenas Herz wie ein heißer Kristallkrug, der mit eisigem Wasser gefüllt wird. Auf einen so kalten Blick war ihre Seele nicht vorbereitet. Dieser Blick, in dem sich kein Zeichen des Erkennens wiederspiegelte, traf sie wie ein Dolch und ließ sie in ihrer Wiedersehensfreude zu Eis erstarren.

Es war nicht leicht gewesen, die Höhle zu finden, in der er sich versteckt hielt, denn Rodrigo hatte alles darangesetzt, sich vom Stamm der Wilden weitmöglichst zu entfernen. Er konnte deren Unordnung und Schmutz nicht ertragen und wartete daher immer darauf, daß die Kormarianer ihren Saustall verließen und auf die Jagd gingen. Jetzt war er gerade dabei, das Papier, in das die Maispasteten eingewickelt waren, aufzusammeln und sorgfältig gefaltet aufeinanderzulegen. Seit er in dieser Höhle lebte, hatte sich hier einiges verändert. Die Ecken waren frei von Kothaufen und Essensresten, und das Feuerholz war sauber gestapelt. Als er Azucena erblickte, unterbrach er den Hausputz. Er wunderte sich sehr über diese blonde Frau, die mit weit ausgebreiteten Armen vor ihm stand und ihn strahlend anlächelte. Er wußte weder, wer sie war, noch woher sie kam. Ganz gewiß nicht aus einer Höhle auf Korma. Offensichtlich gehörte sie ebensowenig hierher wie er.

Rodrigos Passivität verwirrte Azucena. Sie konnte sie sich nur so erklären, daß sie in ihrem neuen Körper nicht zu erkennen war. Azucena beruhigte sich und versuchte ihm klarzumachen, daß sie Azucena sei. Rodrigo sah sie verwundert an und wiederholte mit leerem Blick:

»Azucena?«

Nun wußte sie überhaupt nicht mehr, was los war. Sie hatte von einem Treffen wie im Film geträumt. Rodrigo würde sie schon von weitem erkennen und auf sie zueilen. Einstellung in Zeitlupe. Sie würde ein Kleid aus weißem Musselin tragen, das im Wind wehte. Er würde wie ein Galan aus dem 20. Jahrhundert angezogen sein, mit weiten Leinenhosen und einem offenen Seidenhemd, das seinen breiten, muskulösen Brustkorb freigab. Im Hintergrund die Titelmelodie aus *Vom Winde verweht.* Endlich vereint, würden sie sich umarmen wie Romeo und Julia, wie Tristan und Isolde, wie Paolo und Francesca. Der Klang ihrer Körper würde eins werden mit der Sphärenmusik, und der Augenblick ihrer Begegnung würde so unvergeßlich sein, daß er in die Geschichte der schönsten Momente berühmter Liebespaare einginge. Statt dessen stand Azucena nun vor einem Mann, der keinerlei Anstalten machte, sie zu berühren, der nicht ein liebevolles Wort für sie übrig hatte, der sich weigerte, ihr tief in die Augen zu sehen. Seine Gleichgültigkeit brachte sie fast um, und sie hatte den Eindruck, ein lebender Anachronismus zu sein. Sie fand sich so lächerlich wie die Pailletten auf ihrem Trachtenrock, den sie wohl oder übel hatte anziehen müssen, um als Mitglied der Truppe durchzugehen und im Raumschiff mitreisen zu dürfen. Sie fühlte sich falsch wie das Lächeln einer Schönheitskönigin und fehl am Platz wie eine Kakerlake auf einer Hochzeitstorte.

Was war nur los? Wegen dieser absurden Begegnung hatte

sie nächtelang nicht geschlafen? Wie sollte sie nur all die Küsse zurückhalten, die ihr auf den Lippen lagen? Wem würde sie die ersehnte Umarmung schenken? Was sollte sie mit dem Liebesgeflüster anstellen, das ihr wie ein Kloß im Hals steckte? Azucena machte auf dem Absatz kehrt und lief davon. Am Eingang der Höhle traf sie Cuquita, Ricardo und den Schlepper vom Körpertauschhandel. Auf ihrer hastigen Flucht hätte sie sie beinahe umgerannt. Cuquita ließ die Männer in der Höhle stehen und eilte hinter Azucena her. Sie fand sie weinend neben einem verkohlten Baum.

»Was ist denn los? Ist Ihnen übel? Mir übrigens auch. Ich habe mich schon übergeben. Unser Julito hat mit seinem Raumschiffgekreise wirklich übertrieben ... Aber, was ist denn? Sie weinen ja!«

Azucena schluchzte herzzerreißend. Cuquita nahm sie in die Arme, in ihre gut gepolsterten Arme. Und drückte sie an ihre runden Brüste. Sie hatte große, weiche, sehr weiche Brüste. Azucena kuschelte sich eng an sie und fühlte zum ersten Mal, wie das ist, wenn man von mütterlichen Armen umfangen wird. Ohne es zu bemerken, benahm sie sich wie ein kleines Mädchen und jammerte mit wimmerndem Kinderstimmchen Cuquita etwas vor. Diese tröstete sie, so gut sie konnte, wie eine richtige Mutter.

»Hast du dich mit deinem Liebsten gestritten?«

Azucena schüttelte den Kopf.

»Ja, aber warum weinst du dann?«

»Ach, Cuquita!«

Azucena schluchzte noch heftiger, und Cuquita trocknete ihre Tränen.

»Sie sind alle gleich. Sollen sie doch vom Salz unserer Tränen erschlagen werden! Verdammte Mistkerle. Er hat eine andere, he?«

»Nein, Cuquita! Es ist viel schlimmer, Rodrigo erinnert sich nicht mehr an mich.«

»Wieso erinnert er sich nicht?«

»Keine Ahnung, er weiß nicht, wer ich bin. Er hat mich nicht erkannt.«

»Wieso denn das? Haben die ihn etwa mit Burundanga verhext?«

»Ach was, nichts da. Gott liebt mich nicht, er haßt mich, er führt mich hinters Licht, er ließ mich nur an die Liebe glauben, um seine Spielchen mit mir zu treiben, aber es gibt keine Liebe.«

»Na, nun übertreib mal nicht. Der liebe Gott wird böse werden, wenn er dich so reden hört.«

Unbeabsichtigt hatte Cuquita das Du zwischen den beiden Frauen eingeführt.

»Soll er doch! Vielleicht läßt er mich dann ja in Ruhe. Ich habe genug von ihm und von seinem ganzen Troß an Schutzengeln. Die legen einem doch nur Steine in den Weg.«

»Hast du niemals daran gedacht, daß alles, was geschieht, geschehen mußte?«

»Wie kommst du denn darauf, Cuquita! Ich habe doch niemandem etwas Böses getan.«

»In diesem Leben nicht, aber was ist mit den früheren? Man kann ja nie wissen.«

»Ich weiß es genau! Ich schwöre dir, daß ich für alles bezahlt habe, was ich zu Lebzeiten je angestellt habe. Das ist eine himmelschreiende Ungerechtigkeit!«

»Das glaube ich nicht, ich glaube, es gibt im Leben nichts Ungerechtes.«

»Doch, das gibt es!«

»Warum fragst du nicht einfach deinen Schutzengel? Frag ihn, was er dazu meint, anstatt hier herumzustreiten!«

»Nein, von dem will ich nichts wissen. Ich sitze in der Scheiße, weil er mir nicht geholfen und zugelassen hat, daß mir dieser ganze Mist passiert ist. Er hat mich im Stich gelassen, als ich ihn am meisten brauchte. Ich werde nie wieder mit ihm sprechen. Im Gegenteil, wenn der mir unter die Augen kommt, kann er was erleben!«

»Hm! Dann wird es aber ganz schön schwierig werden, aus dieser *Quadrille* wieder rauszukommen.«

»Nein, ist überhaupt nicht schwer, ich bin doch nicht blöd.«

»Ich bin sicher, daß du dein Leben in den Griff kriegen wirst, aber ich weiß auch, daß alles aus irgendeinem Grunde geschieht ... oder hat meine Großmutter etwa einfach nur so *Arktitis*?

»Arktitis?«

»Na die Arktitis eben, die sie immer in der Hüfte hat! Das ist ein Karma, als Dank dafür, daß sie mal General Pinochet war. Und ich hab' gedacht, man muß immer wieder in das frühere Leben zurück, um zu begreifen, warum einem ständig diese Horrorositäten passieren.«

»Ja, aber es funktioniert nicht! Wenn ich deprimiert bin, schaffe ich keine Rückführungen in vergangene Leben ...«

»Dann entdrepimier dich doch, sonst ...«

Cuquitas Wunsch, Azucena zu helfen, war so groß, daß sie sich plötzlich in ein ideales Medium verwandelte. So konnte Anakreon seinem Schützling endlich eine Botschaft übermitteln, und Cuquita begann mit Worten zu sprechen, die gar nicht ihre Worte waren.

»Weil sonst ... weil ... du noch nicht erkannt hast, daß du

einen privilegierten Augenblick durchlebst. Du leidest in der Tat, doch im Augenblick des Leidens sollte man akzeptieren, daß man sich schlecht fühlt, da es einem ja wirklich schlecht geht. In dem Augenblick, in dem du das akzeptierst, wird dir ein Licht aufgehen und sich eine Möglichkeit bieten, mit dir ins reine zu kommen. In diesem Zustand der Offenheit wirst du erkennen, daß man auf Erden glücklich sein kann, auch wenn du es in diesem Augenblick noch nicht bist. Du hast viel gelitten, doch bald wirst du wissen, warum. Nach und nach wirst du sehen, daß alles, was geschehen ist, Bestandteil des kosmischen Gleichgewichts ist. Von der Rose, die man dir geschenkt hat, bis hin zum Schlag auf deinen Kopf. Alles hat seine Berechtigung. Ist es denn nötig, diesen Schlag zu erwidern? Die Welt ist zu einer endlosen Kette des Wie-du-mir-so-ich-dir geworden. Sie reißt ab, wenn irgend jemand damit beginnt, nicht mit Haß, sondern mit Liebe zu antworten. An jenem Tag wirst du begreifen, daß man seinen Feind lieben kann. Bekanntlich haben das bereits viele Propheten verkündet. Und von jenem Tag an wirst du für alles, was geschieht, nur noch ein Lächeln übrig haben. Du wirst es als ein Teil des Ganzen akzeptieren und deinem Geist erlauben zu reisen, wohin er will. Nicht zum Ursprung der Erde, nein, obwohl schon das wahrlich nicht einfach ist. Nein: den eigentlichen Ursprung sollst du finden, den noch nie jemand erreicht hat. Denn wisse, der Mensch hat, soviel er auch spricht, schreibt und philosophiert, nicht die Kraft, zum Ursprung des Ursprungs zurückzukehren. Schon als ich dich das erste Mal sah, wußte ich, daß du diese Kraft besitzt. Du versuchst, deinen inneren Frieden, dein inneres Gleichgewicht dadurch wiederzufinden, indem du in deinem Geliebten deinen eigenen ursprünglichen Gegenpart wiederzufinden suchst. Du kämpfst um

Rodrigo. Das ist in Ordnung. Nur, die Person, die du eigentlich in diesem Kampf wiederfinden willst, bist du selbst. Das scheint zwar ein und dasselbe zu sein, ist es aber nicht. Das wirkliche innere Gleichgewicht erlangt man nicht dadurch, daß man sich mit einem anderen Wesen vereint, und sei es die Zwillingsseele. Man erreicht es, indem man sein Bewußtsein erweitert, damit es alles, was dich umgibt, erfaßt.

Jetzt zum Beispiel bist du betrübt. Trübsal hält dich umfangen. Die äußere Welt beschert dir nur Schmerz und Leid. Was kannst du tun? Erweitere dein Bewußtsein! Bemächtige dich der Trübsal, sauge sie schluckweise auf, atme sie ein, fang sie, laß zu, daß sie bis in den letzten Winkel deines Körper dringt, bis draußen nichts mehr von ihr übrigbleibt. Und dann, in diesem Moment, was wirst du, wo doch die ganze Traurigkeit in dir ist, empfinden?«

»Was denn?« fragte Azucena.

»Na, die Glückseligkeit. Man muß also Trauer, Schmerz und Verzweiflung nicht fürchten, sondern lernen, sie auszukosten, sie anzunehmen. Was man bekämpft, wird man nicht los. Kämpft man gegen das Leiden an, wird es einen verfolgen. Akzeptiert man es aber als Teil des Lebens und nimmt es in sich auf, bis nichts mehr davon übrigbleibt, wird man Freude und Glückseligkeit ernten. Nur Mut, viel Glück, mein Kind, laß der Lust Flügel wachsen! Ach, zum Schluß noch eins! Wenn du dein Bewußtsein genügend erweiterst, um auch Rodrigo ganz zu erfassen, dann wirst du die Abweisung verzeihen und verstehen, warum er dich nicht erkannt hat ...«

Cuquita beendete ihre kleine Rede und schwieg, so beeindruckt war sie selbst. Sie wußte sehr wohl, daß sie die Worte, die aus ihrem Munde gekommen waren, nicht selbst erfunden hatte.

Es war das erste Mal, daß ihr so etwas geschah. Azucena hatte aufgehört zu weinen und sah sie überrascht und dankbar an. Sie schloß einen Augenblick lang die Augen und sagte dann ruhig, fast tonlos:

»Weil sie ihm das Gedächtnis ausgelöscht haben.«

»Was?«

»Rodrigo hat mich nicht erkannt, weil sie ihm das Gedächtnis ausgelöscht haben!«

Azucena tanzte vor Freude. Sie umarmte Cuquita und küßte sie. Cuquita freute sich mit ihr, doch ihre Freude währte nur kurz, denn in diesem Augenblick kamen Isabel und ihr Gefolge direkt auf die Höhle zu. Cuquita und Azucena rannten los, um Rodrigo zu holen, bevor jemand merken konnte, daß sie sich auf Korma befanden.

Azucena konnte ihre Augen von Cuquitas versoffenem Ehemann nicht losreißen. Unglaublich, daß in diesem speckigen, klobigen, besudelten, vom Alkohol zerstörten Körper die Seele Rodrigos stecken sollte. Der Schlepper hatte ausgezeichnete Arbeit geleistet! Der Tausch der Seelen zwischen dem Körper von Ricardo und Rodrigo hätte nicht besser gelingen können. Vor allem, wenn man die ungünstigen Voraussetzungen bedachte, unter denen sie hatten arbeiten müssen.

Cuquita ihrerseits konnte den Blick nicht von Ex-Rodrigo wenden. Durch das Bullauge des Raumschiffes beobachtete sie ihn, wie er völlig verwirrt zwischen den Kormarianern herumlief. Sie konnte es kaum glauben, daß sie ihren Mann nun endlich los war. Von nun an würde sie friedlich schlafen können. Es war wirklich eine tolle Idee gewesen, die beiden Körper auszutauschen. So konnte Azucena ihren Liebsten – oder besser gesagt, die Seele ihres Liebsten – mit zur Erde zurücknehmen, ohne daß er Gefahr lief, von der Polizei erkannt und wegen des Attentats an Mister Bush verhaftet zu werden. Und sie, Cuquita, war wieder frei. Je weiter sich das Raumschiff von Korma entfernte, desto glücklicher fühlte sie sich. Boshaft kicherte sie, als sie plötzlich sah, wie sich eine Wilde mit behaarter Brust an Ex-Rodrigo heranpirschte und versuchte, ihn von hinten zu umarmen. Ihr Mann dachte, es handele sich um Cuquita und gab ihr automatisch eine Ohrfeige, worauf ihm die Wilde eins mit der Keule überzog. Cuquita klatschte und jauchzte vor Begeisterung. Wenn das nicht göttliche Gerechtigkeit war, was dann! Da wurde eindeutig Gleiches mit Gleichem vergolten! Ex-Rodrigo lag k.o. geschlagen auf dem Boden und begriff überhaupt nichts mehr.

Er war nicht der einzige, dem es so erging. Auch Cuquitas Großmutter war völlig verwirrt und begriff nicht, was gespielt wurde: Sie war sauer, daß man sie neben diesen »beschissenen Säufer« gesetzt hatte, wie sie Cuquitas Ehemann nannte, und niemandem gelang es, sie davon zu überzeugen, daß sie nicht neben dem Ehemann ihrer Enkelin, sondern neben Rodrigo saß. Da die Großmutter sich in ihrer Blindheit nur von Gerüchen und Klängen leiten ließ, mochte sie das natürlich nicht glauben, denn ihrer Meinung nach konnte der Körper neben ihr, der nach Alkohol und Urin stank, nur der von Ricardo sein. Man erklärte ihr immer wieder die Geschichte vom Seelentausch und versicherte, daß die Seele Rodrigos, die jetzt leider in diesem Körper steckte, eine reine Seele war. Um dies zu überprüfen, gab sie ihm kräftig eins auf die Nase. Rodrigo reagierte nicht, und

Cuquitas Großmutter sah die Stunde der Rache gekommen, denn Ricardo hatte sie einige Tage zuvor übel zugerichtet. Nun schlug sie unbarmherzig auf ihn ein, schrie ihm ins Gesicht, daß er allein schuld an ihrer Krankheit habe und machte ihm klar, daß er für sie immer der beschissene Säufer bleiben würde. Nachdem sie ihre ganze Wut an ihm ausgelassen hatte, schlief sie ruhig ein. Endlich hatte auch sie ihren Frieden.

Rodrigo fühlte sich durch die Tracht Prügel der Großmutter eher seelisch als körperlich mißhandelt. Wieder einmal wußte er nicht, wie ihm geschah. Er ekelte sich vor seinem stinkenden Leib; der Dreck juckte, und er verspürte plötzlich einen unbezähmbaren Durst nach Alkohol und wußte nicht, wieso, da er bisher nie viel getrunken hatte. Er konnte sich auch nicht daran erinnern, je in seinem Leben diese alte Frau gesehen zu haben, die auf ihn losgegangen war und ihm vorgeworfen hatte, er habe sie mißhandelt. Er hatte das Gefühl, in diesem merkwürdigen Raumschiff unter lauter Irren gelandet zu sein. Er wußte weder wohin die Reise ging noch weshalb sie ihn mitnahmen. Das einzige, was er wußte, war, daß ihm ein Kloß im Hals steckte … und daß er unbedingt pinkeln mußte. Er erhob sich, um zum Klo zu gehen, doch seine Beine trugen ihn nicht. Sein linkes Bein knickte ein, als hätte es jemand abgeschaltet. Azucena sprang ihm sofort zu Hilfe. Sie legte ihn auf den Boden und fragte, ob er verletzt sei. Rodrigo klagte über starke Schmerzen in der Hüfte. Azucena legte ihm die Hand auf die Stelle, auf die er gezeigt hatte, und Rodrigo zuckte zusammen. Ihre Berührung tat ihm weh. Azucena, gute Astralanalytikerin, die sie war, erkannte sofort, daß dieser Schmerz aus einem anderen Leben stammte. Es war eine verdrängte Angst, die Cuquitas Großmutter aktiviert hatte, als sie ihn schlug. Azucena beruhigte ihn und erklärte ihm, daß sie eine Gruppe von Freunden seien, die ihm nichts Böses wollten, sondern die gekommen waren, um ihn zu retten. Daß er sein Gedächtnis verloren habe, sie aber ihm helfen könne, es wiederzuerlangen, da sie Astralanalytikern sei und ... seine beste Freundin. Rodrigo musterte Azucena eingehend. Mit aller Kraft versuchte er, sich zu erinnern, doch ihr Gesicht war ihm nach wie vor fremd.

»Entschuldigen Sie bitte, aber ich kann mich nicht entsinnen, Sie je gesehen zu haben.«

»Ich weiß. Machen Sie sich deshalb keine Sorgen.«

»Können Sie mir wirklich helfen, mein Gedächtnis wiederzuerlangen?«

»Ja. Und wenn Sie wollen, dann können wir gleich damit anfangen.«

Rodrigo wollte keine Zeit verlieren. Ohne weiter zu überlegen, nickte er zustimmend. Das Gesicht dieser Frau, die sich als seine Freundin ausgab, flößte ihm Vertrauen ein. Ihre Stimme vermittelte Sicherheit.

Azucena bat ihn, sich zu entspannen und tief durchzuatmen. Dann forderte sie ihn auf, intensiv zu hecheln. Danach ließ sie ihn mehrfach laut »Ich habe Angst« sagen. Rodrigo befolgte ihre Anweisungen konzentriert. Irgendwann veränderten sich sein Gesichtsausdruck und seine Atmung spürbar, und Azucena erkannte, daß seine Erinnerungen auf dem Weg in die Vergangenheit waren.

»Wo sind Sie?«

»Im Eßzimmer meines Hauses ...«

»Und was geschieht dort?«

»Ich kann nicht ...«

Rodrigo begann zu weinen. Entsetzen lag auf seinem Gesicht.

»Wiederholen Sie: ›Ich will nicht sehen, was dort geschieht, weil es zu schmerzhaft ist.‹«

»Nein, ich will es nicht …«

»Sind Sie in diesem Leben ein Mann oder eine Frau?«

»Eine Frau.«

»Und was gechieht mit Ihnen, daß Sie so große Angst haben? Wer verletzt Sie?«

»Der Bruder meines Mannes …«

»Und was macht er?«

»Ich wollte es nicht … Ich wollte es nicht …«

»Was wollten Sie nicht?«

»Daß … er mich vergewaltigt …«

»Erinnern Sie sich genau an diesen Augenblick. Was ist geschehen?«

»Es war grauenhaft … ich will es nicht sehen …«

»Ich weiß, daß es sie quält, aber wenn wir es nicht sehen, kommen wir nicht weiter, und Sie werden nie geheilt. Es wird Ihnen gut tun, darüber zu reden, auch wenn es weh tut …«

»Ich hatte gerade erfahren, daß ich schwanger war …«

Rodrigo schluchzte verzweifelt.

»Und … für mich war eine Schwangerschaft etwas absolut Heiliges … und er hat alles kaputtgemacht …«

»Wie?«

»Mein Mann hatte getrunken und war eingeschlafen, und ich deckte gerade den Tisch ab und …«

»Was geschah dann?«

»Ich sehe es nicht … ich sehe gar nichts …«

»Wiederholen Sie: ›Ich will es nicht sehen, weil es zu schmerzhaft ist‹ …«

»Ich will es nicht sehen, weil es zu schmerzhaft ist ...«
»Und was sehen Sie jetzt?«
»Nichts, alles ist schwarz ...«

Cuquita konnte zwar nicht jedes Wort von Rodrigo und Azucena hören, doch sie bekam sehr gut mit, was da hinten im Raumschiff vor sich ging, in dem die beiden sich aufhielten. Sie spitzte ihre Ohren, um wenigstens einiges von dem aufzuschnappen, was Anakreon Azucena einzutrichtern versuchte, die sich natürlich weiter vollkommen stur stellte. Rodrigo konnte aus zweierlei Gründen nichts sagen. Einerseits war er emotional ähnlich blockiert wie Azucena selbst, andererseits führte auch die Verdrängung seiner Erinnerung zu einer Blockade. Gelänge es Azucena, diese Blockaden zu durchbrechen, indem sie sich die Melodie vergegenwärtigte, die man ihr bei ihrer Aufnahmeprüfung für die KuBa vorgespielt hatte, so müßte auch Rodrigos Erinnerung wach werden, denn da die beiden ja Zwillingsseelen waren, mußten sie auf ein und dieselbe Weise reagieren. Cuquita wartete gespannt darauf, ob Azucena ihrem spirituellen Führer Gehör schenkte. Als sie erkannte, daß dem nicht so war, beschloß sie, sich noch einmal als Medium einzuschalten, um Azucena den Rat ihres Schutzengels zu suggerieren: Sie mußte Rodrigo eine dieser Arien der CD hören lassen und die Rückführung mit einer Mentalbildkamera filmen. Azucena hatte keine Ahnung, wo sie denn eine solche Kamera herbekommen sollte, aber Cuquita erinnerte an Julito. Der hätte auf Reisen doch immer einen solchen Apparat bei sich, um bei den Hahnenkämpfen und Mariachi-Sessions mögliche Gauner zu entlarven. Azucena staunte mehr und mehr über Cuquita. Sie fand für jedes Problem eine Lösung. Und sie hatte sie so lange mit Verachtung gestraft! Nein, diese Frau war wirklich genial. Julito baute die Kamera vor Rodrigo auf. Dann setzte man ihm die Kopfhörer des Discmans auf und bat ihn, sich eine der Liebesarien anzuhören.

CD – 5

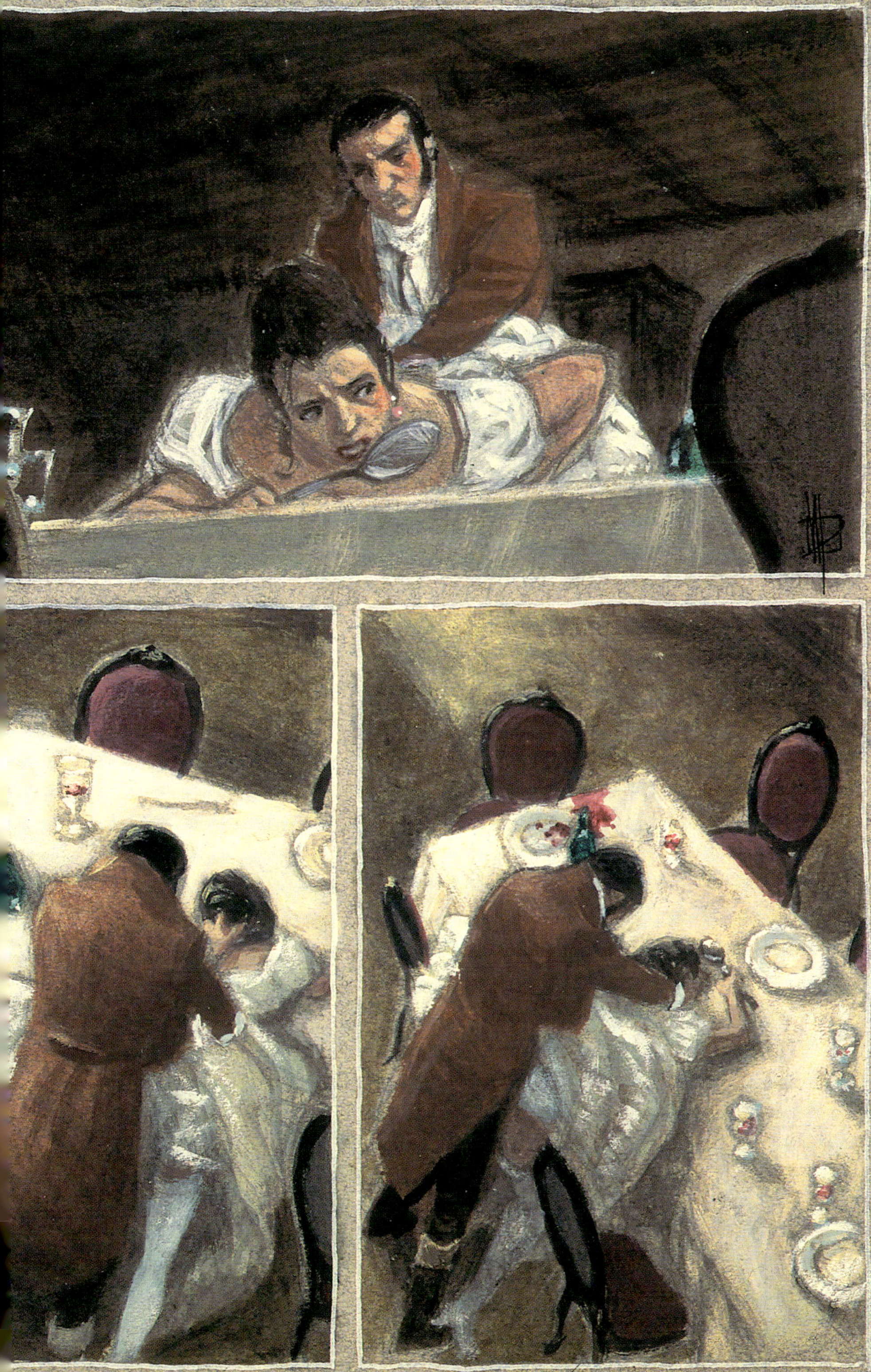

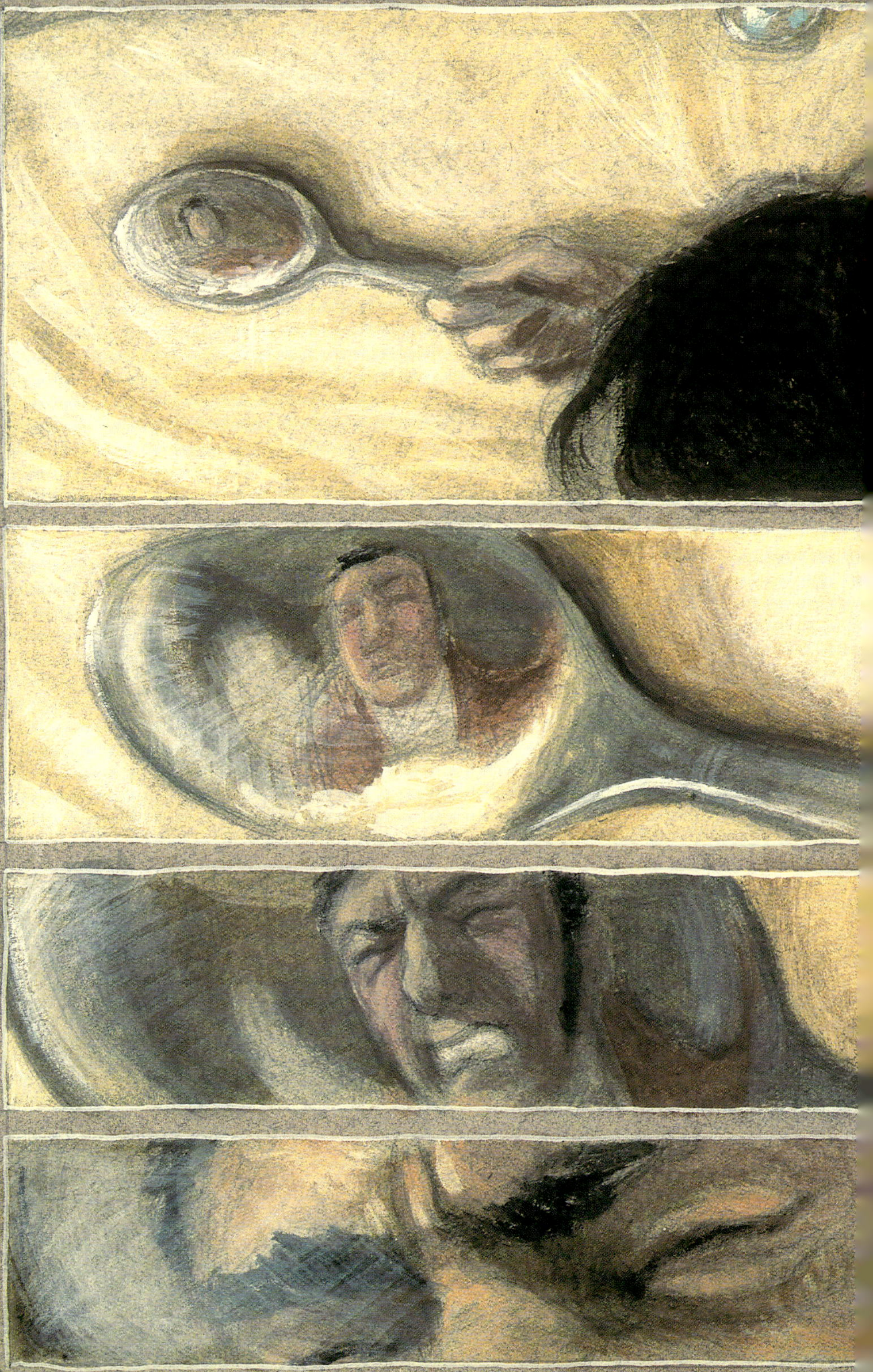

Nach dem letzten Bild erschienen auf dem Display nur noch horizontale Striche. Rodrigo schlief. Er wollte und konnte nicht weiter. Offenbar war seine Blockade stärker als die Azucenas. So oder so würden jedoch schon die gelungenen Bilder, die sie jetzt in Händen hielt, sehr aufschlußreich sein. Bis Rodrigo erwachte, wollte sie ein wenig in ihnen herumblättern. Der erste Schock! Rodrigos Eßzimmer sah ganz ähnlich aus wie das Zimmer in der Wohnung, das sie 1985 bewohnt hatte. Azucena erkannte die bunten Glasfenster, unter denen sie am Tag des Erdbebens fast begraben wurde. Davon abgesehen, unterschieden sich die beiden Räume allerdings gewaltig. Das Eßzimmer stammte aus den Glanzzeiten des Hauses, während ihres in die Phase des Niedergangs fiel. Azucena sah sich eines der Fotos genauer an, um Einzelheiten besser zu erkennen, doch beließ sie es bei diesem Vergleich, denn plötzlich entdeckte sie, daß der Löffel, den Rodrigo in seiner Hand gehalten hatte, als er vergewaltigt wurde, genau der Löffel war, den sie auf dem Markt von Tepito gesehen und den die Freundin von Teo, dem Antiquar, erstanden hatte! Sobald sie wieder zu Hause waren, mußte sie sofort Teo aufsuchen, damit er sie zu dieser Frau führte. Hoffentlich hatte sie den Löffel noch! Doch nun mußte sie erst einmal die Sitzung mit Rodrigo zu Ende führen. Es mußte ihr gelingen, sein inneres Gleichgewicht wiederherzustellen. In seinem augenblicklichen Zustand durfte er nicht bleiben. Azucena legte ihre Finger an Rodrigos Stirn und befahl ihm, aufzuwachen und mit der Rückführung fortzufahren. Rodrigo gehorchte.

»Gehen wir zum Augenblick deines Todes zurück. Wir wollen sehen, weshalb du dieses Schicksal erleiden mußtest. Wo bist du?«

»Ich bin gerade gestorben.«

»Frag deinen spirituellen Führer, was dein Lernprogramm war.«

»Zu erkennen, was Vergewaltigung bedeutet ...«

»Warum? Hast du in einem anderen Leben jemanden vergewaltigt?«

»Ja.«

»Und was fühlt man, wenn man vergewaltigt wird?«

»Ohnmacht ... Wut ...«

»Ruf deinen Schwager hierher und wiederhole, was du gefühlt hast, als er dich vergewaltigt hat.«

»Pablo ...!«

»Lauter!«

»Pablo ...!«

»Da, er steht vor dir, sag ihm alles ...«

»Pablo, was du getan hast, war widerlich, ich habe mich entsetzlich gefühlt ... Du hast mir sehr weh getan ...«

»Sag ihm, was du für ihn empfindest.«

»Ich hasse dich!«

»Lauter! Schrei es ihm ins Gesicht.«

»Ich hasse dich ... Ich hasse dich ...«

»Was fühlst du?«

»Wut, riesengroße Wut ... Ich weiß gar nicht, wohin mit meiner ganzen Wut!«

Rodrigos Gesicht war verzerrt. Die Adern traten hervor. Seine Arme waren verkrampft, die Hände zu Fäusten geballt. Seine Stimme war heiser und gebrochen. Er weinte bitterlich. Azucena forderte ihn auf, so lange weiterzuschreien, bis all die aufgestaute Wut aus ihm heraus war. Um es ihm leichter zu machen, gab sie ihm ein Kissen und befahl ihm, so kräftig er konnte, darauf einzuschlagen. Rodrigo hämmerte auf das Kissen, bis es aufplatzte. Er fühlte sich erleichtert, die Anspannung löste sich allmählich. Allerdings hatte er so getobt, daß sich die Insassen des Raumschiffs in Deckung bringen mußten, um seinen Schlägen zu entgehen. Und das Schiff, das eh schon nicht in bestem Zustand war, begann zu schlingern. Cuquitas Großmutter erwachte aus ihrem Tiefschlaf inmitten des ganzen Tohuwabohus. Rodrigos Schreie gingen ihr durch und durch, und noch etwas benommen murmelte sie: »Ich habe es ja gesagt, er ist immer noch derselbe beschissene Säufer.«

Azucena gelang es, die Meute zu beruhigen. Sie erklärte, Rodrigo habe nun seine ganze negative Energie aus sich herausgelassen und würde keine weiteren Probleme mehr machen. Sie hätten nichts zu befürchten. Die Mannschaft kehrte an ihre Plätze zurück. Das Raumschiff kam wieder auf Kurs. Und sie konnte ihre Arbeit fortsetzen.

»Sehr gut, Rodrigo, sehr gut. Nun müssen wir zu dem Moment zurückkehren, an dem du mit deinem Schwager aneinandergeraten bist. Denn ich bin sicher, daß das in einem anderen Leben war. Sag mir, ob du ihn vorher schon einmal gesehen hast.«

»Ja … lange vorher …«

»Wo habt ihr gelebt, und welche Beziehung hattet ihr zueinander?«

»Er war eine Frau … ich war ein Mann … Wir lebten zusammen in Mexiko …«

»In welchem Jahr?«

»1527 … Sie war eine Indio-Frau, die in meinem Haushalt arbeitete …«

»Kehren wir zu dem Tag zurück, an dem das Verbrechen begann. Was geschah? Erinnere dich!«

»Ich stehe auf einer Pyramide, von der es heißt, sie sei die Pyramide der Liebe. Die Frau kommt auf mich zu … und ich … ich tue ihr weh … genau dort …«

»Hm! Interessant … Weißt du nun, wie es ist, wenn man vergewaltigt wird? Was fühlst du?«

»Es tut mir unendlich leid, daß ich ihr diesen Schmerz zugefügt habe.«

»Sag es ihr! Ruf sie! Kennst du sie aus deinem jetzigen Leben?«

»Nein.«

»Dann ruf sie und sag es ihr! Erinnerst du dich, wie sie damals hieß?«

»Ja, Citlali … Citlali, es tut mir leid … Ich wollte dir nicht weh tun … Ich wußte nicht, wie sehr ich dich verletzt habe … Vergib mir … Es tut mir so leid … Ich wollte dich nicht quälen … Ich wollte dich nur lieben, doch ich wußte nicht, wie …«

»Sag ihr, wie du dafür bezahlt hast, das Verbrechen gesühnt hast … geh weiter in der Zeit … laß uns in das nächste Leben gehen … Wo bist du?«

»In Spanien …«

»In welchem Jahr?«

»Ich glaube so um 1600 … Ich bin Mönch … Ich trage einen Bart, mein Kopf ist kahlgeschorenen … Ich versuche, meinen

Körper zu kasteien ... Ich stehe bis zur Brust nackt im Schnee ... Der Sturm pfeift ... Ich friere entsetzlich, aber ich muß meinen Körper besiegen.«

Rodrigos Körper zitterte von Kopf bis Fuß, er sah müde und gequält aus, doch Azucena durfte noch nicht aufhören.

»Und gelingt es dir, ihn zu beherrschen?«

»Ja ... Eine Nonne kommt und zieht sich vor meinen Augen nackt aus, doch ich widerstehe ...«

»Wie sieht die Nonne aus?«

»Sie ist schön ... sie hat einen wunderbaren Körper ... aber ... es ist eine Halluzination ... es gibt sie nicht ... mein Geist erschafft sie, ich phantasiere, denn ich habe tagelang gefastet ... Ich sterbe ... ich bin ganz schwach ... ich bereue, meinen Körper, mein Leben vergeudet zu haben ...«

»Weshalb? Was hast du in jenem Leben getan?«

Nichts ... meinen Körper und meine Begierden bezwungen ... Doch es hat mich viel Mühe gekostet ...«

»Aber irgend etwas Gutes mußt du doch getan haben ... Such nach einem Augenblick der Zufriedenheit ...«

»Ich finde keinen ... sehe keine guten Taten ... Nun ja, das einzig Nützliche waren vielleicht meine Flüche ...«

»Wie das?«

»Die Mönche in Neu-Spanien wollten nicht, daß die Indios fluchen lernten wie die Spanier, die ständig ›Ich scheiß' auf Gott‹ sagten, und baten mich daher, neue Flüche zu erfinden ...«

»Hm! Klingt doch spannend. Dann war dein Leben vielleicht nicht ganz vertan, meinst du nicht?«

»Mag sein ... aber ich habe viel gelitten ...«

»Geh zurück in die Zeit der spanischen Conquista ... Sprich mit Citlali ... Sag ihr, wie hart es war, deine Schuld zu sühnen

... Sag ihr, wie schwer es war, deine Begierden zu zähmen ... Sag ihr, wie viel du gelitten hast.«

Azucena ließ Rodrigo Zeit, sich mental an Pablo-Citlali wenden zu können, und beschloß dann, die Sitzung zu beenden.

»Nun, sprich mir nach: ›Ich befreie dich von meiner Leidenschaft, meinen Begierden. Ich befreie mich von deiner Rache, denn ich habe für meine Schuld schon bezahlt. Ich befreie dich, und ich befreie mich. Ich vergebe dir, und ich vergebe mir. Ich lasse alle Wut aus mir heraus, die mich an dich gebunden hielt. Ich lasse sie wieder fließen. Ich setze sie frei, damit die Natur sie reinige und zur Regeneration der Pflanzen, zur Harmonisierung des Kosmos, zur Aussaat der Liebe benutze.‹«

Rodrigo wiederholte Azucenas Worte, und ganz allmählich entspannte sich sein Gesicht. Er spürte, daß der Schmerz in der Hüfte verflog, und als er seine tränenverquollenen Augen öffnete, fühlte er sich wie neugeboren. Die zuvor spannungsgeladene Luft im Raumschiff wurde augenblicklich besser, und bis zum Ende der Reise waren alle glücklich und bester Laune.

Die Klapperschlangen rasseln,
Staub erhebt sich wie Rauch,
Der Schöpfer allen Lebens frohlockt.
Die Blumen auf dem Schild öffnen ihre Blüten,
Herrlichkeit verbreitet sich,
Umfaßt die ganze Erde.
Der Tod ist hier unter den Blumen,
Inmitten der weiten Ebene!
Auf dem Schlachtfeld, wenn der Krieg beginnt,
Erhebt sich der Staub wie Rauch,
Kräuselt sich, windet sich,
Einem Kranz aus Todesblumen gleich.
Oh, ihr Chichimeken-Fürsten!
Fürchte dich nicht, mein Herz!
Inmitten der weiten Ebene
Begehrt mein Herz
Den Tod durch die Klinge aus Obsidian.
Nur dies will mein Herz:
Den Tod in der Schlacht …

Manuskript, »Cantares mexicanos«,
Blatt 9, Rückseite

Isabels Herz pochte heftig, und ihr Blut kochte wie der Lava speiende Vulkan auf Korma. Es war Gefahr im Verzug. Als Isabel klar wurde, daß die Lava sie erfassen könnte, rannte sie wie eine Wahnsinnige los und ließ ihre Leibwächter weit hinter sich. Niemand konnte mit ihr Schritt halten. Die Angst zu verbrennen erfaßte ihren Körper wie ein Orkan und katapultierte ihre Seele weit in den Raum hinaus. Vergeblich versuchte der Körper, die Seele einzuholen. Erschöpft brach Isabel schließlich zusammen. Es war nicht das erste Mal, daß sie die Besinnung verlor. Schon als junges Mädchen, sie war damals Langstreckenläuferin, hatte sie die Erfahrung gemacht, ihren Körper nicht kontrollieren zu können, und sie gab den Sport auf. Häufig war ihr Körper einfach losgeprescht wie ein wildes Pferd und hatte erst angehalten, wenn sie am Ende ihrer Kraft war. Inzwischen lief sie nur noch zum Spaß. Doch der Lava zu entkommen war auch diesmal nur ein Grund. Ihre Sprint-Manie entsprang vielmehr dem unerklärlichen, tief in ihrer Seele verankerten Drang zu fliehen. Ihr vom Laufen entkräfteter Körper war direkt neben dem von Ex-Rodrigo zu Boden gefallen, der seinerseits das Bewußtsein verloren hatte, als ihn die Wilde k.o. geschlagen hatte.

Als Agapito und Ex-Azucena ihre Chefin eingeholt hatten, bekamen sie es mit der Angst. Isabel lag da wie tot. Die beiden kannten die Vergangenheit ihrer Herrin, ihre Laufwut, nicht und waren ratlos. Was sollten sie der Partei sagen, falls die Kandidatin tatsächlich gestorben war?

Ex-Azucena schlug vor, die Tat irgend jemandem hier in die Schuhe zu schieben. Es bot sich an, den Verdächtigen unter den Eingeborenen von Korma zu suchen. Da sie kein Spanisch sprachen, würden sie sich deshalb weder wehren noch verteidigen können.

»Was hältst du von dem da?« fragte Agapito und zeigte auf Ex-Rodrigo.

»Der liegt da wie bestellt!« meinte Ex-Azucena, und sie begannen ihn zu verprügeln.

Sie waren noch kräftig dabei, als Isabel wieder zu sich kam. Als sie sah, daß ihre Leibwächter wie wild auf den Mann eindroschen, den sie für Rodrigo hielt, ging sie wie eine Furie auf sie los.

»Was macht ihr denn da?«

Agapito antwortete prompt:

»Wir verhören diesen Kerl, Chef.«

»Vollidioten! Laßt ihn in Ruh'!« Isabel erhob sich und lief zu Ex-Rodrigo, wischte ihm vor ihren verblüfft dreinschauenden Leibwächtern das Blut ab, das ihm aus der Nase rann.

»Haben sie dir weh getan?« fragte sie ihn mitfühlend.

Ex-Rodrigo, inzwischen wieder nüchtern und von den ganzen K.o.-Schlägen erholt, erkannte in Isabel sofort die Präsidentschaftskandidatin und fiel ihr verzweifelt um den Hals. Mit Tränen in den Augen flehte er:

»Señora Isabel! Wie gut, daß Sie hier sind! Helfen Sie mir bitte. Ich weiß nicht, was das hier alles soll. Ich lebe eigentlich auf der Erde und heiße Ricardo Rodríguez ... meine Frau hat mich in einem Raumschiff hierhergebracht und ...«

Diese Worte erweckten Isabels Mißtrauen, und ihr Interesse an diesem Mann ließ abrupt nach. Sie musterte ihn aufmerksam, und seine Augen, sein Blick verrieten ihr, daß dieser Mann nicht Rodrigo sein konnte. Mit einem Ruck stieß sie ihn von sich und klopfte sich angeekelt den Schmutz ab, mit dem er ihre Kleidung besudelt hatte. Und um ganz sicherzugehen, zeigte sie auf Ex-Azucena:

»Kennst du diese Frau?«

»Na klar kenn' ich die. Diese miese Alte hat mich übel zugerichtet! Ich dachte, du wärst tot, du Miststück. Wie gut, daß ich dich hier treffe. Das wirst du mir heimzahlen ...!«

Ex-Rodrigo wollte sich auf Ex-Azucena stürzen, doch Agapito hielt ihn zurück.

»Nun mal sachte, Junge! Wenn du die Frau anfaßt, kriegst du auch noch von mir eins auf die Eier!«

Isabel war nachdenklich geworden. Sie wußte sehr wohl, daß das Bild Azucenas in Rodrigos Gedächtnis eingegraben sein mußte, sosehr man es ihm auch auszulöschen versucht hatte, denn es entsprach ja dem seiner Zwillingsseele. Doch Ex-Rodrigo benahm sich so unflätig, wie dies bei zivilisierten Zwillingsseelen nicht üblich war. Und das war der Beweis dafür, daß der Mann ein Fremder war. Wer aber war er? Und wichtiger noch: Wo war Rodrigos Seele? Um das herauszubekommen, übergab sie Ex-Rodrigo wieder ihren Leibwächtern und befahl:

»Verhört ihn weiter!«

Isabel mußte unbedingt in Erfahrung bringen, wer die Hintermänner dieser ganzen Machenschaft waren, denn sie brachten sie in größte Gefahr. Sie begann zu zittern. Kalter Schweiß lief ihr den Hals hinunter. Sie durfte nicht zulassen, daß sich ihr irgend jemand in den Weg stellte. Sie wollte um jeden Preis zur

Präsidentin gewählt werden, denn nur so würde die langersehnte Zeit des Friedens für die Menschheit Wirklichkeit werden. Die Tatsache, daß offensichtlich im verborgenen Feinde lauerten, bedeutete Krieg. Es gab keinen anderen Weg zum Frieden als den des Kampfes. Leider blieb den Leibwächtern nicht viel Zeit, Informationen aus Ex-Rodrigo herauspressen, denn Isabels Gefolge näherte sich, und es war ratsam, keine Zeugen für das Verhör zu haben. Das einzige, was sie aus ihm herausbekommen hatte, war der Name seiner Frau, Cuquita, und der Großmutter von Cuquita und der von Julito und der von Chonita, der neuen Nachbarin in Cuquitas Haus, das heißt also, der falsche Name von Azucena. Als Ex-Rodrigo die Nachbarin erwähnte, fuhr Isabel zusammen.

»Kam diese Chonita an dem Tag, an dem Azucena gestorben ist?« fragte sie. Die Antwort war ein glattes Ja. Die Tatsache, daß noch am selben Tag, an dem man die Leiche von Azucena abgeholt hatte, eine neue Mieterin eingezogen war, konnte kein Zufall sein. Ebensowenig, daß offenbar irgendwer Rodrigos Seele geraubt hatte. Isabel kam zu dem Schluß, daß Azucena noch vor ihrem Tod den Körper getauscht hatte. Sie lebte also noch! Und sie, niemand sonst, hatte Rodrigos Seele zurückgeholt. Koste es, was es wolle, Isabel mußte diese Frau ausschalten. Vorerst kam sie allerdings nicht dazu, weitere Pläne zu schmieden, denn ihr Gefolge auf dieser Reise nach Korma war nunmehr bei ihr angelangt, und sie mußte wohl oder übel wieder in die Rolle der »Heiligen« schlüpfen. Alle waren äußerst besorgt um sie. Sie hatten erlebt, wie sie wie eine gepeinigte Seele davongerast war, und niemand hatte mithalten können. Einem der Journalisten, die über die Wahlkampagne berichteten, fiel Ex-Rodrigo ins Auge. Er glaubte, in diesem Mann den vermeintlichen Komplizen des Attentats auf Mister Bush zu erkennen. Diese Vermutung kam Isabel wie gerufen. Um Spekulationen zuvorzukommen, griff sie sofort ein und erklärte den Anwesenden, daß eben dies der Grund gewesen sei, weshalb sie wie eine Wahnsinnige losgerannt sei. Auch sie habe diesen verwilderten Mann sofort erkannt und sei ihm gefolgt, um ihn zu stellen. Er habe bereits gestanden, daß er sich auf Korma verstecken wollte. Sie habe ihn zum Glück noch rechtzeitig entdeckt und werde ihn nach der Rückkehr umgehend den Behörden übergeben. Abschließend erklärte sie, daß die Wunden am Körper des Delinquenten von den Schlägen der Stammesmitglieder herrührten, die den Mann für einen Eindringling gehalten hätten. Man beglückwünschte Isabel, lobte ihren Mut und machte eine Reihe von Fotos von ihr und dem Gefangenen. Als Ex-Rodrigo erkannte, daß der »gefährliche Verbrecher«, von dem hier die Rede war, niemand anderer als er selbst war, versuchte er zu protestieren und seine Unschuld zu beteuern, doch Isabel hinderte ihn daran, indem sie ihm, von den anderen unbemerkt, blitzschnell ihr Knie in seine Weichteile bohrte. Dann befahl sie ihren Leibwächtern, den Komplizen des Attentats ins Raumschiff zu verfrachten, wo man ihn ärztlich versorgen solle.

Der Journalist war schon dabei, einen Bericht der Ereignisse an die Erde zu schicken, da überzeugte ihn Isabel noch davon, es vorerst bleibenzulassen, damit er die Ermittlungen nicht behindere. Auch die kleinste Zeitungsnotiz könnte die übrigen Mitglieder der Stadtguerilla, der dieser Mann eindeutig angehörte, in Alarmbereitschaft versetzen. Das beste wäre, die Sache um jeden Preis geheimzuhalten, den Mann der Generalstaatsanwaltschaft des Planeten zu übergeben und der Kriminalpolizei die Festnahme der Komplizen zu überlassen, als da wären:

Cuquita, Cuquitas Oma, Julito und Azucena. Der Journalist erklärte sich mit Isabels Vorschlag einverstanden und verzichtete vorerst auf die Veröffentlichung seiner Informationen, ohne zu ahnen, daß er Isabel dadurch freie Hand ließ, auf eigene Faust zu handeln und die sogenannten Komplizen noch vor deren Festnahme zu eliminieren.

Ob es die unsagbare Hitze war oder die Tatsache, daß auf dem Rückweg zum Raumschiff unzählige Hindernisse zu überwinden waren, jedenfalls wurde Ex-Azucena ohnmächtig, noch bevor man das interplanetarische Vehikel bestieg. Ex-Rodrigo wollte die Gelegenheit zur Flucht nutzen, was ihm jedoch nur einen weiteren heftigen Schlag von Agapito einbrachte.

Isabel hatte jedermann wortreich davon zu überzeugen versucht, daß Ex-Rodrigo ein höchst gefährlicher Mann sei und man ihn am besten bis zur Ankunft auf dem Planeten Erde ruhigstellen solle. Um sich ihr Wohlwollen nicht zu verspielen, war man sich einig, Ex-Rodrigo mit Drogen zu betäuben. Die Gewißheit, daß der Mann nun mit niemandem mehr sprechen konnte, hatte Isabel eine Atempause verschafft. Unter dem Vorwand, arbeiten zu müssen, schloß sie sich mit ihren Vertrauten im Konferenzraum des Raumschiffes ein. Tatsächlich aber legte sie dort eine Patience, und den armen Leibwächtern blieb nichts anderes übrig, als ihr geduldig dabei zuzusehen. Das Patiencespiel war ihre ganze Leidenschaft. Sie konnte die Karten stundenlang am Computer hin und her schieben. Vor allem, wenn ihr zu viele Dinge im Kopf herumgingen. Es war so, als würde es ihr beim Kartenlegen gelingen, einen Deich zwischen Meer und Strand hochzuziehen. Oder als könnte sie durch die Kontrolle über die Karten auch ihre Gedanken kontrollieren. Beherrschen können wir nur das, was in unserem Kopf ist. Isabel spürte, daß es ihr durch die Patience gelang, Unordnung in Ordnung zu verwandeln, Chaos in Harmonie und Gleichklang. Sie war ganz besessen von der Idee, auf eben die Weise, in der sie die Karten aufdeckte, herausfinden zu können, wer das Komplott gegen sie geschmiedet hatte. Denn einen Plan, der zum Ziel hatte, sie zu vernichten, den gab es ohne Zweifel. Sie mußte herausfinden, wer dahintersteckte. Sie mußte verhindern, daß ihre Feinde das Bild zunichte machten, das sie so mühevoll von sich geschaffen hatte. Idiotisch, daß sie nicht auf schnellstem Wege zur Erde zurückfliegen konnte, doch sie würde nicht drum herumkommen, auf Jupiter Station zu machen. Der Präsident dieses Planeten war sehr mächtig, und ein interplanetarisches Handelsabkommen mit ihm würde ihr einen enormen Bonus einbringen, durch den sie ihrem Kontrahenten bei der Wahl gegenüber weit überlegen wäre. Die Verhandlungen auf Jupiter dürften nicht länger als einen Tag dauern, und solange Ex-Rodrigo schlief, war sie nicht in Gefahr. Der wahre Rodrigo würde sie, davon war sie überzeugt, nicht verraten können, da er sein Gedächtnis nie und nimmer wiedererlangen würde. Nun, das hoffte sie zumindest, denn zu allem Überfluß mußte sie sich eingestehen, daß sie sich bis über beide Ohren in ihn verliebt hatte. Rodrigo war der einzige Mensch, den sie nicht hatte eliminieren können. Und jetzt bekam sie die Rechnung dafür. Seinetwegen steckte sie bis zum Hals in Schwierigkeiten, und es würde nicht leicht sein, erfolgreich da herauszukommen. Verzweifelt versuchte sie, sich zu beruhigen und sich einzureden, daß es nicht darauf ankäme, ob sie einen Tag früher oder später auf der Erde zurück sei. Fest stand nur, daß sie dann sofort mit den Rebellen abrechnen würde. Sie hatte zwar schon unzählige Anstrengungen unternommen, um in Erfahrung zu bringen, wer alles in die Verschwörung gegen sie verwickelt war, doch bisher keinerlei Hinweise bekommen. Obwohl Azucena und ihre Anhänger offenbar allein arbeiteten, rechnete Isabel durchaus mit einer politischen Verschwörung größeren Ausmaßes.

Isabel spürte deutlich, daß ihr die Angst auf den Magen schlug, daß die Magensäure ihren Darm zerfraß. Sie versuchte, sich beherrschen, doch es gelang ihr nicht. Ihre Gedanken spielten verrückt, machten mit ihr, was sie wollten. Sie konnte sie einfach nicht kontrollieren. Deshalb legte sie ja auch Patience. Um nicht nachdenken zu müssen. Um Ordnung zu schaffen, wenn auch nur mit diesen blöden Spielkarten. Sie waren im Moment das einzige, das sie beherrschte, abgesehen von ihren Leibwächtern natürlich, die bewegungslos und mucksmäuschenstill dasaßen, um ihre Konzentration nicht zu stören.

Der Patience-Computer hingegen gehorchte Isabel keineswegs. Sie hatte schon eine Hornhaut an dem Finger, mit dem sie auf die Tastatur einhämmerte und versuchte, ihren Geschwindigkeitsrekord zu brechen, um so ins Guinness-Buch der Rekorde zu kommen. Doch der beknackte Computer spielte einfach nicht mit. Er war zum Verzweifeln langsam; konnte ihrem Rhythmus nicht folgen. Isabel wurde stocksauer. Sie hatte – trotz aller Mühe und Konzentration – noch kein einziges Spiel gewonnen. Sie rastete fast aus. Wenn das so weiter ginge, würde sie der Schlag treffen. Wenn sie doch wenigstens eine Herz Drei hätte! Dann könnte sie die Vier hochschieben und die abgeschlossene Reihe aufdecken.

In genau diesem Augenblick fiel im Nebenraum Ex-Azucena

mit lautem Getöse vom Stuhl. Isabel schnellte von ihrem Sessel hoch und warf sich dann ebenfalls flach auf den Boden. Sie zitterte vor Angst, denn Sie glaubte, irgend jemand hätte in der Absicht, sie umzubringen, die Tür mit einem Fußtritt aufgestoßen. Da aber kein Schuß fiel, hob sie den Kopf und sah, was geschehen war: Agapito beugte sich über Ex-Azucena und versuchte ihn wiederzubeleben. Isabel stand wütend auf und strich ihre Kleider glatt.

»Was ist denn mit dem Idioten los?« fragte sie Agapito. »Der fällt heute nun schon zum zweitenmal in Ohnmacht!«

»Weiß nicht, Chef.«

»Dann schaff ihn hier raus. Bring ihn zum Arzt und komm sofort wieder zurück ... Ach, wenn du schon drüben bist, schau doch mal nach, ob unser Hochstapler noch schläft.«

Agapito packte Ex-Azucena und schleppte ihn aus dem Konferenzsaal.

Isabel blieb fluchend zurück. Um ein Haar hätte sie ihren Rekord gebrochen, und da mußte dieser dämliche Leibwächter alles versauen. Auch wenn sie das Spiel jetzt noch beendete, würde sie nicht mehr ins Guinness-Buch kommen. In letzter Zeit ging eben alles daneben. Alles brach auseinander. Alles roch faul. Alles ... sogar sie selbst. Sie selbst? O Gott, ja, sie hatte vor Schreck einen Furz gelassen, und der stank schlimmer als jeder zuvor. Schuld daran war ihre Kolitis. Und schuld an der Kolitis war Azucena. Und Azucenas Schuld ... aber das war im Moment nicht so wichtig. Zuerst einmal mußte sie diesen ekelerregenden Gestank loswerden, sonst würde Agapito bei seiner Rückkehr eine weitere Ohnmächtige vorfinden. Sie zog das Duftspray, das sie für Notfälle immer bei sich hatte, aus ihrer Tasche, und begann den ganzen Saal damit einzusprühen. Sie war noch dabei, als Agapito zerknirscht zurückkam. Wie er nun den Raum betrat, verzog sich sein Gesicht zu einer gequälten Grimasse, denn der Gestank nach parfümiertem Furz war wirklich unerträglich. Ehrlich bemüht gelang es dem treuen Leibwächter aber, seine unschuldige Ich-riech'-nix-Miene aufzusetzen. Isabel war ihm dankbar dafür und ging zur Tagesordnung über.

»Was war los? Was hat er?«

»Na ja! ... Er hat einen Mikrocomputer im Kopf.«

»Ich habe es ja gleich gesagt. Diese Azucena ist eine Gefahr. Was zum Teufel hatte sie wohl mit diesem Mikrocomputer vor? Bestimmt nichts Gutes. Und was macht der Arzt? Holt er ihn raus?«

»Nein, das kann er nicht.«

»Warum nicht?«

»Na ja, weil ... das schaden könnte ... weil ... er schwanger ist.«

»Wie bitte? Verdammter Hurensohn! Jetzt ist der auch noch eine Hurentochter. Bring ihn her, ich muß mit ihm reden!«

»Er ist da draußen, Chef.«

»Worauf wartest du noch? Hol ihn gefälligst rein! Mach die Tür auf!«

Agapito öffnete, und mit eingekniffenem Schwanz stand Ex-Azucena vor ihr. Er wußte schon, was ihm bevorstand. Er hatte Isabels Geschrei sehr wohl gehört, denn wenn die einmal in Rage war, war keine Tür schalldicht genug: Sie keifte eben wie ein altes Waschweib.

»Was ist, Rosalío? Was heißt hier, du bist schwanger?«

»Tja, ich weiß nicht, Chef.«

»Was heißt hier, ich weiß nicht! Was soll das bedeuten! So bescheuert, daß du nicht weißt, daß man schwanger wird, wenn man wie wild herumvögelt, kannst nicht einmal du sein! Hättest du nicht wenigstens noch die paar Monate, bis zum Ende der Kampagne, warten können? Verdammt noch mal!«

»Ich schwöre, für so etwas hatte ich überhaupt keine Zeit, nur …«

Ex-Azucena stockte vor Angst der Atem, und er blickte sich flehend nach Agapito um. Wie peinlich, gestehen zu müssen, daß er der einzige gewesen war, der es mit ihm getrieben hatte. Agapito versuchte, geschickt abzulenken:

»Nun ja, Doña Isabel, erlauben Sie mir, daß ich mich einmische. Das geht mich zwar nichts an, aber die Schwangerschaft macht doch überhaupt nichts. Es sind noch neun Monate bis zur Geburt des Kindes!«

»Ah ja! Und wie lange dauert meine Wahlkampagne noch?«

»Sechs.«

»Hm! Und was, glaubst du, nützt mir dieser Hurensohn mit einem Sechsmonatsbauch? Wer wird einen Leibwächter respektieren und fürchten, der ständig in Ohnmacht fällt und andauernd aufs Klo muß?«

Ex-Azucena fühlte sich durch den Wortschwall Isabels schwer beleidigt. War das etwa die richtige Art, mit einer Schwangeren umzugehen? Er konnte nicht mehr an sich halten und begann zu weinen.

»Na, das hat mir gerade noch gefehlt! Jetzt fängst du auch noch an zu flennen! Raus! Du bist gefeuert. Ich will dich nie wieder sehen. Hast du kapiert?«

Ex-Azucena nickte und verließ den Konferenzsaal.

An der Tür stieß er mit einem der Mentalanalytiker zusammen, die mit im Raumschiff reisten. Der Analytiker sah ihn mitleidig an. Nicht auszudenken, was diesem armen Leibwächter blühen würde, wenn Isabel die Mentalfotos sähe, die gerade gemacht worden waren. Ex-Azucena hatte sich während Isabels Wutausbruch intensiv gewünscht, sie würde sich in eine lepröse Ratte verwandeln. Die Fotos zeigten nun in allen Einzelheiten Isabels Gesicht auf dem Körper einer aufgetriebenen, wurmzerfressenen Ratte, die gerade aus einer Kloschüssel Wasser trinkt. Ein anderes Foto zeigte sie, wie sie, im Abfall wühlend, von einem Raumschiff in tausend Stücke zerfetzt wird, wobei sich ein ekelerregendes Gas verbreitet. Als der Analytiker den Saal betrat, verschlug es ihm den Atem. Dieser Leibwächter mußte wirklich über außergewöhnliche Kräfte verfügen, imstande sein, auch physische Phänomene zu erzeugen, die sein Geist auf die Mentalbilder projizierte. Im Saal verbreitete sich nämlich ein widerlicher Kadavergeruch.

CD – 6

Tanzpause

Qué cosa es el amor, medio pariente del dolor,
que a ti y a mí no nos tocó,
que no ha sabido ni ha querido ni ha podido.
Por eso no estás conmigo …

Porque no nos conocimos
y en el tiempo que perdimos
cada quien vivió su parte
pero cada quien aparte.
Porque no puede apagarse
lo que nunca se ha encendido,
porque no puede ser sano
lo que nunca se ha podrido.
Porque nunca entenderías
mis cansancios mis manías,
porque a ti te dio lo mismo
que cayera en el abismo.
Este amor que despreciaste
porque nunca me buscaste
donde yo no hubiera estado
ni me hubiera enamorado.

Por eso no estás conmigo.
Por eso no estoy contigo.

Liliana Felipe

Was ist die Liebe, diese Halbschwester des Schmerzes?
Mich berührte sie nie, dich berührte sie nie,
Sie wußte nicht wie, sie wollte nicht, sie versuchte es nicht.
Deshalb bist du nicht bei mir …

Denn kennengelernt haben wir uns nie,
Und in all der Zeit, die wir verloren,
Lebte jeder sein eignes Leben,
Lebte jeder für sich allein.
Denn brennen kann nicht,
Was nie entfacht wurde,
Denn gesund werden kann nicht,
Was nie krank war.
Denn verstehen würdest du nie
meine Trauer und meine Sehnsucht,
Die ließen dich so kalt,
Auch wenn ich in einen Abgrund fiele.
Diese Liebe, die du so lang verschmäht hast,
Weil du mich nie bei ihr suchtest,
Und mich dort auch nie gefunden hättest,
Denn in dich hätt' ich mich nie verliebt.

Deshalb bist du nicht bei mir.
Deshalb bin ich nicht bei dir.

LILIANA FELIPE

Wenn ich doch Isabel in ihrer Aufregung beruhigen könnte! Sie braucht unbedingt Erholung. In den letzten Stunden war sie geradezu verrückt danach, negative Gedanken in alle Himmelsrichtungen zu versenden. Vor lauter Verdächtigungen, Intrigenspinnerei und Racheplänen hat sie – zum ersten Mal! – meinen Rat überhört. Die Flut von Gedanken hat ihren Verstand vernebelt. Nergal, Chef der Höllen-Geheimpolizei, hat mir schon die Leviten gelesen: Ich müsse Isabel unbedingt zur Vernunft bringen, ihr unüberlegtes Handeln könne sonst alles zunichte machen. Ich habe ihr vorgeschlagen, ein Bad zu nehmen, um sich zu entspannen. Doch sie sitzt jetzt schon seit Ewigkeiten nackt auf dem Wannenrand und hat Angst, ins Wasser zu steigen. Nackt hat sie sich eh nie sicher gefühlt. Ihre Liebe zum Film aber hat diese Angst zur Phobie werden lassen. Seit sie einmal gesehen hat, daß der Heldin, sobald sie sich unter die Dusche stellt, etwas Schreckliches passiert, ist sie völlig paranoid. Daher sträubt sie sich jetzt, wo tatsächlich Gefahr droht, erst recht, in die Wanne zu steigen. Dabei würde ihr das so gut tun. Sie würde relaxen. Und genau das brauche ich – eine entspannte, handzahme Isabel!

Jeder Art von Zerstörung geht stets eine Phase der Ruhe voraus, in der sich der Geist klärt, und dann erst können Entscheidungen getroffen werden. Wenn Isabel ihre kopflosen Aktivitäten nicht einstellt, wird sie keinen Frieden finden, und wir werden nicht in Aktion treten können. Eine Katastrophe, wenn ich an all das denke, was wir zerstören müssen. Nicht zu fassen, daß Isabel ihre Mission auf Erden vergessen hat, nämlich das Chaos als Teil der Ordnung des Universums zu fördern. Das Universum kann nicht zulassen, daß eine allumfassende Harmonie zu seinem Grundprinzip wird. Es würde den Untergang bedeuten. Das Leben entstand als notwendiges Gegengewicht zum Chaos. Endet das Chaos, so endet auch das Leben.

Wäre die Seele aller Menschen voller Liebe, und nähmen alle den Platz ein, der ihnen zukommt, würde das das Ende des Universums bedeuten.

Aus diesem Grund war es zwingend notwendig, all die Kriege und sozialen Konflikte zu schaffen. Sie sollten den Menschen von seinem Streben nach Ordnung, Frieden und Harmonie abhalten. Aus diesem Grund müssen wir die Herzen mit Haß füllen, sie irre werden lassen, sie quälen, sie ausbeuten, sie ständig in Atem halten. Aus diesem Grunde müssen wir die Menschen in eine Pyramide der Macht einbinden: Sie sollen nicht selbständig denken können, und sie müssen Befehle erhalten, die auszuführen sind, sie brauchen einen Vorgesetzten, der ihnen sagt, was zu tun ist.

Denn an dem Tag, an dem die Zellen ihres Körpers von ihrer negativen Energie befreit werden, würden sie sich auf die positive Energie einschwingen und in der Lage sein, das Göttliche Licht zu empfangen, und das wäre eine Katastrophe. Das kann und werde ich auf gar keinen Fall zulassen. Außerdem ist es zu ihrem Besten. Die menschliche Seele ist nicht rein. Sie ist nicht fähig, den Widerschein des Göttlichen Lichtes zu empfangen. Geschähe dies in ihrem augenblicklichen Zustand, sie würde geblendet. Und das will doch niemand, oder? Sie stimmen mir also darin zu, daß dies unbedingt verhindert werden muß. Die beste Methode ist, dem Menschen sein Ego wie einen Schleier aus dunklem Rauch vor die Augen zu ziehen, damit er nicht über sich hinaussieht und nichts anderes sich in seinen Augäpfeln reflektiert als er selbst. Und sollte er trotzdem ein äußeres Licht wahrnehmen, so wird er es für eine einfache Lichtquelle halten, die nur dem Zweck dient, ihm selbst mehr Glanz und Ausstrahlung zu verleihen. Niemals jedoch soll er das Wahre Licht erblicken. So wird es dem Menschen praktisch unmöglich, sich daran zu erinnern, woher er kommt und was seine Aufgabe auf Erden ist. In diesem lichtlosen Zustand kann er problemlos und ausschließlich auf die irdische Machtstruktur ausgerichtet werden. Widerspruchslos wird er seinen Willen in den Dienst eines Vorgesetzten stellen und wird gegen dessen Befehle nicht aufbegehren.

Diese Befehle werden von oben nach unten weitergegeben. Und wer befindet sich an der Spitze der Pyramide? Die Regierenden natürlich. Und wer sagt den Menschen, was sie zu tun haben? Wir, die Dämonen! Und wer gibt uns die Weisungen? Der Fürst der Finsternis, der damit beauftragt ist, das Überleben des Hasses im Universum zu sichern. Ohne Haß gäbe es keinen Zerstörungswillen. Und ohne Zerstörung – ich kann es nicht oft genug wiederholen – gibt es kein Leben! Die Zerstörung ist Bestandteil eines in sich vollkommenen Funktionsplans des Universums. Genau des Plans, den Isabel gerade aufs Spiel setzt.

Damit habe ich nicht gerechnet. In zahlreichen Leben wurde sie auserwählt, das höchste Amt zu bekleiden, an der Spitze der Pyramide der Macht zu stehen, und sie hat uns bisher nie enttäuscht. Sie erreichte durch Gewalt, daß man sie respektierte und ihr gehorchte. Grausamkeit ist das Mittel, mit dem sie den übrigen ihre Regeln aufzwingt. Mit Intrigen hält sie sich auf dem Thron. Wenn es darum geht zu lügen, zu verraten, zu foltern, zu kompromittieren, zu schachern, Gesetze zu übertreten, ist sie in ihrem Element. Sie besitzt unendlich viele Tugenden, doch die wichtigste ist zweifellos die Kenntnis, wie man die Menschen körperlich und geistig so in Atem hält, daß sie keine Zeit haben, sich mit ihrem höheren Sein in Einklang zu bringen und ihre wahre Mission auf Erden zu verfolgen. Und ausgerechnet jetzt muß sich diese Irre verlieben! Einen ungünstigeren Zeitpunkt hätte sie sich nicht aussuchen können: Uns steht die letzte große Schlacht bevor, und was Azucena noch alles in petto hat, weiß Gott allein. Ich mache mir ernsthaft Sorgen.

Wenn man verliebt ist, sind Geist und Seele im Einklang mit dem Wesen, das man liebt. Befindet man sich aber in Einklang mit der Liebe, so wird der Göttlichen Liebe Tür und Tor geöffnet. Und fließt diese Liebe in die Seele, dann sind wir verloren, denn wer die Göttliche Liebe kennengelernt hat, möchte nur sie allein in sich spüren. Würde das mit Isabel geschehen, vergäße sie, daß sie dazu geboren wurde zu zerstören. Sie würde nicht mehr für uns arbeiten, würde auf die andere Seite überwechseln, auf die Seite der Schöpfung, der Harmonie, der Ordnung. Nur beim Patiencelegen erlauben wir ihr, die Dinge an ihren rechten Platz zu stellen, denn solange sie mit ihren Karten beschäftigt ist, gerät sie in einen Zustand mentaler Ruhe, den wir wiederum ausnutzen, um ihr unsere Instruktionen zu erteilen. Doch im Moment kann nicht einmal die Patience ihren Geist beschwichtigen. Sie hat stundenlang gespielt, und was ist das Ergebnis? Gräßliche Kopfschmerzen, gegen die bisher nichts geholfen hat. Die Vorstellung, daß einer ihrer Leute sie verraten haben könnte, macht sie irre. Sie weiß, daß es irgendwo einen Verräter geben muß: Anders läßt sich nicht erklären, weshalb Azucena noch lebt. Irgend jemand muß sie gewarnt und ihr den Körpertausch als Überlebensmöglichkeit angeboten haben. Isabel hält all ihre Mitarbeiter von sich fern, denn sie sieht in jedem den Verräter. Sie beobachtet sie wie ein Luchs und wartet darauf, daß der Schuldige einen Fehler macht, der ihn entlarvt.

Da sie sich aber so intensiv mit den anderen beschäftigt, konzentriert sie sich nicht mehr auf sich selbst. Sie hat sich nie gern selbst betrachtet. Niemals. Nicht einmal im Spiegel. Logisch, der Spiegel zeigt einem, wie man wirklich ist. Mißfällt einem Menschen sein eigenes Bild, oder lehnt er es rundweg ab, es anzusehen, entwirft er von sich das Bild der Person, die er lieber sein möchte. Letztendlich wird man dann zu dieser Fiktion und sieht sich selbst überhaupt nicht mehr.

Wünsche wirken wie Spiegel. Wenn Isabel behauptet, sie setze alles daran, Azucena zu vernichten, dann will sie im Grunde sich selbst zerstören. Nun gut, im Prinzip habe ich nichts gegen Zerstörung, doch ich frage mich, ob Isabel das genauso sieht. In letzter Zeit scheint sie alles zu vergessen, was ich ihr beigebracht habe. Sie wird plötzlich von Ängsten und Gewissensbissen geplagt und weigert sich, zu zerstören. Sie will einfach nicht einsehen, daß es ein Fehler war, Rodrigo nicht zu töten – die einzige Schwäche, die sie bisher gezeigt hat. Nun bleibt ihr nichts anderes, als ihn zu eliminieren, aber das will sie nicht. Diese Gedanken und viele mehr kreisen in ihrem Kopf und entfernen sie mir. Gedanken entfernen einen immer vom Leben. Die Überlegung, ob man dieses oder jenes tun oder von hier nach dort gehen soll, schafft stets große Unruhe. Die richtige Antwort liegt in unserem Inneren, doch um sie hören zu können, ist Stille vonnöten, Ruhe, Stillstand. Hoffentlich beruhigt sich Isabel bald und verliert ihre Angst. Man sollte keine Angst vorm Handeln haben, denn die Energie im Universum ist immer dual: maskulin-feminin, negativ-positiv. In ihr sind das Gute und das Böse immer vereint: die Angst und die Aggression, der Erfolg und der Neid, der Glaube und die Furcht. Deshalb kann niemand eine eindeutige Entscheidung treffen. Was wir getan haben, wird nie schlecht sein, wenn wir unseren Gefühlen entsprechend handeln. Wir werden eine Tat für schlecht halten, sobald wir anfangen, Entscheidungen zu hinterfragen und Schuldgefühle zuzulassen. Läßt man aber den Verstand außer acht und gibt sich dem Leben hin, in dem Gut und Böse Hand in Hand gehen, so entdeckt man, daß es im Universum das Böse an sich nicht gibt, da jedes noch so kleine Teilchen im Inneren immer gleichzeitig die Fähigkeit besitzt, etwas zu erschaffen und zu zerstören. Mehr noch, ich, Mammon, existiere allein dank der Selbstzerstörung meines Schützlings Isabel. Das beschränkt mich ungeheuer, denn es bedeutet, daß ich, wenn sie die Fähigkeit zu zerstören verliert, automatisch aus ihrem Leben verschwinden werde. Und das wäre wirklich schade!

In Azucenas Wohnung kehrte langsam wieder Ordnung ein. Cuquita zog in ihre eigene Wohnung zurück. Nichts hinderte sie mehr daran, dort ruhig mit ihrer Großmutter weiterzuleben. Azucena hatte ihr zwar mehrmals angeboten, noch ein paar Tage zu bleiben, doch Cuquita hatte abgelehnt. Der Grund für Azucenas Beharrlichkeit lag weniger darin, daß sie fürchtete, ihre Nachbarin würde ihr fehlen, als darin, daß Cuquita vorhatte, Rodrigo mitzunehmen. Cuquita aber blieb stur und nannte Azucena Tausende von Gründen, weshalb sie mit Sack und Pack *und* mit Rodrigo ausziehen müsse. Das überzeugendste Argument war, daß Rodrigo, oder besser gesagt, der Körper, den er bewohnte, in den Augen der Nachbarschaft Cuquitas Mann war. Niemand wußte ja, daß dieser vor Dreck starrende Körper nicht den versoffenen Rüpel, sondern eine reine, geistig hoch entwickelte Seele beherbergte. Das allerdings sollten die Leute auch besser nicht erfahren, und daher war es, um kein Mißtrauen zu erwecken, sinnvoller, wenn Rodrigo mit der Portiersfrau ging.

»Du brauchst dir wirklich keine Sorgen zu machen, das ist doch nur eine Finte«, beruhigte sie Azucena. Doch Cuquita, sie war ja nicht dumm, wollte Rodrigo natürlich ganz für sich allein haben. Vor allem wollte sie bei den Nachbarinnen damit angeben, daß ihr Mann sich endlich gebessert habe.

Der arme Rodrigo. Abgesehen davon, daß er immer noch völlig verwirrt war, fand er diese Entscheidung katastrophal. Sie hatten ihm gesagt, er müsse so tun, als sei er Cuquitas Mann, die zwar nicht seine wirkliche Frau, aber immerhin die Frau des Körpers war, in dem er steckte, und es sei ratsam, sich so gut wie möglich zu verstellen, denn würden die Leute erfahren, wer er wirklich war, könnte das sein Leben in Gefahr bringen. Rodrigo hatte diesen Argumenten nichts entgegenzusetzen, zumal sein Gedächtnisverlust ihm jeglichen Boden dafür nahm. Nur um eines bat er: Cuquitas Großmutter gefälligst ein für allemal aufzuklären, da sie ihn noch immer mit Ricardo Rodríguez verwechselte und weiterhin auf ihn einprügelte. Er fühlte sich ganz und gar nicht wohl in seiner Haut. Es gefiel ihm überhaupt nicht, bei diesen fremden Frauen zu leben, die sich obendrein ihren sogenannten Gefallen, ihn bei sich zu verstecken, noch teuer bezahlen ließen. Er allein mußte den ganzen Umzug vorbereiten, während sie sich auf die faule Haut legten. Wie sehnte er sich danach, sein Gedächtnis wiederzuerlangen, um zu seiner wirklichen Familie zurückkehren zu können. Doch um dies zu erreichen, mußte er sich noch intensiv mit seinem Unterbewußtsein befassen. Er brauchte unbedingt eine Analysestunde bei Azucena! Doch die schob das ständig mit der Entschuldigung auf, erst einmal müsse der Umzug über die Bühne gegangen sein, damit sie ihm ohne Streß so viel Zeit wie nötig widmen könne. In Wirklichkeit wartete Azucena nur darauf, daß Cuquita und ihre Großmutter endlich gingen, damit sie mit Rodrigo allein sein und ihn ohne Mithörer analysieren konnte. Einstweilen versuchten alle, die letzten Augenblicke, die man gemeinsam verbrachte, so gut wie möglich zu nutzen. Cuquita hatte es sich bequem gemacht, um noch einmal ausgiebig Cyber-TV zu sehen, die Großmutter sonnte sich vor ihrer Rückkehr in die feuchte, kühle Wohnung noch einmal auf der Terrasse, und Azucena benutzte ein letztes Mal die kybernetische Ouija, bevor ihre Besitzerin sie wieder mitnahm.

Sie hatte ein Blatt des Usambaraveilchens in den Glaskolben mit der von Cuquita bereiteten Spezialflüssigkeit gelegt und erhielt nun per Fax Bilder von all dem, was die Pflanze in ihrem Leben gesehen hatte. Die meisten waren uninteressant. Azucena war schon fast eingedöst, als plötzlich ein Foto erschien, daß sie von ihrem Stuhl aufspringen ließ. Das Foto zeigte die Finger von Doktor Díez, die jemandem vorsichtig einen Mikrocomputer ins Ohr einführten – und dies war niemand anderes als Isabel González! Dieses Foto brachte endlich den Beweis dafür, daß erstens dieses miese Weibsstück keineswegs eine Heilige war. Zweitens, daß der ach so liebe Doktor Isabel nicht nur eines, sondern viele falsche Leben mittels seines Apparates einprogrammiert hatte. Drittens war bewiesen, daß sie, da sie ja offensichtlich ein fiktives Leben brauchte, eine finstere Vergangenheit haben mußte, die, würde sie bekannt, ihre Wahl zur Präsidentin vereiteln müßte. Und viertens, daß das Usambaraveilchen ein wichtiger Zeuge für die Implantation des Apparates und für den Mord an Doktor Díez war. Die weiteren Fotos, die nun aus dem Fax ratterten, brachten jede Menge Einzelheiten: Man sah, wie Isabels Leibwächter den Mord vorbereiteten und an den Kabeln der Schutzvorrichtung der Aerofonzelle in der Praxis von Doktor Díez herummanipulierten. Gelobt seien Cuquita und ihre kybernetische Ouija! Ihnen war es zu verdanken, daß Azucena Material entdeckt hatte, das, selbst wenn es nur die Spitze des Eisbergs aufdeckte, genügte, um Isabel anzuklagen. Sie mußte die Fotos an einem sicheren Ort verwahren. Doch erst einmal brauchte das Usambaraveilchen Wasser. Das Arme sah schon ganz runzelig aus, denn während ihrer Reise nach Korma hatte es niemand gegossen. Es durfte nicht eingehen, denn es war ja ihr Hauptzeuge. Wo war es eigentlich? Sie hatte es doch auf den Tisch gestellt, aber da blühte nun nichts mehr. Azucena wühlte wie eine Wahnsinnige die Koffer und Taschen von Cuquita durch. Rodrigo, der fürchtete, sie würde die gesamte Umzugsarbeit des Vormittags zunichte machen, wurde wütend und brüllte so lange herum, bis er endlich gestand, das Veilchen ins Bad gestellt zu haben. Azucena lief los, um die Pflanze zu retten und ließ Rodrigo, der immer noch aufgeregt vor sich hin brabbelte, einfach stehen.

In diesem Augenblick öffnete sich die Tür der Aerofonkabine, und Teo und Citlali standen im Raum. Rodrigo verstummte, als er Citlali erkannte. Er hatte denselben Gesichtsausdruck wie damals, als er sie zum ersten Mal sah. Manchmal ist es ein großer Vorteil, kein Gedächtnis zu haben, denn wenn man sich nicht an das Böse erinnert, das man jemandem zugefügt hat, kann man diesem unbefangen gegenüberstehen. Andernfalls kann die Erinnerung eine ungeheure Barriere für jegliche Kommunikation sein. Begegnen wir einem Menschen, der uns einst Leid zugefügt hat, sagen wir: »Dieser Mensch ist böse, denn er hat mir dies oder jenes angetan.« Um einen positiven Neuanfang wagen zu können, muß die negative Vergangenheit ausgeblendet werden. Wo keine Erinnerung ist, gibt es keine Vorurteile. Durch Einschätzungen nähern wir uns dem anderen oder entfernen uns von ihm, doch, um das wahre Wesen eines Menschen zu erfassen, muß jedes Vorurteil vermieden werden. Das hört sich einfach an, ist es aber nicht. Die meisten Menschen produzieren Vorurteile, weil sie unfähig sind, diese subtile Energie wahrzunehmen. Schon die Tatsache, daß jemand zu groß ist, der Oppositionpartei angehört, ein Ausländer ist – all dies wird zu unüberwindlichen Hindernissen und führt zu unerträglicher Intoleranz. Lernen wir einen Menschen kennen, breiten wir unsere Meinungen vor ihm aus, um zu testen, wie er darauf reagiert; ist er unserer Meinung, akzeptieren wir ihn. Ist er es nicht, versuchen wir, seine Meinung zu ändern, da wir davon überzeugt sind, daß der andere arm dran ist, weil er anders denkt als wir. Ein Sektierer ist der, der nur denjenigen akzeptiert, der genauso denkt wie er. Ein Inquisitor derjenige, der im Namen der Wahrheit denjenigen vernichtet, der seine Vorstellungen nicht teilt. Man sollte die Ideen der anderen lieben und achten, auch wenn sie nicht mit unseren übereinstimmen, denn schließlich wandeln sich Ideen. Die Welt, an die wir glauben, kann sich von einem Tag auf den andern ändern. Und dann bemerken wir, wie unnütz es war, uns bis aufs Blut mit jemandem zu streiten, der jetzt genauso denkt wie wir. Unwandelbar ist nur die Liebe, die einzig ist und ewig. Das Leben könnte so einfach sein, wenn wir fähig wären, uns mit der gleichen Hingabe und Unschuld in die Augen zu sehen wie Citlali und Rodrigo.

Azucena war ganz krank vor Eifersucht, als sie mit dem Usambaraveilchen in der Hand zurückkam. Ihr kamen fast die Tränen, als sie erkannte, daß es ihr, der Zwillingsseele von Rodrigo, noch nie gelungen war, ihm einen Blick derartiger Liebe zu entlocken.

Teo, sensibel, wie er war, durchschaute das sofort und entschied, um die Lage zu entspannen, Rodrigo, Citlali und Azucena einander vorzustellen. Dann erklärte er Azucena, daß er, wie vereinbart, mit Citlali gesprochen habe und diese bereit sei, ihr den

Löffel zu leihen, damit sie ihn analysiere. Citlali hatte ihn Azucena gegeben, als Cuquita schreiend ins Zimmer stürzte. Die Großmutter unterbrach einen ausgedehnten Schnarcher, Rodrigo und Citlali kehrten schlagartig in die Wirklichkeit zurück, und Teo und Azucena sahen sich fragend an. Was war passiert? Cuquita winkte sie alle ins Schlafzimmer, wo sie die größte Überraschung ihres Lebens erwartete. Sie standen allesamt sich selbst als virtualisierte Bilder gegenüber. Sie wurden beschuldigt, einer Stadtguerilla anzugehören, die den Weltfrieden bedrohte. Die einzige, die nicht im Cyber-TV erschien, war die Hauptschuldige, nämlich Azucena, die man, da ihr Körper nicht registriert war, noch nicht gefunden hatte.

Abel Zabludowsky gab die Sondermeldung durch.

»Heute hat die Generalstaatsanwaltschaft des Planeten die Namen der Mitglieder der Stadtguerilla bekanntgegeben, die die Bevölkerung mit ihren Gewaltakten in Atem hielt.« Die Kameraeinstellung zeigte das Gesicht von Cuquitas Mann. »Gegen Ricardo Rodríguez, alias ›Iguana‹, wurde sofort Haftbefehl erlassen.« Jetzt schwenkte die Kamera auf Cuquita. »Cuquita Pérez de Rodríguez, alias ›La Jitomata‹.« Es folgte eine Nahaufnahme von Cuquitas Großmutter. »Doña Asunción Pérez, alias ›Poquianchi‹.« Schließlich richtete sich die Kamera auf Julito. »Und Julito Chávez, alias ›El Moco‹. Die Regierung des Planeten kann und darf den Verstößen gegen die Verfassung nicht tatenlos zusehen. Um die Bevölkerung zu schützen und erneute Gewaltakte der Guerilla zu verhindern, deren Anschläge die öffentliche Ordnung bedrohen ...«

Citlali wollte nicht weiter zuhören. Sie riß Azucena den Löffel aus der Hand und machte sich mit der Entschuldigung, sie habe die Bohnen auf dem Feuer stehen lassen, sofort auf den Weg zur

Wohnungstür. Teo versuchte sie umzustimmen, indem er Partei für die Beschuldigten ergriff. Er glaube nicht, daß diese Leute wirklich schuldig seien. Azucena dankte ihm insgeheim für sein Vertrauen. Sie schätzte diesen Mann von Tag zu Tag mehr. Citlali bestand jedoch darauf zu gehen und versprach, niemandem zu erzählen, daß sie sie kannte.

»Wer sind die Mörder?« fragte die Großmutter immer wieder.

»Wir, Oma«, antwortete ihr Cuquita.

»Ihr?«

»Ja, du auch.«

»Ich? Wieso denn? Machst du Witze?«

Doch Antwort darauf erhielt sie keine, denn in diesem Augenblick zerstörte eine Granate die Eingangstür des Gebäudes. Kein Zweifel, man kam, um sie zu holen.

Eine Truppe der Leibgarde stürmte das Gebäude. Allen voran Agapito. Mit einem Fußtritt zerschmetterte er die Tür zu Cuquitas Wohnung. Sie war leer. Agapito gab den Befehl, das ganze Haus von oben bis unten zu durchsuchen. Seine Leute rannten die Treppe hinauf. Die Nachbarn, die ihnen begegneten, machten verschreckt Platz. Agapito und seine Leute prügelten auf jeden ein, der ihnen in die Quere kam. Doch plötzlich verfehlten die Schläge ihr Ziel. Sie brauchten nicht lange, um zu merken, daß die Erde unter ihnen bebte und der Grund für ihre mangelnde Treffsicherheit war. Die Natur verfügt zweifellos über wunderbare Kräfte, die Menschen einander gleichzumachen. Das Erdbeben brachte Polizisten und Zivilisten gleichermaßen ins Wanken. Die Bewohner des Hauses, die gerade noch den Beamten ausgewichen waren, rannten nun hysterisch die Treppen hinunter. Agapito gab einen Warnschuß ab. Laut schreiend warf sich die gesamte Mannschaft zu Boden. Agapito befahl seinen Leuten, sich nicht um das Erdbeben zu scheren und weiter nach oben zu steigen.

Julito stob gerade wie der Wind aus seiner Wohnung, als er das Erdbeben spürte. Er wollte nicht von den Trümmern erschlagen werden. Im Treppenhaus traf er auf Agapito und seine Leute. Er war überzeugt, sie seien hinter ihm her. Warum bloß? Dafür gab es tausend und einen Grund. Sein ganzes Leben lang hatte er immer irgendwelche krummen Dinger gedreht. Einen Moment lang dachte er daran, sich zu ergeben. Offenbar war die Stunde der Abrechnung gekommen. Sei's drum! Er machte einen Schritt vorwärts, bereute ihn jedoch sogleich. Bei rechtem Licht betrachtet, hatte er sich ja eigentlich nur Lappalien zuschulden kommen lassen. Seine Verfolger aber waren so schwer bewaffnet, daß sie ein ganzes Heer in Schach halten konnten. Was sollten die schon von einem harmlosen Hahnenkampf-Obermotz wollen? Er reagierte wohl etwas paranoid, und diese Jungs da wollten ihm überhaupt nichts Böses. Ein Kampfgeschoß, das wenige Zentimeter neben seinem Kopf einschlug, zeigte ihm, was die Stunde geschlagen hatte: Man wollte ihn nicht nur verhaften. Töten wollte man ihn!

Er mußte verdammt schnell hier abhauen. Verzweifelt jagte er die Treppen hinauf. Auf dem Absatz vom dritten Stockwerk traf er auf Azucena, Cuquita, ihre Großmutter, Rodrigo, Citlali und Teo, die ebenfalls auf der Flucht waren. Die erste, die er einholte, war Cuquitas Großmutter, die ihrer Blindheit und ihres fortgeschrittenen Alters wegen die letzte war. Dann kam er an Cuquita vorbei, die, weil sie ihre kybernetische Ouija mit sich schleppte, nur langsam vorankam. Dann an Citlali, die von Teo gewaltsam mitgeschleift wurde, da sie sich weigerte, zusammen mit den vermeintlichen Verbrechern zu fliehen. Dann überholte er Azucena, die immer wieder stehenblieb, um auf die anderen zu warten, und zuletzt erreichte er Rodrigo, der voranstürmte, weil er nur an sich selbst dachte.

Die Treppe schwankte hin und her. Die Wände wogten, als übten sie »La Ola« für das nächste Fußballspiel. Anfangs schien es, als würde das Erdbeben sie verschonen, denn die Verfolger holten sie nicht ein. Doch plötzlich legten sich ihnen herabstürzende Backsteine und Stahlträger in den Weg. Cuquita rief um Hilfe. Ihre Großmutter konnte nicht weiter, und sie hatte alle Hände voll damit zu tun, die Ouija, das einzige Beweismittel gegen Isabel, nicht zu verlieren. Azucena stieg wieder zurück, um ihr zu helfen. Die Großmutter packte ihren Arm. Sie war völlig desorientiert und verloren in diesem Treppenhaus, in dem sie sich vor lauter Schutt und Gerümpel nicht mehr auskannte. Es war grauenhaft, jeder Schritt war Wagnis und Horror, da einige Stufen fehlten und riesige Steinbrocken im Weg lagen.

Azucenas Arm war ihr eine echte Stütze. Sie führte sie sicher durch die Dunkelheit. Die Großmutter vertraute sich ihr gänzlich an und hing auch dann noch an ihr, als ihre Lebenskraft sie schon verlassen hatte. Azucena merkte nicht, daß die Großmutter bereits gestorben war, denn sie hielt ihren Arm so fest umklammert wie ein Beamter den öffentlichen Haushalt. Sie spürte auch nicht mehr, wie drei Kugeln ihren Körper trafen. Ihr fiel nur noch auf, daß ihr dunkler und dunkler vor Augen wurde. Sonst sah sie nichts mehr. Das einzig Wirkliche war die finstere Röhre eines Kaleidoskops, durch das sie mit Cuquitas Großmutter lief. Endlich sah sie etwas Licht und ein paar wartende

Gestalten. Azucena ahnte, daß etwas Merkwürdiges geschehen sein mußte, als sie unter den Gestalten Anakreon erkannte, der sie mit offenen Armen empfing. Geblendet von seinem Licht, vergaß Azucena den alten Groll gegen ihn und ließ sich in seine Arme sinken. Sie fühlte sich geliebt, geborgen, leicht. Die Last all ihrer Sorgen, ihre Einsamkeit, sogar Cuquitas Oma, fiel von ihr ab. Doch erst jetzt, als die Großmutter sie endlich losgelassen hatte und auf das Licht zuwandelte, wußte Azucena, daß sie gestorben war. Das machte sie traurig, da sie gleichzeitig erkannte, daß sie ihre Mission nicht erfüllt hatte. Erst jetzt erinnerte sie sich wieder an ihren Auftrag.

Steht man mit der Göttlichen Liebe in Einklang, so ist es einfach, sich zu erinnern. Schwierig wird es, diese Klarsicht auf der Erde, auf dem Schlachtfeld, zu wahren. Kommt man auf die Erde, verliert man das kosmische Gedächtnis. Ganz allmählich muß man es sich im täglichen Lebenskampf, inmitten der zahlreichen Probleme, der weltlichen Vulgarität, der menschlichen Bedürfnisse, zurückerobern. In den meisten Fällen verliert man sich dabei. Da geht es einem ähnlich wie dem General, der seinen Schlachtplan auf dem Papier bis ins kleinste Detail ausgearbeitet hat, doch, umringt von Pulverdampf und Schwerterklirren, vergißt er seine ursprüngliche Strategie. Seine einzige Sorge bleibt, heil aus dem Schlachtgetümmel rauszukommen. Nur die Initiierten wissen, was sie auf Erden zu tun haben. Es ist ein Jammer, daß alle anderen sich erst dann daran erinnern, wenn es zu spät ist. Azucena nütze es herzlich wenig, daß ihr jetzt ihre Mission wieder einfiel. Ihr stand kein Körper mehr zur Verfügung, der sie auf die Erde hätte zurückbringen können. Erschreckt flehte sie Anakreon an, ihr zu helfen. Sie durfte jetzt nicht sterben. Jetzt nicht!

Sie mußte um jeden Preis weiterleben. Anakreon erklärte ihr, daß es dafür zu spät sei. Einer der Schüsse habe Teile ihres Gehirns zerstört. Azucena war verzweifelt. Anakreon sah nur einen Ausweg: Sie mußte um Erlaubnis bitten, in den Körper von Cuquitas Großmutter zu schlüpfen. Der habe allerdings den Nachteil, daß er sehr alt und ohne Augenlicht sei, voller Zipperlein stecke und ihr daher wenig nützen würde. Doch Azucena störte das alles nicht. Sie bereute aufrichtig, so töricht gewesen zu sein, die Kommunikation mit Anakreon abgebrochen zu haben, sich nicht von ihm habe leiten lassen und ihre wichtige Friedensmission nicht erfüllt zu haben. Sie versprach, sich zu bessern, diesmal wirklich alle Fehler zu vermeiden, wenn man ihr nur erlauben würde, wieder auf die Erde zurückzukehren. Ihre aufrichtige Reue rührte die Götter, und sie gaben Anakreon den Auftrag, Azucena eine Blitzlektion in Sachen Gesetz der Liebe zu erteilen, bevor sie sich wieder inkarnierte.

Anakron führte Azucena in ein kristallenes Zimmer und drückte einen Diamanten in ihre Stirn, der, wenn Das Licht auf ihn traf, vielfarbige Funken sprühte. Das war eine reine Vorsichtsmaßnahme, denn Anakreon wußte sehr wohl, daß sich Charakter und Handlinien bis zum Tode nicht veränderten. Noch war Azucena von Reue erfüllt und zu allem bereit, doch, erst einmal zurück auf der Erde, würde sie ihre Verpflichtungen womöglich wieder vergessen. Die leiseste Provokation konnte ihren Trotz wieder aktivieren, sich wie eine schwarze Wolke über ihre Seele legen und ihr den Weg verdunkeln. Sollte dies geschehen, so würde der Diamant das Göttliche Licht auffangen und tief in Azucenas Seele verankern. Er würde verhindern, daß sie vom rechten Wege abkam. Abschließend ließ Anakreon es sich nicht nehmen, ihr noch einmal das Gesetz der Liebe vorzubeten.

»Liebe Azucena«, begann er, »jede unserer Handlungen hat ihre Auswirkung im Kosmos. Es wäre hochmütig zu glauben, man selbst sei das Ganze und könne tun und lassen, was einem beliebt. Man ist zwar das Ganze, doch es ist dies ein Ganzes, das mit der Sonne, dem Mond, dem Wind, dem Wasser, dem Feuer, der Erde und allem Sichtbaren und Unsichtbaren mitschwingt. Und wie das Äußere bestimmt, was wir sind, so wirkt auch alles, was wir denken und fühlen, nach außen. Wenn ein Mensch Haß, Mißgunst, Neid und Zorn in seinem Inneren ansammelt, so färbt sich seine Aura dunkel, wird dicht und schwer. Kann er das Göttliche Licht nicht mehr empfangen, verliert er seine persönliche Energie und so auch die ihn umgebende. Um das Niveau der Energie – und damit das des Lebens selbst – anzuheben, muß man die negative Energie freisetzen. Das ist leicht! Im Universum gibt es nur eine einzige Energie. Sie ist ständig in Bewegung und verändert sich immerzu. Die Bewegung der einen Energie führt zur Verdrängung einer anderen. Wenn beispielsweise ein Gedanke den Geist verläßt, so öffnet er einen Weg im Äther und hinterläßt einen leeren Raum, der dem Gesetz der Korrespondenz zufolge durch eine Energie gefüllt wird, die exakt der Qualität jener entspricht, die sich verflüchtigt hat. Sie wird also auf der korrespondierenden Ebene ersetzt. Wenn man einen Gedanken auf Kurzwelle sendet, empfängt man Kurzwellenenergie, denn dieser Wellenlänge entspringt die urspüngliche Energie. Wie bei einem Radiosender bleibt die Einstellung erhalten. Wenn jemand Charrita del Cuadrante einstellt, wird er Charrita del Cuadrante hören. Will man einen anderen Sender hören, muß man eine andere Frequenz suchen. Man muß sich also vorsehen: Wer negative Energiewellen ausstrahlt, wird negative Wellen empfangen.

Ein weiteres Gesetz besagt, daß Energie, die statisch bleibt, an Kraft verliert und daß fließende Energie wächst. Das beste Beispiel dafür sind die Wasser eines Flusses und die eines Sees. Das Wasser eines Sees ist statisch und besitzt daher nur beschränkte Wachstumsmöglichkeit. Das Wasser eines Flusses fließt und nimmt in dem Maße zu, wie es von Bächen gespeist wird, die auf dem Wege liegen. Der Fluß wächst und wächst und gelangt als Strom ins Meer. Das Wasser eines Sees kann nie zu einem Ozean werden. Das des Flusses hingegen ja. Das Meer wird nie in einen See passen. Doch der See wird ins Meer passen. Stehendes Gewässer verfault, fließendes reinigt sich. Genau das geschieht mit dem Gedanken, der unserem Geist entspringt. Indem er fließt, wächst er und kommt in größerer Dimension zu uns zurück. Daher sagt man, daß, wenn jemand Gutes tut, dies ihm siebenfach zurückgezahlt wird. Grund dafür ist, daß das Gute auf seinem Wege durch gleichartige, also positive Energie angereichert wird. Mit negativen Gedanken muß man also vorsichtig umgehen, da für sie das gleiche Prinzip gilt.

Würden die Menschen dieses Gesetz verinnerlichen, so würden sie nicht so gierig hinter materiellen Gütern her sein. Ich demonstriere das an einem einfachen Beispiel: Wenn der Kleiderschrank einer Frau randvoll ist von Klamotten und sie ihre Garderobe rundum erneuern will, muß sie sich von den alten Kleidern trennen, bevor neue im Schrank Platz haben. Denn alle Bügel sind belegt, und der Platz im Schrank ist – wie der Name sagt – beschränkt! Es gibt also nur einen begrenzten Raum. Das gilt auch für das Universum. Es wächst nicht. Die Summe der Energie, die sich darin bewegt, bleibt immer die gleiche, doch befindet sie sich in ständiger Bewegung. Es hängt von einem selbst ab, welche Energie im eigenen Körper fließt. Behält jemand den Haß im Körper wie alte Kleider im Schrank, so bleibt kein Platz für die Liebe. Möchte man Liebe ins Leben lassen, so muß man sich zwangsläufig des Hasses entledigen. Das Problem ist nur, daß man, dem Gesetz der Affinität zufolge, wenn man haßt, auch Haß empfängt. Die einzige Lösung ist, die Haßenergie in Liebe umzuwandeln, bevor sie den Körper verläßt. Dies war einst die Aufgabe der Pyramide der Liebe. Daher, Azucena, ist es so wichtig, daß du die Pyramide ihrer ursprünglichen Bestimmung zuführst. Ich weiß, daß wir dich mit einer schier unmöglichen Mission betrauen, doch bin ich sicher, daß du sie erfüllen wirst. Ich werde sicherheitshalber immer an deiner Seite sein. Du bist also nicht allein. Vergiß das nie. Wir alle sind bei dir. Ich wünsche dir viel Glück.«

Mit diesen Worten beendete Anakreon seine Lektion, die mal wieder länger ausfiel, als geplant. Dann umarmte er Azucena liebevoll und begleitete sie auf ihrer Rückkehr zur Erde.

Azucena hat nie erfahren, wie sie es letztlich doch noch schafften, Agapito und seiner Leibgarde zu entkommen. Ihre Rückkehr auf die Erde im Körper einer Blinden war wirklich dramatisch gewesen. Nicht nur weil es im kritischsten Augenblick geschah, sondern weil es ziemlich kompliziert ist, mit einem unbekannten Körper umzugehen. Bei ihrem ersten Körpertausch war das anders, denn der war ja funkelnagelneu. Jetzt hingegegen handelte es sich um einen alten Körper mit einigen Tücken. Azucena mußte ihn ganz allmählich unter Kontrolle bekommen, herausfinden, was ihn störte, was ihn stimulierte, was er mochte und was nicht. Zuerst mußte sie lernen zu gehen, ohne sehen zu können – und das auch noch auf rheumatischen Beinen. Das war gar nicht so leicht. Daß sie nicht sehen konnte, machte sie vollkommen hilflos. Sie hatte keine Ahnung, wie sie es geschafft hatten, Isabels Mörderbanden zu entkommen. Sie konnte sich nur noch erinnern, daß Männerhände sie mitgeschleppt und ihr geholfen hatten, inmitten heulender Panzerabwehrgeschosse die Treppe hinauf- und über unzählige Hindernisse hinwegzusteigen, über die sie unablässig stolperte. Irgendwann brach sie zusammen, und ihr Körper reagierte nicht mehr. Alles tat ihr weh, sogar die Seele. Ein stechender Schmerz im Knie hinderte sie daran, aufzustehen. Die Männerhände hoben sie auf und trugen sie bis zu Julitos Raumschiff, das auf dem Dach des Gebäudes geparkt war. Sie hatte Glück, daß sie keiner der abgefeuerten Schüsse traf. Im Zick-Zack-Kurs überquerten sie das Dach. Kaum waren sie an Bord des Raumschiffs und hatten die Tür geschlossen, ging ein Kugelhagel auf den Rumpf nieder. Letztlich aber war ihre Flucht doch glimpflich verlaufen, denn niemand wurde schwer verletzt. Nur ein paar Kratzer und ein paar blaue Flecke hatten sie abbekommen. Außer Azucenas Körper, der sein Leben gelassen hatte, waren alle wohlauf. Unter dem Jubel seiner Passagiere hob das Raumschiff ab.

Erst nach diesem Schreck begann Azucena bewußt zu werden, was geschehen war. Sie lebte! Zwar im Körper einer Blinden, doch sie lebte. Alle begrüßten sie freudig und waren glücklich, sie bei sich zu haben. Azucena war ihnen zutiefst dankbar. Sogar Cuquita, die ihre Oma verloren hatte, freute sich für sie. Sie erkannte, daß die Großmutter ihre Zeit auf Erden erfüllt hatte und fand es völlig in Ordnung, daß ihre Nachbarin nun den Körper bewohnte, den die liebe Alte verlassen hatte. Azucena fühlte sich wunderbar. Sie mußte nur noch lernen, sich im Dunkeln zu bewegen, dann würde es schon gehen. Sie dankte den Göttern, daß sie ihr erlaubt hatten, zur Erde zurückzukehren. Ihr Zustand schreckte sie nicht, sondern sie fand vielmehr, daß ihr die Blindheit große Vorteile verschaffte. Formen und Farben lenken ab. Nun war sie gezwungen, sich mehr auf sich selbst zu konzentrieren, nach innen zu schauen, Bilder aus der Vergangenheit zu suchen. Außerdem – wie heißt es so schön: Was ich nicht weiß, macht mich nicht heiß! Jetzt mußte sie nicht mehr mitansehen, wie Rodrigo und Citlali miteinander turtelten. Allerdings kompensieren Blinde das fehlende Augenlicht durch ihr Gehör. Azucena entdeckte entsetzt, daß sie sogar den Flügelschlag einer Fliege hören konnte, ganz abgesehen von dem Geflüster und Gezwitscher zwischen Rodrigo und Citlali. Sie hörte leider ganz deutlich, wie die beiden flirteten.

Ihr anfänglicher Optimismus fiel wie ein Kartenhaus in sich zusammen, die Eifersucht kehrte wie von Zauberhand in ihr Leben zurück, der Friede hatte nur wenige Augenblicke gedauert, Unsicherheit und Angst bemächtigten sich ihrer, und sofort war sie wieder deprimiert. Sie fürchtete, Rodrigo für immer zu verlieren. Am schlimmsten war die Entdeckung, daß er noch viel blinder war als sie. Seinem Geflüster entnahm sie, wie verrückt er nach Citlali war. Wie war das nur möglich? Was hatte die denn zu bieten? Nun ja, einen schönen Körper, doch was auch immer sie ihm geben könnte wäre doch nie zu vergleichen mit dem, was sie, seine Zwillingsseele, ihm geben konnte! Wie war es nur möglich, daß Rodrigo seine Zeit mit dämlichen Turteleien verplemperte? Wie war es nur möglich, daß er nicht merkte, daß sie, Azucena, ihn mehr liebte als irgend jemand und ihn zum glücklichsten Mann der Welt machen konnte? Seit sie ihn kennengelernt hatte, hatte sie alles getan, ihm zu helfen, zu verstehen, ihn zu umsorgen, sich bemüht, daß er sich rundherum wohl fühlte. Und er? Anstatt all das zu würdigen, ließ er sich von Citlalis Hintern verzaubern. Immerzu starrte er auf diesen Hintern. Seit er sie kennengelernt hatte. Aber so sind die Männer: unfähig, die wahre Schönheit einer Frau zu erkennen! Sie fallen immer wieder auf schöne Hüften rein! Von ihrer Zwillingsseele hätte sie das allerdings nicht gedacht. Auch wenn sein Gedächtnis gelöscht war. Am wütendsten machte sie das Gefühl, als Person entwertet zu sein und daß ihre wachsende Unsicherheit sie davon abhielt, sich auf die Schwierigkeiten zu konzentrieren, in denen sie jetzt steckte. Ihretwegen saßen Cuquita, Julito und auch Citlali mit in der Tinte. Statt besser wurde alles ständig nur noch schlimmer, und sie fragte sich, wann das wohl ein Ende haben würde.

Sogar der Popocatepetl, der rauchende Berg, spielte verrückt! Sie war sich nicht sicher, doch sie vermutete, daß der Vulkan das Erdbeben hervorgerufen hatte. Es wäre nicht das erste Mal so gewesen. Das war eben seine Art, sein Mißfallen an den politischen Verhältnissen kundzutun, eine Warnung, daß die Dinge nicht zum besten standen. Beruhigend war für Azucena zumindest die Tatsache, daß sich Iztaccíhuatl, die schlafende Frau, noch nicht von Popos Ärger hatte anstecken lassen, denn *sie* war es letztlich, die das Schicksal des Landes und das aller Mexikaner bestimmte. Der Popocatepetl war immer nur ihr Prinzgemahl gewesen. Izta war die Wichtigere. Die große Verantwortung, die sie trug, hielt sie immer in Atem und ließ ihr keine Zeit für die kleinen Ehefreuden. Sie konnte sich den Luxus nicht leisten, sich den Genüssen des Fleisches hinzugeben, denn sie mußte sich um all ihre Kinder kümmern und über sie wachen.

Eine indianische Legende besagt, daß ihr Mann, der Popocatepetl, sich ihr gegenüber im allgemeinen äußerst respektvoll verhielt. Doch als er seine Leidenschaft wieder einmal stillen mußte, nahm er sich eine Geliebte. Sie hieß Malintzin. Malintzin war lieb und reizend, und er verbrachte viele glückliche Stunden in ihrer Gesellschaft. Iztaccíhuatl wußte natürlich davon, aber es ließ sie kalt. Sie hatte Wichtigeres zu tun. Das Schicksal einer Nation stand auf dem Spiel. Sie dachte gar nicht daran, die Malintzin zu bestrafen. Im Gegenteil, sie war ihr dankbar dafür, daß sie ihren Gatten zufriedenstellte, da ihr selbst das ja offenbar nicht mehr gelang, das heißt, es interessierte sie nicht. Ihr war es wichtiger, ihre wahre Größe, ihre Bedeutung, ihre Macht, ihre Herrschaft zu bewahren. Also ließ sie die Malintzin sich um die weniger wichtigen Dinge kümmern, die, zu denen sie taugte. Sie war halt gut fürs Bett. In diese Kategorie hatte Izta sie nun einmal gesteckt. Ansonsten strafte sie sie mit Verachtung.

Azucena dachte, wenn Rodrigo unter dem Popocatepetl-Syndrom litt und sich mit seiner Malintzin amüsierte, so würde sie gern am Iztaccíhuatl-Syndrom leiden. In der Tat fühlte sie sich ja für das Schicksal zahlreicher Menschen verantwortlich. Sie stand vor großen Problemen, doch statt sie zu lösen, war ihre einzige Sorge, daß Rodrigo sie nicht liebte. Inständig bat sie Doña Iztaccíhuatl um Hilfe! Hätte sie doch ein bißchen von ihrer Größe. Wie gern wäre sie ihre Leidenschaft los, die sie klein machte, und diese beklemmende Eifersucht, die sie durchzuckte, wenn sie den koketten Tonfall in Rodrigos Stimme vernahm. Sie sehnte sich so sehr nach innerem Frieden und nach der Umarmung eines Mannes, nach ein wenig Liebe.

Teo kam zu Azucena herüber und nahm sie zärtlich in die Arme. Es schien, als habe er ihre Gedanken erraten, doch dem war nicht so. Er führte nur die Befehle aus, die Anakreon ihm gab. Teo war nämlich einer dieser *Undercover*-Schutzengel, mit denen Anakreon auf der Erde kollaborierte. Er griff nur in Notfällen auf sie zurück, und dies war einer. Azucena durfte nicht wieder in die alte Depression verfallen. Sie ließ sich umarmen und verspürte dabei ein Gefühl von Schutz und Trost. Azucena lehnte ihren Kopf an Teos Schulter. Er fuhr fort, ihr zärtlich das Haar zu streicheln und sie sanft auf Stirn und Wangen zu küssen. Sie hob den Kopf, damit er ihren Mund leichter finden konnte. Ihre Seele jauchzte vor Glück. Schüchtern erwiderte Azucena die Umarmung, beantwortete die Küsse mit weiteren Küssen. Begehrlich saugte sie die männliche Energie in sich auf, die Teo ihr gab und die sie so dringlich ersehnte. Sanft nahm er sie bei der Hand und führte sie ins Bad des Raumschiffs. Dort schlossen sie sich ein, und willig gaben sie sich dem Energieaustausch hin. Teo hatte als *Undercover*-Schutzengel bereits einen hohen Evolutionsgrad erreicht. Seine Augen waren imstande, die Wollust einer Seele wie der Azucenas zu erkennen, und obwohl sie in einem so alten und geschwächten Körper wie diesem steckte, genoß er ihre Leidenschaft lustvoll. Azucena nahm ganz allmählich Besitz vom Körper der Greisin und ließ ihn sich im leisen Auf und Ab wiegen, wie er es seit Jahren schon nicht mehr kannte. Sie mußte noch einmal lernen, ihren Mund zu öffnen, um Teos Zunge zu empfangen. Ihre trockenen, spröden Lippen mußten erneut von dem wohlmeinenden astralen Geliebten angefeuchtet werden. Die Muskeln ihrer Beine waren weder flexibel noch kräftig genug für den Liebesakt, doch wie durch ein Wunder entspannten auch sie sich. Erwärmt von der Reibung, fühlte sie sich wie ein junges Mädchen, in dessen gierig feuchten Schoß Teo bequem und lustvoll eindringen konnte. Dieser Körper erinnerte sich voller Wonne an das wunderbare Gefühl, wieder und wieder geliebt zu werden. Die Lust ließ all ihre Sinne sich öffnen, und sie nahm das Göttliche Licht in sich auf. Und genau wie Anakreon voraussah, verstärkte der Diamant, den er in Azucenas Stirn gepreßt hatte, das Licht, das sie im Augenblick des Höhepunkts empfing. Das Innerste ihrer ausgedörrten Seele wurde erleuchtet, wiederbelebt und von Liebe erfüllt. Endlich war der qualvolle Durst gestillt ... endlich kehrte der Friede ein. Und erst mit dem verzweifelten Klopfen Cuquitas, die ins Bad wollte, kehrte Azucena in die Wirklichkeit zurück. Ihr Glück war nicht zu übersehen. Die Wangen hatten sich rosig verfärbt, und sie strahlte über das ganze Gesicht. Ja, richtig hübsch sah sie aus! Doch obwohl ihr Körper in der Hitze der Leidenschaft so gut funktioniert hatte, würde der Muskelkater am nächsten Tag nicht ausbleiben. Jede Faser ihres Leibes würde schmerzen – bis in die Haarspitzen. In jedem Fall aber hatte der Liebesakt seinen Zweck erfüllt. Azucena hatte – wenn auch nur einen Augenblick – die Göttliche Liebe empfangen. Nun war es Zeit, sich wieder mit ihrem Unterbewußtsein zu befassen. Sie pfiff ein Lied vor sich hin und schlenderte Hand in Hand mit Teo durch das Raumsschiff. An ihrem Platz angelangt, ließ sie sich nieder, seufzte einmal tief, setzte sich die Kopfhörer des Discman auf und begann im Zustand größter Glückseligkeit in ein vergangenes Leben einzutauchen.

CD – 7

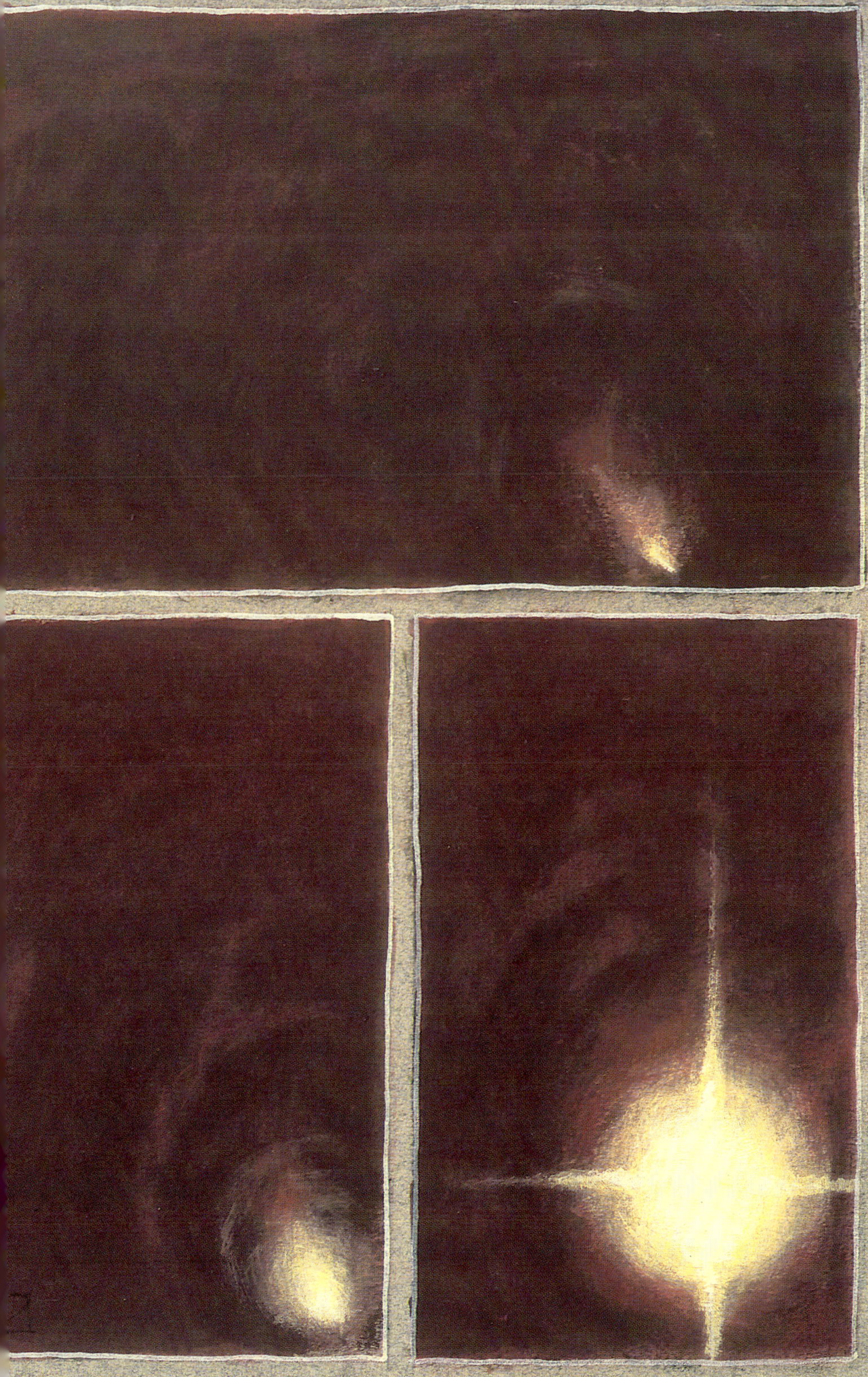

Azucena riß die Augen auf und atmete schwer. Vollkommen aufgewühlt war sie aus ihrer Rückführung aufgetaucht. Sie brauchte keine zwei Sekunden, um zu begreifen, daß die Frau, die so verzweifelt den Tod ihres Kindes beweinte, niemand anders war als Citlali, und dieses Kind, das nur wenige Minuten gelebt hatte, war niemand anders als sie selbst. Es rührte Azucena, daß diese Frau, der sie heute so eifersüchtig begegnete, in einem anderen Leben ihre Mutter gewesen war. Sie sah sie nunmehr mit ganz anderen Augen. Und auch Rodrigo! Welch ein Schock, zu erfahren, daß ihr geliebter Rodrigo, der Mann, für den sie alles zu tun bereit war, eben jener spanische Krieger gewesen war, der sie kaltblütig getötet hatte. Es dauerte nicht lange, dann hatte sie auch das Bild Citlalis mit dem der India in Einklang gebracht, die Rodrigo vergewaltigt hatte. Es war ein und dieselbe Frau! Dessen war sie sich sicher, denn sie hatte sich das Foto von der Vergewaltigung ja tausendmal angesehen. Sie kannte das Gesicht dieser Frau in- und auswendig. Das Foto gehörte zu der Serie aus Rodrigos Rückführung, doch Azucena hatte es in dem fast schon krankhaften Drang unterschlagen, sich immer und immer wieder in dem Leid zu suhlen, sich an Rodrigos wollüstigem Blick zu ergötzen, während er die andere Frau besaß. Jetzt konnte sie dieses Bild mit anderen Augen betrachten. Wie entsetzlich mußte es für Citlali gewesen sein, von dem Mann, der der Mörder ihres Kindes war, vergewaltigt zu werden. Azucena empfand tiefes Mitleid mit ihr.

Teo begriff sofort. Er umarmte Azucena und tröstete sie sanft. Seine Worte wirkten. Beruhigend und eh sie sich versah, trat sie wieder in den Alpha-Zustand ein. Teo ermunterte sie, nach ihrer Mission in jenem früheren Leben zu fragen. Azucena folgte neugierig seinem Vorschlag und erfuhr kurz darauf, ihre Aufgabe sei es gewesen, den Azteken die Bedeutung des Gesetzes der Liebe zu vermitteln, da sie es brachen und Gefahr liefen, ihre Mißachtung bös sühnen zu müssen. Teo fragte, ob es ihr gelungen sei, diese Botschaft weiterzugeben. Azucena schüttelte den Kopf und erklärte ihm, daß sie getötet worden sei, bevor sie ihre Mission erfüllen konnte. Sie erzählte weiter, daß sie später, im Jahre 1985, erneut die Gelegenheit gehabt habe, man sie jedoch auch damals nicht sprechen ließ. Erst jetzt begriff sie, daß sie inzwischen zum dritten Mal auf der Welt war, um endlich zu sagen, was sie zu sagen hatte.

Dies war der Augenblick, in dem Azucena die Dinge zu verstehen begann, die ihr geschehen waren. Sie sah, daß es eine logische Beziehung zwischen den Ereignissen gab, denn jedes einzelne von ihnen ist das Ergebnis eines vorangegangenen. Demzufolge konnte es keinerlei Ungerechtigkeit geben. Nur war ihr nicht klar, weshalb ausgerechnet sie es sein mußte und nicht jemand anderes eine so wichtige Botschaft weiterzugeben hatte. Ihr fiel zwar noch keine plausible Antwort auf diese Frage ein, doch nun kannte sie zumindest ihre Mission und wollte sich voller Elan daran machen, sie zu erfüllen. Doch dummerweise gab es da schon wieder ein gewaltiges Hindernis: Sie konnten nicht auf die Erde zurückkehren, weil sie und die übrigen Passagiere des Raumschiffs polizeilich gesucht wurden. Als sie gerade darüber nachgrübelte, kam Cuquita mit einer großen Neuigkeit. Sie hatte im Radio gehört, daß Pilgergruppen verschiedener Planeten auf dem Weg nach La Villa, zur Heiligen Jungfrau von Guadalupe, waren. Würde es ihnen gelingen, sich unter die Menge zu mischen, könnten sie unbemerkt auf der Erde landen. Azucena war begeistert. Sie beriet sich mit ihren Freunden, und die Crew kam darin überein, den interplanetarischen Hahnenkampf-Expreß auf dem nächsten Planeten stehenzulassen und mit dem riesigen Raumschiff weiterzureisen, in dem die Pilger saßen.

CD – 8

Tanzpause

San Miguel Arcángel, santito,
no te quedes tan duro, tan quietecito.
No te regocijes en tu pasado
que ahora es de veras cuando te necesito.

Ahora es cuando el demonio se pone el moño,
ahora es cuando los santos ya no son tantos,
ahora es cuando los dioses son sólo adioses,
ahora es cuando el pecado y la voy pasando.

San Miguel Arcángel, santito, santito,
San Miguel Arcángel, santito,
no te quedes de hierro, de palo santo,
que me está arrebatando este desencanto.
Yo llore, llore y llore, mejor ya no canto.

Ahora es cuando Mefisto se pone listo.
Ahora es cuando las vacas se ponen flacas.
Ahora es cuando las penas a veinticinco.
Ahora es cuando la vida me pone al brinco.

San Miguel, santito, santito, santito.

LILIANA FELIPE

Erzengel Michael, mein kleiner Heiliger,
Sei nicht so hart, so schweigsam.
Verlier dich nicht in der Vergangenheit,
wo ich dich jetzt so dringend brauche.

Jetzt, wo der Dämon mir einheizt,
jetzt, wo die Heiligen immer weniger werden,
jetzt, wo die Götter sich verabschieden,
jetzt, wo die Sünde sorglos einzieht.

Heiliger Erzengel Michael, mein kleiner Heiliger,
mein kleiner Heiliger
Heiliger Erzengel Michael, mein kleiner Heiliger,
tu nicht so, als seist du aus Stein, aus hartem Holz,
wo mich doch Enttäuschung niederdrückt,
und ich weine, weine und weine und kann schon
nicht mehr lobsingen.

Jetzt, wo Mephisto vor der Tür steht.
Jetzt, wo die fetten Kühe mager werden.
Jetzt, wo's Schmerzen gratis gibt.
Jetzt, wo mich das Leben abstürzen läßt.

Heiligen Erzengel Michael, mein kleiner Heiliger,
mein kleiner Heiliger.

LILIANA FELIPE

Es ist immer dasselbe mit Azucena. Man kann ihr helfen, so viel man will, aber am Ende geht doch alles den Bach runter!

Ich habe geschworen, daß Gesetz der Liebe zu befolgen und darüber zu wachen, das andere es genauso halten. Doch langsam weiß ich nicht mehr, wie ich das anstellen soll. Meine moralischen Grundsätze geraten ins Wanken, und, was noch schlimmer ist, ich fühle mich schon wie ein ausgemachter Zyniker, der zwar auf dem Thron eines Schutzengels sitzt, aber im Grunde am liebsten dem ganzen Haufen mieser Typen an die Gurgel gehen möchte: Die erste auf der Liste ist Isabel und der letzte Nergal, der Chef der Höllen-Geheimpolizei.

Ich war fest davon überzeugt, Azucena mit Teos Hilfe soweit zu bringen, ihre Mission zu erfüllen! Doch weit gefehlt! Jetzt hat sie sich wie ein Teenager Hals über Kopf in den *Undercover*-Mann verliebt und denkt nur noch an ihn. Kein Zweifel, alle spielen ihre Rolle ausgezeichnet – nur ich nicht! Teo, unser Engelchen, macht seinen Job einfach zu gut, der Mistkerl! Ja, er hat sogar einen Heidenspaß, Azucena in lauschige Winkel zu schieben und zu betatschen. Unter dem Vorwand, sie auf die Göttliche Liebe einzuschwingen, aber schwingen tut da etwas ganz anderes. Und ich sitze hier wie ein Idiot, während Nergal Mammon von seinem Posten als Isabels Leitteufel abberufen hat.

Und Mammon, der nun jede Menge Freizeit hat, flirtet mit Lilith, meiner Verlobten, während Azucena, in romantischer Liebe entflammt, mit Julito eine bewaffnete Revolution plant, um Isabel auszuschalten. Möge Gott uns beistehen!

Da mein Schützling unfähig ist, in ihr Inneres zu schauen, konzentriert sie sich auf die Probleme der anderen, um für die eine Lösung zu finden. Na klar! Ist ja auch einfacher, den Balken vor anderer Leute Kopf zu sehen. Die Angst davor, sich mit dem eigenen Dilemma zu beschäftigen, den unbequemen Dingen ins Auge zu sehen, läßt sie kollektive Lösungen für Probleme suchen, die ihre höchstpersönlich sind. Andauernd vergißt sie, daß solche Rundumschläge leider nur selten funktionieren, da eben jedes Individuum seine eigene spirituelle Entwicklung durchläuft. Es gibt keine einzige gesellschaftliche Institution, die den einen, richtigen Weg für die Lösung sämtlicher Probleme finden wird. Azucenas Alltagssorgen sind, genau wie die anderer Menschen, das Ergebnis nicht beglichener Rechnungen aus der Vergangenheit. Jedes Schicksal ist und bleibt einzigartig. Natürlich berührt das gesellschaftliche Miteinander unser Leben immer wieder, doch man kriegt es nicht dadurch besser in den Griff, daß man versucht, gleich das große Ganze zu ändern. Man muß schon bei sich selbst anfangen. Die Gesellschaft verändert sich dann früh genug von allein, denn jede innere Bewegung wirkt auch nach außen.

Was aber nun gilt es bei sich zu ändern? Die Antwort liegt in der Vergangenheit. Jeder einzelne muß in sich gehen und herausfinden, welche Vergehen er begangen, welche vergangenen Probleme er nicht hat lösen können. Und sie müssen gelöst werden! Wer das nicht schafft, bleibt an der Vergangenheit haften, und die Fesseln werden zu schweren Ketten, die ihn daran hindern, die ihm übertragene Mission zu erfüllen. Die Kenntnis der eigenen Vergangenheit ist der einzige Weg, diese Fesseln zu lösen. Wer zum Teufel aber hat Azucena auf den Trichter gebracht, eine Guerilla zu organisieren? Krieg oder Revolution können zwar hie und da sinnvoll sein und der Gesellschaft nützen, doch hemmen sie die Entfaltung des Individuums. Und genau das trifft auf Azucena zu. Und was noch schlimmer ist, es hält sie von ihrer Mission ab.

Es gibt übrigens noch mehr Gründe, die einen an der Erfüllung des Göttlichen Willens hindern. Der schädlichste ist das Ego. Natürlich fühlt sich jeder gern wichtig, geschätzt, anerkannt und geehrt. Gemeinhin erfährt man Wertschätzung, Anerkennung und Ehrung, indem man seine natürlichen Gaben nutzt. Doch das Lob, das den Menschen aufgrund ihrer besonderen Art zu schreiben, zu singen, zu tanzen oder ein Land zu regieren zuteil wird, läßt sie häufig vergessen, weshalb ihnen diese Talente gegeben wurden. Sie sind ihnen nicht in die Wiege gelegt worden, um ihnen zu persönlichem Glanz zu verhelfen, sondern damit sie sie in den Dienst des Göttlichen Willens stellen.

So ist Azucenas Organisationstalent die Waffe, auf die sie vertraut, die sie in den Dienst ihrer Mission stellen sollte, doch, so wie es aussieht, könnte diese Gabe paradoxerweise zu ihrem größten Feind werden. Die junge Dame ist aufgrund der Bewunderung, die Julito ihrem Talent und ihrer Intelligenz zollt, so sehr von sich überzeugt, daß sie kraft ihres freien, eigenen Willens einsame Entscheidungen trifft, die ihr zum Sieg über Isabel verhelfen sollen. Schafft sie es, kassiert sie noch mehr Lob und vergißt ihren Auftrag erst recht.

Triumphieren wird sie und sich geradezu in eine Demagogin

verwandeln. Zu Kopf steigen wird ihr die Macht, und selbstherrlich wird sie glauben, den ganzen Ehrerbietungs- und Anerkennungszirkus verdient zu haben. Wird er ihr nicht zuteil, wird sie sich gleich gekränkt, verletzt, herabgewürdigt fühlen und ihre Widersacher erbarmungslos verfolgen. Warum? Weil leider niemand, der Macht innehat, anders reagiert. So ist das nun mal! Sie wird ihre Position mit aller Gewalt bewahren wollen, sie wird intrigieren, morden, kurz gesagt, hassen. Der Haß wird ihre Aura mit einer dichten Hülle aus negativer Energie umgeben. Und je mehr Haß sie erfüllt, desto weniger wird sie in der Lage sein, meinen Rat zu befolgen, denn er ist nur über äußerst feine Energiewellen wahrzunehmen. Sie werden ihren Machtrausch nicht durchdringen, der sie in ihrem Irrglauben gefangenhält. Und dann? Ja, dann wird irgendwann der Kontakt zwischen uns abreißen, und sie wird mich links liegenlassen. Mich, ihren Schutzengel, mit dem sie zusammenarbeiten und auf dessen Rat sie hören sollte, anstatt dem Geplapper dieses unsäglich ignoranten Julito zu vertrauen. O Herr! Aber, was rege ich mich auf? Mein Zorn trifft einen Unschuldigen. Es ist Azucena, die mich um den Verstand bringt! Wenn sie nicht endlich gehorcht, werde ich wirklich noch verrückt. Was mich am wütendsten macht: ihretwegen werde ich am Ende noch Lilith verlieren. Soweit darf es nicht kommen!

Ich sehe ja ein, daß es sich eigentlich um ein ganz ordinäres Ego-Ding handelt, und daß es das beste wäre, es einfach zu ignorieren, damit ich meine Mission an der Seite Azucenas zu Ende bringen kann. Doch ich schaff' es einfach nicht! Wirklich peinlich, traurige Figur, die ich da abgebe: ein eifersuchtskranker Schutzengel! Das gäbe einen hübschen Artikel für die Klatschspalte. Ich darf gar nicht laut sagen, daß ich eine Doktorarbeit zum Thema »Ego-Deformation und das Scheitern von Zweierbeziehungen« geschrieben habe. Also, theoretisch kenn' ich die Geschichten aus dem Effeff:

Ein Mensch mit Minderwertigkeitsgefühlen sucht sich einen Partner, der allseits bewundert und geschätzt wird. Das schönste, intelligenteste Wesen soll ganz allein ihm gehören, denn wenn jeder es hätte, würde es seinen Wert verlieren. Hat er es erst einmal, wird er scharf darüber wachen, daß niemand in seine Nähe kommt oder es ihm gar wegnimmt. Denn verliert man es, so verliert man sein Ego. Der Partner wird am Ende zu einem Besitz, der Status verleiht und Bewunderung hervorruft. Ein solcher Egomane wird sich nie fragen, ob sein Objekt der Begierde das wirkliche Gegenstück ist, das der Göttliche Plan für ihn vorgesehen hat. Möglicherweise ist der ihm zugedachte Partner an ihm vorbeigegangen. Vielleicht hat er ihn nicht gesehen, weil er nicht seinem Wunschtraum entsprach, nicht genügend Talent oder Muskeln oder Schönheit oder Intelligenz besaß. Die Unfähigkeit, ins Innere der menschlichen Seele zu schauen, hindert uns, das wirkliche Wesen zu erkennen. Die Stimme des Ego sorgt häufig dafür, daß man sich mit einem Menschen verbindet, der nicht für einen vorgesehen war.

Bleibt also nur, das negative Ego in ein positives zu verwandeln, und dies geschieht über die Selbsterkenntnis. Ein Mensch, der sich selbst erkennt und lernt, sich selbst zu lieben, zieht seinen Wert aus sich selbst und nicht aus der Person an seiner Seite. Die Liebe zu uns selbst verwandelt die negative Ladung unserer Aura in eine positive, und dank dem Gesetz der Liebe gelingt es uns, den Menschen anzuziehen, der für uns bestimmt ist. Haben wir das erkannt, so werden wir nicht mehr unglücklich sein, wenn jemand uns ablehnt, da wir ja nun wissen, daß Anziehung und Ablehnung durch das Gesetz des Karma bestimmt werden und nicht durch den Wert eines Menschen. Das Ego leidet, wenn man uns ablehnt, doch wenn wir es schaffen, das Ego durch Selbsterkenntnis zu überwinden, werden wir begreifen, daß jegliche Ablehnung nur durch uns selbst verursacht wird, weil wir das Gesetz der Liebe gebrochen haben. Wir werden verstehen, daß das einzige Mittel, das Gleichgewicht wiederherzustellen, die Liebe ist.

Eine tolle Theorie, nicht wahr! Doch die ändert leider nichts an der Tatsache, daß ich mich beschissen fühle!

Ach du dickes Ei! Da kommt *mein* Schutzengel. Das hat mir gerade noch gefehlt! Der erscheint immer dann, wenn unsere Kommunikation gestört ist und wenn ich mich wie ein Idiot aufführe. Aber was mache ich denn eigentlich falsch? Azucena ist es doch, die über den Rand des Nachttopfs pinkelt, nicht ich. Oder? Da das, was oben auch unten ist, habe ich mich womöglich bei Azucena angesteckt und benehme mich nun selbst wie ein Irrer. Womöglich warte ich sogar darauf, daß sie sich ändert, damit alles ins Lot kommt, wo doch derjenige, der sich ändern sollte, ich selbst bin. Wie kann man nur so blöd sein! Und was mach' ich jetzt?

Die Gebete der Pilgerschar an Bord des riesigen Raumschiffs erfüllten Azucenas Herz wieder mit Hoffnung. So viel Glaube auf so kleinem Raum war ziemlich ansteckend. Die Hitze der Kerzen und der Geruch von Weihrauch verbreiteten eine Atmosphäre von Geborgenheit, Unschuld und Reinheit. Azucena fühlte sich jünger denn je. Ihre Wangen waren rosig, ihre Schmerzen verschwunden. Ihre Blindheit, ihre arthritischen Hände und ihr Ischias waren ganz vergessen. Die Beziehung zu Teo gab ihr ein Gefühl von Sicherheit, das Gefühl, geliebt und begehrt zu werden. Sie wußte, daß es ihn nicht störte, daß sie faltige Haut, graues Haar hatte und ein Gebiß trug. Er liebte sie trotz allem. Und Verliebtsein tut bekanntermaßen jedem gut, verändert das Leben auf wunderbare Weise. Azucena fühlte sich in Teos Armen, als wäre sie die jüngste, schönste Frau der Welt. Sie fragte sich, ob das nur bei ihr so war, oder ob es auch anderen Menschen so ging. Denn was war schon ein alter Körper? Nichts. Die Seele verändert sich nicht. Und die Wünsche auch nicht. Doch beim Gedanken an ihre Wünsche fiel ihr Rodrigo wieder ein. Sie hatte ihn völlig vergessen, was logisch war, denn beim Küssen vergißt man so ziemlich alles. Teo hatte sie davon überzeugt, daß Rodrigo sie mehr liebte als alles auf der Welt. Sein Problem sei jedoch, daß er sich daran nicht erinnere. Wie jede andere Frau, die davon ausgeht, daß ihr Liebster im Grunde nur sie liebt, konnte auch Azucena ihm unter diesen Umständen seine Untreue verzeihen. Ihr war klar, daß Rodrigo sich nur einer vorübergehenden, früheren Leidenschaft wegen zu Citlali hingezogen fühlte, daß er aber, sobald er sein Gedächtnis wiedererlangt hätte, für immer zu ihr zurückkehren würde. Einstweilen verlebte sie eine wunderbare Zeit mit Teo und hatte selbst keinerlei Gewissensbisse. Teo vertrat hinsichtlich der Treue eine interessante These, die sie letztlich überzeugte. Er hielt eine Beziehung zwischen zwei Menschen für gut, wenn deren Herzen voller Liebe seien. Doch an dem Tag, an dem daraus Haß, Eifersucht und weitere negative Gefühle entstünden, nütze sie der Entfaltung eines Menschen nicht mehr, sondern halte sie im Gegenteil nur auf. Die Seele fülle sich dann mit Dunkelheit, und man erkenne den Weg nicht mehr, der letztendlich zur Zwillingsseele, zur Wiedererlangung des Paradieses führe.

Azucena mußte sich also über Citlalis und Rodrigos Verliebtheit nicht aufregen, denn Rodrigo würde über seine Untreue zwangsläufig zu ihr zurückkehren. Man lebt vierzehntausend Leben, in denen man seinem eigentlichen, ursprünglich zugedachten Partner untreu ist, doch paradoxerweise führt der Weg zu ihm gerade über den Seitensprung. Selbstverständlich soll man nicht der Untreue wegen untreu sein. Die Liebe, die den Menschen sich spirituell weiterentwickeln läßt, ist das Ergebnis der völligen Hingabe zwischen zwei Menschen. Sie schließt den Kreis, der das männliche und das weibliche Prinzip, Yin und Yang, in sich vereint, die beiden für die Entstehung des Lebens, der Lust und des Gleichgewichts unerläßlichen Elemente. Man sollte jedoch immer nur mit einem Partner zusammen sein, und je intensiver und hingebungsvoller man sich liebt, desto mehr

Energie fließt zwischen beiden und desto schneller entfalten sie sich. Beschließt jedoch einer von beiden, diesen Energiekreislauf zu durchbrechen, um sich mit einem anderen Partner zusammenzutun, wird zwangsläufig ein großer Teil der Energie frei, die sie durch ihre liebende Hingabe hervorgebracht haben. In diesem Fall ist Untreue schädlich. Doch, aufgepaßt, das will nicht heißen, daß man, so man einen Partner hat, diesem das ganze Leben lang treu sein muß. Nein, man sollte nur so lange an seiner Seite bleiben, wie die Energie der Liebe zwischen beiden fließt. Schwindet das Gefühl, muß ein neuer Partner gesucht werden. Also, Untreue ja, aber eine verantwortungsbewußte Untreue. Das Ziel ist, immer voller Liebesenergie zu sein, so wie Teo und Azecena es zur Zeit waren.

Nachdem Teo Azucena eine ganze Nacht lang liebend getröstet hatte, fühlte er sich hundemüde und war eingeschlafen. Azucena hingegen glühte vor Energie. Sie sprang auf und machte sich auf die Suche nach Julito. Beide waren dabei, einen Plan auszuhecken, um Isabel zu entmachten. Azucena befürchtete, es würde ihr niemals gelingen, die Spitze der Liebespyramide an ihren Platz zurückzubringen, solange Isabel noch existierte. Sie war einfach ein mieses Weibsstück, das Azucenas Auftrag boykottieren würde. Man mußte Isabel also aus dem Weg räumen.

Azucena fand Julito mit einer Flasche Tequila im Arm in einer Ecke des Raumschiffs. Sie setzte sich neben ihn. Julitos Platz lag günstig, weit entfernt von den anderen. So konnten sie an ihrem Plan weiterarbeiten, ohne daß sie jemand belauschen würde. Dazu kam, daß sich Azucena in einer größeren Menschenmenge noch nie wohlgefühlt hatte. Sie zog den intimeren Rahmen vor. Ganz anders Cuquita, die es genoß, in der Menge zu baden wie ein Fisch im Wasser. Je mehr Leute um sie herum waren, desto wohler fühlte sie sich. Azucena war überzeugt, daß dies allen spirituell noch nicht sehr hoch Entwickelten auf sämtlichen Planeten des Universums ähnlich ging. Unabhängig von ihrem Äußeren verhielten sie sich überall gleich und sprachen auch dieselbe Sprache. Azucena staunte über die Vertrautheit, mit der Cuquita mit jedermann umging. In der kurzen Zeit, die sie gemeinsam im Raumschiff gereist waren, erfuhr jeder, wer Cuquita war. Erstaunlich, wie leicht sie über den Tod ihrer Großmutter hinweggekommen war. Azucena dachte, es läge vielleicht daran, daß sie sie weiterhin sehen konnte. Wie sollte sie über den Verlust trauern, da sie ja gar nichts verloren hatte. Irgendwie lebte die Großmutter ja weiter. Zwar mit Azucenas Seele, aber sie lebte. Wie auch immer, auf jeden Fall war es gut, daß Cuquita, trotz allem, was geschehen war, ihren Sinn für Humor nicht verloren hatte. Sie ging von Grüppchen zu Grüppchen und mischte sich in die Gespräche. Ein paar Leute stritten sich gerade darüber, ob geschossen worden war, bevor oder nachdem der andere den Kopf dazwischengesteckt hatte. Cuquita dachte, man spräche über den Tod des Mister Bush, und eilte herbei, um Genaueres zu erfahren, doch sie mußte enttäuscht feststellen, daß vom Endspiel der interplanetarischen Fußballmeisterschaft, Erde gegen Jupiter, die Rede war, daß das Team Erde verloren hatte. Cuquita gab ihren Senf dazu und meinte, der Trainer sei schuld daran, da er Hugo Sánchez nicht habe spielen lassen. Man hätte auf seine Frau hören sollen, die von der Tribüne aus ständig »Nehmt ihn rein, nehmt ihn rein« gebrüllt hatte. Doch da kam plötzlich jemand auf sie zu und fragte, ob sie etwas über die Mörder Bushs wisse. Cuquita wurde nervös. Sie wollte keinerlei Verdacht erregen, atmete tief durch und überlegte sich eine ablenkende Antwort. Sie begann ganz ruhig zu berichten, erklärte dann aber in ihrer bekannt lauten Stimme, daß man sich nicht von den Nachrichten verrückt machen lassen solle, da die Leute, die des Mordes bezichtigt wurden, nichts weiter seien als die *Sündenlämmer* der Regierung. Diese Erklärung beschwichtigte alle, und niemand schien zu bemerken, daß Cuquita wieder einmal die Begriffe durcheinandergebracht hatte; und falls es doch jemand bemerkt haben sollte, kümmerte er sich nicht darum. Azucena rümpfte innerlich die Nase. »Gleich und gleich gesellt sich eben gern«, dachte sie.

Da die Pilger Cuquita für gut informiert hielten, wollten sie auch gleich wissen, wie sie die Entwicklung der Ereignisse in Mexiko überhaupt einschätzte. Der Ausbruch der Gewalt betraf sie ja alle. Cuquita meinte vielsagend, man müsse schnellstmöglich herausfinden, wer der *macrobellische* Geist sei, der all diese gemeinen Morde plane.

»Morde? Wir dachten, es handele sich nur um den Mord an Mister Bush. Hat es denn noch mehr gegeben?«

Azucena wurde unruhig. Sie mußte Cuquita irgendwie zum Schweigen bringen, verhindern, daß sie alles ausplauderte und sie in eine unangenehme Lage brächte. Irgendwie müßte man Cuquita ausbremsen, um das Gespräch in eine andere Richtung zu lenken. Doch noch bevor Azucena etwas Gescheites eingefallen war, hatte sich das schon erübrigt, weil Cuquita selbst geschickt das Thema gewechselt hatte und dabei war, lang und breit ihre Theorie über den Ausbruch des Popocatepetl zum besten zu geben. Sie begründete das Lava-Speien damit, daß der Vulkan die Energie und die Gedanken sämtlicher Erdenbewohner in sich aufsauge und sich in letzter Zeit nur von Gewalt und Schrecken ernährt habe. Daher seine Magenverstimmung! Die hatte zu Schwefelrülpsern geführt, die ihrerseits das gewaltige

Erdbeben verursacht hätten. Die Pilger waren höchst beeindruckt und befürchteten, daß die Dinge in Mexiko sich mehr und mehr zum Schlechten wenden könnten. Und davor graute allen, denn würde der Popocatepetl von neuem aktiv, so könnte dies bekanntlich zu einer Kettenreaktion führen, das heißt von Vulkan zu Vulkan, die sämtlich im Erdinnern miteinander verbunden sind, Eruptionen auslösen und so eine weltweite Katastrophe heraufbeschwören. Diese würde nicht nur die Bewohner der Erde, sondern des gesamten Sonnensystems in Gefahr bringen.

Wäre Rodrigo nicht mit Citlali abgehauen, dann hätten Azucena die Kieselsteinchen, die sich in ihre Knie bohrten, vielleicht nicht so weh getan. Zusammen mit Tausenden von Pilgern robbte sie schon eine ganze Weile auf Knien langsam auf die Basilika der Heiligen Jungfrau von Guadalupe zu. Azucena und ihre Freunde taten so, als gehörten sie dazu. Um ja keinen Verdacht zu erregen, hatte man vereinbart, sich erst nach der Messe von den Gläubigen abzusetzen. Die einzigen, die das voreilig riskiert hatten, waren Rodrigo und Citlali. Citlali, weil sie unbedingt nach Hause wollte, und Rodrigo, weil er sie nicht allein gehen lassen wollte. Citlali hatte keinerlei Bedenken, sich von den Freunden zu entfernen, da weder Rodrigo im Körper von Cuquitas Ehemann noch sie selbst von der Polizei gesucht wurden. Sie machten sich sofort nach der Landung des Raumschiffs davon. Azucena konnte sich gerade noch schnell von ihnen verabschieden. Sie gab sich gelassen, doch Teo wußte, in welch innerem Aufruhr sie sich befand. Solidarisch wie zuvor, war er nicht von ihrer Seite gewichen und stützte sie nun, so gut er konnte. Wäre er nicht gewesen, wer weiß, ob Azucena den Abschied ertragen hätte. Mit Rodrigos Untreue konnte sie sich abfinden, solange er in ihrer Nähe war. Doch ihn fern von sich zu wissen, ertrug sie nicht.

Zärtlich versuchte Teo, Rodrigos Abwesenheit wettzumachen und Azucena auf möglichst ebenem Weg zum Pocito, dem kleinen Brunnen, zu geleiten. Diesen Namen hatte man der Quelle gegeben, in der die Azteken vor Urzeiten ihre rituellen Waschungen vollzogen hatten, bevor sie der Göttin Tonantzin Tribut zollten. Die Zeremonie war nach der Conquista nicht aufgegeben, sondern bis auf den heutigen Tag beibehalten worden und galt nun der Madonna von Guadalupe. Sinn des Rituals war es, vor dem Eintreten in die Basilika den Körper von unreinen Gedanken, Worten und Taten zu befreien, indem man sich Gesicht, Hände und Füße wusch. Einen besseren Begleiter als Teo hätte Azucena auf ihrem Weg nicht finden können. Vorsichtig, jedem Hindernis ausweichend, geleitete er sie zum Pocito. Sie beugte sich vor, um mit ihren Händen das Wasser zu schöpfen. Gerade wollte sie sich das Gesicht benetzen, als Cuquita kam und ihr ins Ohr flüsterte:

»Dreh dich nicht um, da steht der Gorilla. Der, der in deinem alten Körper steckt!«

Azucena blieb fast das Herz stehen. Das konnte nur bedeuten, daß man sie entdeckt hatte.

Keine zwei Sekunden später waren Cuquita, Azucena und Teo schon wieder auf der Flucht, dicht gefolgt von Ex-Azucena.

Es war schwierig, sich durch die Menschenmenge zu wühlen, vor allem für die blinde Azucena. Teo beschloß kurzerhand, sie zu tragen, nachdem sie bereits über mehrere der auf den Knien vorwärtsrutschenden Leute gestolpert war. Sie kämpften sich eine Weile gegen den Strom voran, hatten Ex-Azucena offensichtlich abgehängt, als plötzlich zwei Polizisten vor ihnen standen, die sie mit mißtrauischen Blicken maßen und sich an ihre Fersen hefteten. Teo, der Azucena immer noch trug, beschleunigte seinen Schritt und bat Cuquita, dicht bei ihm zu bleiben, während er sich im Zickzack einen Weg durch die Menge bahnte. Teo, der seine Kindheit in diesem Stadtviertel verbracht hatte, kannte die Gegend wie seine Westentasche. An einer Straßenecke zog er Cuquita hastig in ein verfallenes Haus. Er setzte Azucena vorsichtig auf den Boden und küßte sie sanft auf die Stirn. Sie war in dem Trubel ohnmächtig geworden und kam nur langsam wieder zu sich. Gleichzeitig hielt Teo ihr den Mund zu, um sie am Reden zu hindern. Das hätte sie schnell verraten können, denn die Polizisten waren am Eingang des Hauses stehengeblieben. So schwer es ihr fiel, auch Cuquita mußte schweigen. Man hörte nur das Klopfen ihrer Herzen, den Lautsprecher eines Raumschiffes, der die Cyber-TV-Debatte zwischen dem euoropäischen und dem amerikanischen Kandidaten für die Weltpräsidentschaft ankündigte … und das Schluchzen von Ex-Azucena. Teo und Cuquita sahen sich um und entdeckten ihn im Halbdunkel des verfallenen Hauses. Er war ganz aufgelöst und total verschreckt. Als er merkte, daß sie ihn entdeckt hatten, bedeutete er ihnen mit einer Handbewegung, still zu sein. Teo flüsterte Azucena ins Ohr, was gerade geschah. Sie verstand ebensowenig wie die anderen, wieso der Leibwächter sich hier versteckt hielt.

Kaum waren die Polizisten gegangen, da geigte Cuquita Ex-Azucena die Meinung:

»Jetzt sitzt du hier und heulst. Aber, als du Leute gekillt hast, was war da? Glaubst du etwa, die Polizei findet dich nicht? Wart's ab, wenn die schon wissen, daß du Mister Bush umgebracht und dann den Körper getauscht hast, dann wissen sie auch, daß wir unschuldig sind. Wirst schon sehen! Ich geh' dich nämlich jetzt verraten!«

Cuquita wollte schon ihr Versteck verlassen und die Polizei holen, da hielt Ex-Azucena sie zurück.

»Tun Sie das nicht, die Polizei denkt immer noch, daß Sie Mister Bush ermordet haben. Wenn man Sie hier findet, landen Sie im Gefängnis, ganz bestimmt ... Ehrlich, es bringt nichts. Ich verstecke mich überhaupt nicht vor der Polizei.«

»Vor wem denn sonst?« fragte Azucena.

»Vor Isabel González ...«

»Aber ist die nicht ihre Chefin?« fragte Cuquita.

»Ja, das *war* sie, aber sie hat mich gefeuert ... Ach je, das war wirklich gemein! ... Weil ... ich bin doch schwanger ...«

Azucena wurde wütend. Der Gorilla mit seinem Vorleben als Ballerina erwartete ein Kind, weil er ihren Körper benutzt hatte! Dieser elende Hurensohn! Wie sie ihn beneidete. Wie gern hätte sie ihren früheren Körper zurück! Dann könnte sie auch ein Kind bekommen, was ihr, solange sie im Körper von Cuquitas Großmuter steckte, ja wohl versagt sein würde! Sie schäumte vor Wut, und Teo konnte nicht verhindern, daß sie sich auf Ex-Azucena stürzte und auf ihn einprügelte.

»Du Scheißkerl! Wie konntest du es wagen, dich in einem Körper schwängern zu lassen, der dir nicht gehört!«

Ex-Azucena legte die Hände schützend vor seinen Bauch. Mehr konnte er nicht tun, wollte er dieser verrückten Alten nicht Gleiches mit Gleichem vergelten.

»Ich habe mich nicht schwängern lassen; das war schon vorher passiert!«

Azucena ließ von ihm ab.

»Der Bauch war schon schwanger?«

»Ja.«

Azucena schwanden die Sinne. Einen Moment lang schien es ihr, als wäre sie nicht nur blind, sondern auch auf beiden Ohren taub. Wenn dieser Körper schon schwanger war, bevor der Leibwächter in ihn geschlüpft war, dann war das Kind, das dieser Mann erwartete, ihr Kind, gezeugt mit Rodrigo, in ihrer beider wunderbaren, einzigen Liebesnacht. Azucena griff nach Ex-Azucenas Bauch, als wollte sie dieses Kind, das ihm nicht gehörte, mit Gewalt herausziehen. Sie wollte durch die Haut hindurch eine Bewegung, ein Lebenszeichen ... Liebe spüren. Als wollte sie diesem Kind sagen, daß sie seine wahre Mutter sei, als wollte sie die Vergangenheit wieder lebendig machen, den Tag, an dem Rodrigo sie so innig geliebt hatte, als wollte sie dieses Kind um Verzeihung dafür bitten, daß sie es, ohne jede Absicht, verlassen hatte. Denn hätte sie von ihrer Schwangerschaft gewußt, sie hätte nie den Körper gewechselt. Niemals! Was würde sie dafür geben, ihr Kind in ihrem Leib zu haben, es wachsen zu fühlen, es zu gebären, es zu stillen, es zu sehen! Doch dafür war es jetzt zu spät. Jetzt steckte sie im Körper einer blinden Greisin mit verdörrten Brüsten und arthritischen Gelenken, der ihr nicht mehr als seine Liebe schenken konnte. Teo legte seinen Arm um sie und holte sie in die Wirklichkeit zurück. Sie warf sich an seine Brust und weinte bitterlich. Ihr Schluchzen vermischte sich mit dem von Ex-Azucena.

»Sie können sich nicht vorstellen, was es für mich bedeutet, dieses Kind zu bekommen ... Verraten Sie mich nicht, seien Sie nicht so grausam … Helfen Sie mir! Die wollen mich umbringen …«

»Aber wieso denn?« fragte Azucena, die aufgehört hatte zu weinen und sich nun Sorgen um die Zukunft ihres Kindes machte.

»Weil Sie schwanger sind?« fragte Cuquita

»Ach was! Deshalb wurde ich zwar gefeuert. Umbringen will mich Isabel – aus Undank … Ehrlich! Wo ich doch jahrelang ihre rechte Hand war. Ihr sämtliche Wünsche von den Augen abgelesen habe. Tausende von Überstunden gemacht habe. Es gab nichts, was ich nicht sofort für sie erledigt hätte … Na ja, eines konnte ich allerdings nicht übers Herz bringen, und das war, ihre kleine Tochter zu töten …«

»Die Dicke?«

»Nein, die andere, ihr erstes Kind … Ein wunderhübsches, zartes Ding … Wie hätte ich sie umbringen sollen, wo ich mir doch selbst nichts sehnlicher wünschte als ein solches Geschöpf. Verstehen Sie …«

»Ja, und? Wer hat dann die Tochter getötet?« fragte Azucena.

»Niemand. Ich hätte sie am liebsten bei mir behalten, aber das ging nicht. Da ich so eng mit Doña Isabel zusammenarbeitete, wäre das früher oder später rausgekommen. Was sollte ich also machen? Ich habe sie in ein Waisenhaus gesteckt …«

Das Wort Waisenhaus ging Azucena durch und durch, und die Erinnerung an das Heim, in dem sie ihre ganze Kindheit verbracht hatte, ließ sie erschauern. Sie fröstelte und fühlte sich diesem armen Mädchen, das wie sie ohne Familie aufgewachsen war, plötzlich eng verbunden.

»Ach herrje, das muß ja eine der schlimmsten Befriedigungen für Sie gewesen sein«, entfuhr es Cuquita etwas wirr.

»Äh, ja«, sagte Ex-Azucena, ohne recht zu verstehen, was Cuquita ihr eigentlich sagen wollte.

»Und warum hat Isabel befohlen, das Kind zu töten?« fragte Teo, der sich erstmals in das Gespräch der Frauen einmischte.

»Weil das Geburtshoroskop der Kleinen besagte, daß, sollte Isabel an die Macht kommen, sie ihr die streitig machen würde. Aber das glaube ich nicht – sie ist einfach durch und durch schlecht ... Ich weiß nicht, warum Gott dieser Frau Kinder geschenkt hat, die im Grunde nie welche wollte. Sie sollten mal sehen, wie sie ihre andere Tochter behandelt, und das nur, weil sie ein bißchen mollig ist ...«

»Schon gut, reicht jetzt«, unterbrach ihn Cuquita. »Aber das erklärt noch nicht, warum die Ihnen das Licht auspusten wollen«.

»Na ja, sie sagte, sie wolle mich nie wiedersehen. Nur weil es mir so schlecht ging, wissen Sie! Daß diese alte Hexe mich gefeuert hat, werde ich ihr nie verzeihen! Damals habe ich mir gewünscht, das Miststück würde sich in eine kranke Ratte verwandeln, auf die ein Raumschiff stürzt und sie platt macht. Und gerade, als ich mir das ausmalte, kommt doch einer von diesen Mentalanalytikern rein, einer von denen, die unsere Gedanken fotografieren, und erzählt ihr, was auf dem Bildschirm war. Na, Sie können Sie ja vorstellen, was dann abging ...«

»Und? Warum hat man Sie nicht gleich getötet?« fragte Cuquita ein bißchen enttäuscht darüber, daß man ihn hatte leben lassen.

»Nun, mein Freund Agapito hat es nicht übers Herz gebracht. Er hat ihr erzählt, er hätte mich desintegriert, aber das stimmte nicht. Er hat mich in seiner Kabine versteckt, bis wir wieder auf der Erde waren, weil, weil ... weil er mich eben mochte, und weil er mit mir … Und dann hat er mich hier abgesetzt, damit ich die Heilige Jungfrau von Guadalupe um Hilfe bitte, weil, er konnte jetzt auch nichts mehr für mich machen. Aber wie Sie sehen, hatte ich noch nicht mal dafür Zeit.«

»Hören Sie, eins versteh' ich nicht. Wie kam es, daß die Fotomentalkamera Ihre wahren Gedanken aufnehmen konnte?« fragte Azucena.

»Na ja, wie üblich …«

»Das kann nicht sein. In meinem Körper, ich meine, in Ihrem Körper steckt ein Mikrocomputer, der nur positive Gedanken aussendet. Es war daher unmöglich, Ihre echten Gedanken zu speichern …«

»Ach ja? Na, vielleicht hat dieser Computer, den ich da im Kopf habe, versagt … Oder er hat verrückt gespielt, was weiß ich? Tatsache ist jedenfalls, daß Isabel vollkommen durchdrehte …«

Azucena fiel plötzlich ein, daß ihr Doktor Díez gesagt hatte, sein Apparat sei noch in der Versuchsphase. Der Gedanke daran machte sie ganz zappelig, denn das bedeutete, daß der Computer, den wiederum Isabel im Kopf hatte, ihr während der Wahlkampfdebatte ziemliche Probleme machen könnte. Sie war ja gerade der Anlaß, in den vergangenen Leben der Kandidaten herumschnüffeln zu können, um herauszubekommen, wer die sauberste Vergangenheit hatte. Jeder einzelne Kandidat mußte sich einer von Musik eingeleiteten Rückführung unterziehen. Natürlich wählte man nur Stücke aus, die alle finsteren und makabren Angelegenheiten des Unterbewußtseins zum Vorschein brachten. Versagte der Apparat des Doktor Díez bei Isabel genauso wie bei Ex-Azucena, würde sie vor der ganzen Welt als gemeine Verbrecherin dastehen.

Sie mußten die Debatte unbedingt miterleben! Das konnten sie sich nicht entgehen lassen. Doch erst einmal mußten sie Julito finden, den sie in der Menge irgendwann verloren hatten. Sie entdeckten ihn schließlich am Pocito, wo er den armen Pilgern Geld abzuknöpfen versuchte, die sich rein waschen wollten. Während der Sucherei war Ex-Azucena keinen Augenblick von Azucenas Seite gewichen. Bevor sie das verfallene Haus verlassen hatten, war Azucena nämlich noch einmal an der Tür stehengeblieben, um Ex-Azucena die Hand zur Flucht zu reichen, wofür sie sich noch immer überschwenglich bedankte.

»Dank nicht mir dafür. Ich tue das nur, weil ich in der Nähe des Mannes sein möchte, der mein Kind zu Welt bringen wird.«

»Heiliger Himmel!« rief Ex-Azucena aus. Der Leibwächter konnte nicht glauben, daß im Körper dieser Greisin tatsächlich Azucenas Seele steckte.

»Ja, ja, ich bin es. Da staunst du, was? Du hast mich zwar nicht getötet, aber ich werde dir nie verzeihen, daß du es versucht hast. Mistkerl.«

Gerade als Ex-Azucena sich für seinen Mordversuch entschuldigen wollte, hörten sie, wie sich schnelle Schritte näherten, und sie versteckten sich wieder im Halbdunkel. Schweigend erkannten sie, wie Rodrigo und Citlali ins Haus schlüpften. Citlali war kreidebleich. In der ganzen Stadt hingen Plakate mit ihrer Auragraphie. Man bezichtigte sie und Rodrigo, oder besser den Körper, den Rodrigo im Augenblick bewohnte, zu den Hintermännern des Attentates auf Mister Bush zu gehören. Als sie nun Azucena, Teo und Cuquita entdeckt hatte, lief sie zu ihnen, umarmte sie gerührt und bat sie um Hilfe.

»Aha, auf einmal sind wir gut genug, wie? Aber wie war das noch, als wir Ihre *Polidarität* brauchten?« stichelte Cuquita.

Azucena wollte nicht, daß sich die beiden Frauen in die Haare kriegten. Daher begrüßte sie Rodrigo und Citlali herzlich und dankte klammheimlich den Fahndungsfotos, durch die die beiden gezwungen waren, zu ihnen zurückzukehren.

Teos Wohnung sah aus wie eine Filiale der Basilika in La Villa. Sie war zu einer allgemeinen Zufluchtsstätte geworden. Azucena, Rodrigo, Cuquita und Julito konnten unmöglich in ihr Haus zurückkehren, Citlalis Wohnung war von der Polizei durchsucht worden, die von Ex-Azucena wurde nicht nur bewacht, sondern war zudem noch vom Erdbeben arg beschädigt. Es blieb also nichts weiter übrig, als Teos freundliches Angebot anzunehmen. Er lebte in einer kleinen Wohnung in Tlatelolco, und in diesem Stadtteil von Mexiko-Stadt fühlte er sich sehr wohl, denn es war der Ort gewesen, an dem er auch in einigen vorangegangenen Leben gewohnt hatte.

Im Augenblick saßen sie alle zusammen vor dem Fernseher und verfolgten die Debatte der Kandidaten für die Weltpräsidentschaft. Teo hatte zwar wie Cuquita nur einen 3-D-Fernseher, aber niemand mokierte sich weiter darüber. Keiner wollte den entscheidenden Moment verpassen, in dem Isabel sich verriet. Azucena war verzweifelt über ihre Blindheit. Da Teo das Abendessen für alle kochte, war Cuquita damit beauftragt, ihr zuzuflüstern, was gerade geschah, und das war für Azucena eine wahre Qual. Denn Cuquita konnte nicht einmal gleichzeitig Kaugummi kauen und laufen – geschweige denn fernsehen und berichten, was geschah. Sie war geradezu stumm vor Staunen und mußte sich so auf die Bilder konzentrieren, daß sie kein einziges Wort herausbrachte. Azucena mußte ständig um die Sätze betteln. Dummerweise stand niemand sonst zur Verfügung, denn Rodrigo und Citlali nutzten die Gelegenheit, um sich zu umturteln und hatten nur Augen füreinander. Ex-Azucena war eine echte Katastrophe: Er erzählte mehr, als er sah, und wenn er einmal angefangen hatte zu reden, gab's kein Halten mehr. Julito war bereits betrunken und gab nur Unsinn von sich, und so blieb Azucena wirklich nur Cuquita, auch wenn die sie zur Verzweiflung brachte. Sie unterbrach nicht nur andauernd ihren Bericht, sondern schlief auch noch ein, wenn es langweilig wurde, und Azucena wußte daher nie, ob sie schwieg, weil es zu interessant oder zu langweilig war. Im Augenblick war es offenbar langweilig. Die letzten zehn Leben des europäischen Kandidaten lockten jedenfalls niemanden hinter dem Ofen hervor. Cuquita schlief inzwischen so tief, daß sie nicht einmal mehr schnarchte. Azucena haßte die Stille der Nacht; in der Dunkelheit fühlte sie sich einsam und verlassen. Wo war eine Stimme, die sie mit der Gegenwart verband? Ihr blieb nichts, als sich in die Musik zu vertiefen, die man den Kandidaten vorspielte, und ihre Gedanken begannen abzuschweifen. Sie verlor sich in der Finsternis, zu der man sie verdammt hatte, und war drauf und dran, weit zurück in die Vergangenheit zu reisen. Warum auch nicht! Doch ausgerechnet jetzt? Sie wollte doch als erste erfahren, ob Isabels Computer abstürzte oder nicht. Als Isabel endlich an die Reihe kam, wurde es mucksmäuschenstill im Zimmer. Alle beteten inständig, daß der Mikrocomputer kaputtging. Isabels erste drei Leben gingen problemlos durch. Die Schwierigkeiten begannen, als man bei Mutter Teresa ankam. Anfangs lief alles gut. Die Bilder aus ihrem Leben als Heilige erschienen überdeutlich auf dem Bildschirm. Man sah sie, wie sie in Äthiopien ein hungerndes Kind auf dem Arm hielt, wie sie Essen an Leprakranke austeilte, doch dann, endlich, versagte der Computer wirklich.

CD – 9

Rodrigo stieß einen spitzen Schrei aus:

»Das bin ja ich! Diese Frau da, das war ich!«

Als Azucena das hörte, fuhr sie zusammen. Der Aufschrei brachte sie von ihrem Ausflug in die Vergangenheit wieder in die Wirklichkeit zurück. Cuquitas Schweigen und das der anderen hatte sie ganz der Musik überlassen, und die hatte bei ihr eine Rückführung ausgelöst. Doch sie war noch nicht weit gekommen. Nur bis zu ihrer Geburt im jetzigen Leben. Eine schwierige Geburt! Die Nabelschnur war dreimal um ihren Hals gewickelt, weshalb sie beinahe tot zur Welt gekommen wäre. Beinahe hätte sie es geschafft, sich zu erdrosseln, doch die Ärzte hatten sie wiederbelebt. Sie wollte sich das Leben nehmen, da sie wußte, daß ihre Mutter niemand anderes als Isabel González war. Ein wahrer Alptraum! Sie war die Tochter, die Isabel töten lassen wollte. Daß ausgerechnet Ex-Azucena, der Leibwächter, dem sie nicht nachsehen wollte, daß er sie im Prinzip ermordet hatte und dann noch in ihren Körper geschlüpft war, ihr einst, als sie noch ein Baby war, das Leben gerettet hatte, setzte dem Faß die Krone auf. Sie verdankte ihm also einerseits ihr Leben und andererseits ihren Tod: Sie waren sozusagen quitt.

Rodrigos Schreie erschütterten sie erneut.

»Azucena! Hörst du mir zu? Dieses Leben von Isabel ist genau das, was ich gesehen habe!«

Ihre Entdeckung hatte Azucena dermaßen verwirrt, daß sie eine ganze Weile brauchte, bis sie begriff, was Rodrigo ihr, von Cuquitas Erklärungen unterstützt, sagen wollte: daß Isabel eine Mörderin der schlimmsten Sorte war. Eine, die in einem Leben Leute gepfählt, in einem anderen Rodrigos Schwager ermordet hatte. Daß jetzt alles ans Tageslicht kam, daß sie sich nun vor den Bewohnern des Planeten, ohne etwas dagegen unternehmen zu können, entblößt hatte, daß jeder erkannte, wer sie wirklich war. Daß ihr Recht geschehe und sie den Tod verdient habe, da sie versucht hatte, alle mit diesem Mikrocomputer hinters Licht zu führen, der in ihrem Kopf verankert war, daß man sie sehr bald von allen Verdächtigungen befreien würde und so weiter. Dieser schöne Traum war jedoch ausgeträumt, als Teo unvermittelt alle zum Schweigen aufforderte und sie bat, doch auf das zu achten, was folgte. Auf dem Fernseher flimmerte plötzlich kein Bild mehr. Den Zuschauern wurde erklärt, ein Teil des Übertragungssystems sei zusammengebrochen. Abel Zabludowsky verlas einen von der Generalstaatsanwaltschaft des Planeten verfaßten Bericht, der die Bevölkerung davon überzeugen sollte, daß es die Bilder, die sie gerade gesehen hatten, überhaupt nicht gab, daß sie eine Fälschung seien, auf Sabotage zurückzuführen, einzig und allein mit dem Ziel, die Kandidatin Isabel in Mißkredit zu bringen.

»Das gibt's doch nicht!« schrie die ganze Mannschaft empört. »Wir haben doch alles genau gesehen!«

Azucena war verzweifelt. Sie mußten beweisen, daß Isabel log. Das war die einzige Möglichkeit, sie zu besiegen. Julito nahm sofort Wetten darauf an, ob sie es schaffen würden oder nicht. Die Pessimisten setzten auf Mißerfolg. Doch Azucena wollte nicht aufgeben. Sie war bereit, alles zu tun, um den Sieg davonzutragen – wenn nötig, durch bewaffneten Kampf. Doch das war nicht so einfach, denn auf der Erde hatte niemand Waffen. Julito und sie hatten ja bereits an einem Plan gearbeitet, wie man eine echte Guerilla organisieren könnte. Doch dazu brauchten sie Geld, Beziehungen und ein Raumschiff, um die Waffen zu transportieren. Und nichts davon besaßen sie. Im Augenblick war es am einfachsten, Beweise dafür vorzulegen, daß die Bilder, die gerade um die Welt gegangen waren, authentisch waren. Doch wo sollte man diese Beweise hernehmen? Hätten sie doch die kybernetische Ouija noch! Die hatten sie auf einem von der Erde weit entfernten Planeten in Julitos Raumschiff liegen gelassen. Doch Jammern half jetzt auch nicht weiter. Viel schlimmer war, daß Azucena damals Hals über Kopf aus ihrer Wohnung geflohen war und die Fotos von Rodrigos Rückführung, die CD, den Discman, um sie abzuhören, das Usambaraveilchen mit seiner Information sowie die Fotos vom Mord an Doktor Díez dort zurückgeblieben waren. Und es war unmöglich, an all das heranzukommen!

Azucena wußte nicht, wo ihr der Kopf stand. Also ging sie erst einmal zu Teo und umarmte ihn. Er sollte ihr vor allem Seelenfrieden geben. Das viele Grübeln hatte sie so sehr erschöpft, daß sie jetzt ganz und gar gedankenleer war. Und auf einmal lenkte der Diamant in ihrer Stirn das Göttliche Licht in ihr Herz. Azucena erlebte einen Augenblick unglaublicher Klarheit. Sie erinnerte sich daran, daß Rodrigo während der Rückführung, die sie im Raumschiff mit ihm erarbeitet hatte, erwähnt hatte, daß Citlali, jene Indiofrau, die er 1527 vergewaltigt hatte, wiederum ihn in seinem früheren Leben, im Jahre 1890, vergewaltigt hatte. Citlali – damals ein Mann – war also der Schwager, der Rodrigo – in jenem Leben eine Frau – mißbraucht hatte, und somit der Bruder von Isabel. Wenn man Citlali zu einer Rückführung kriegen könnte, käme ans Licht, daß Isabel – damals der Ehemann – Citlali, ihren damaligen Bruder, ermordet hat. Es war zum Verzweifeln, daß ihr die Musik, die sie dazu benötigte, nicht zur Verfügung stand. Azucena tröstete sich mit dem Gedanken, daß ihnen das auch nicht viel weiterhelfen würde, selbst wenn ihnen eine erneute Rückführung gelingen und sie weitere Mentalfotos erhalten sollte. Als gesuchte Verbrecher konnten sie schließlich damit nicht zur Polizei gehen. Sie mußten die Beweise irgendwie anders heranschaffen. Plötzlich erinnerte sich Citlali, daß sie ja noch den Löffel hatte, an dem Azucena auf dem Markt von Tepito so interessiert gewesen war. Azucena war begeistert, doch dann fiel ihr wieder ein, daß sie die kybernetische Ouija nicht hatte, um den Löffel zu analysieren, und ihre Begeisterung war wie weggeblasen. Azucena erinnerte sich noch ganz genau daran, wie sich auf einem der Mentalfotos von Rodrigos Rückführung das Gesicht des Vergewaltigers gespiegelt hatte und auch das Gesicht der Person, die herbeigeeilt war, um diesen zu erstechen, oder besser gesagt, Isabels Gesicht in jenem Leben, in dem sie ein Mann gewesen war. Das wäre ein phantastischer Beweis gegen die Kandidatin. Es war einfach zum Verrücktwerden, daß sich keine Möglichkeit fand, an das Bild ranzukommen! Cuquita schlug vor, doch eine Rückführung mit dem Löffel zu versuchen. Man lachte sie aus, doch Azucena fand den Vorschlag eigentlich sehr vernünftig. Jeder Gegenstand – jedes Objekt – hat seine eigene Schwingung und daher gleichsam eine Affinität zur Musik, und außerdem haben Objekte den Vorteil, daß sie keine emotionalen Blockaden aufbauen wie die Menschen. Was also noch fehlte, war Musik, um den Löffel zum Schwingen zu bringen, sowie eine Mentalkamera, um seine Erinnerungen aufzunehmen. Cuquita bot sich an, einen richtig guten Danzón hinzuschmettern, und Teo zog eine etwas ramponierte Mentalkamera aus seinem Schrankversteck. Alle hofften verzweifelt, daß dieses Experiment nun glückte. Rodrigo hielt die ganze Zeit den Löffel fest in der Hand, um dessen Vergangenheit geradezu heraufzubeschwören, zumindest das, was Azucena daran interessierte. Und dann gab es für Cuquita kein Halten mehr. Aus voller Kehle intonierte sie *A su Merced.*

CD – 10

Tanzpause

Para todo el que disfruta
de la verdura y la fruta
va este danzón dedicado
a su Merced el mercado.
Platicaban las naranjas
que las limas son bien frescas,
que la vulgar mandarina
se siente tan tangerina;
y aconsejadas las tunas
por la pérfida manzana
se agarraron de botana
a las pobres aceitunas.

Todo pasa. Todo pasa.
Hasta la … hasta la …
Hasta la ciruela pasa.

Señoras no sean frutas
que todas somos sabrosas,
aquellos se sienten reyes
pero son puros mameyes.

»Uy, qué finas mis vecinas«
se burló el prieto zapote,
luego, criticó el membrillo,
que es como un gringo amarillo.
»No sea usted chabacano«
– contestóle la granada –
»es usted zapote prieto
y nadie le dijo nada.«

Todo pasa. Todo pasa.
Hasta la … hasta la …
Hasta la ciruela pasa.

Liliana Felipe

Dieser Danzón ist für alle,
die Obst und Gemüse lieben
und den herrlichen Markt.
Dort zerreißen sich die Orangen das Maul
über die frechen Limonen,
über die ordinäre Mandarine
die sich fühlt wie 'ne Clementine
über den gemeinen Apfel,
der den Kaktusfrüchten rät, sich zu den Oliven
zu verzieh'n.

Alles vergeht, alles vergeht.
Ja sogar, ja sogar …
sogar die Pflaume schrumpelt dahin.

Greifen Sie zu, meine Damen,
wir sind alle ganz köstlich,
nicht nur die Mameyes,
die sich aufspieln wie 'ne Königin.
»Ah, was für reizende Nachbarn«,
lästerte der braune Zapote,
doch da maulte schon die Quitte,
die gelb ist wie ein Gringo.

»Tun Sie nicht so, als sei'n Sie 'ne Aprikose«,
schimpfte der Granatapfel.
»Sie sind nur ein brauner Zapote,
den eh keiner fragt.«

Alles vergeht, alles vergeht,
Ja sogar, ja sogar …
sogar die Pflaume schrumpelt dahin.

LILIANA FELIPE

Cuquita erntete donnernden Applaus. So schief die Töne auch waren, mit ihrer Stimme hatte sie es geschafft, aus dem Löffel jedes kleinste Detail der Vergewaltigungszene herauszuholen. Alle waren hochzufrieden. Die Bilder waren wunderbar scharf. Allerdings war die Spiegelung sehr winzig. Teo vergrößerte sie an seinem Computer und erhielt eine haargenaue Wiedergabe von Isabels Gesicht (als Mann), in dem Augenblick, als sie ihren Bruder, das heißt Citlali (als Mann), ermordete. Doch damit war das Problem noch beileibe nicht gelöst. Es war nur ein Beweis dafür, daß ihr Verdacht stimmte. Als Beweis für Isabels Schuld würde es nicht ausreichen; ein guter Anwalt könnte ihn im Handumdrehen als null und nichtig zerpflücken, einfach behaupten, daß das Bild auf dem Löffel mit einem Trick darauf projiziert worden sei. Wirklich zu blöd, denn das Foto war ausgezeichnet.

Azucena war vollkommen frustriert, daß sie das Foto nicht selbst analysieren konnte. Sie konnte es anhand der Beschreibung, die Rodrigo ihr gab, nur in Gedanken erstehen lassen. Während sie es sich vorstellte, fühlte Azucena, daß sie nahe daran war, sich an eine wichtige Einzelheit zu erinnern. Plötzlich stieß sie einen Freudenschrei aus: natürlich! Als Rodrigo ihr das Foto beschrieb, war auf der Spiegelung im Vordergrund Citlalis Gesicht (als Mann) zu sehen, dahinter das Gesicht von Isabel (als Mann) und noch weiter hinten, im oberen Teil, ein buntes Glasfenster. Ihr Puls schlug schneller. Die Beschreibung entsprach genau dem Glasfenster, das damals, im Jahre 1985, während des Erdbebens auf sie gefallen war. Sie sah das Zimmer wieder deutlich vor sich. Sie sah Rodrigo, der sie in seine Arme nahm, sah, wie die Zimmerdecke auf sie stürzte, fühlte erneut die Verwirrung, den Schmerz, den Staub, das Blut, die Erde, sah die Schuhe, die auf sie zukamen, die Hände, die einen Stein aufhoben, der schließlich ihren Kopf zerschmetterte ... doch, bevor er sie traf, sah sie den Bruchteil einer Sekunde lang den Haß in Isabels Augen. Sie erinnerte sich daran, wie sie genau in diesem Augenblick ihren Kopf gedreht hatte, um nicht von dem Stein getroffen zu werden, und dann ... Das Bild gefror in ihrer Erinnerung: Sie hatte, kurz bevor sie starb, unter den Trümmern ihres Hauses die Liebespyramide erblickt. Sie war sich ganz sicher. Die Szene, in der Rodrigo Citlali vergewaltig hatte, war in ihr Gedächtnis eingebrannt. Sie hatte sie wieder und wieder in Gedanken Revue passieren lassen. Und sie erinnerte sich daran, daß Rodrigo zugegeben hatte, Citlali auf der Liebespyramide vergewaltigt zu haben. Genau diese Pyramide hatte sie, bevor sie starb, unter ihrem Haus erblickt. Jetzt brauchte sie nur noch herauszufinden, wo dieses Haus stand; dort mußte auch die Pyramide sein. Wenn sie schon ihre Zwillingsseele nicht wiederbekam, wollte sie zumindest ihre Mission erfüllen.

Sie bat Teo um Hilfe und machte sich rasch an die Arbeit. Mit einem Pendel und einer Karte lokalisierte sie in wenigen Minuten das Haus. Ex-Azucena unterdrückte einen Schrei, als er hörte, wo es lag. Es war die Adresse von Isabel! Das machte die Sache noch komplizierter. Ex-Azucena bestätigte, daß im Patio des Hauses tatsächlich die Spitze einer Pyramide aus dem

Boden drängte. Azucena glaubte, nun sei alles verloren, da Isabels Haus einer Festung glich, in die niemand hineinkam – und schon gar nicht sie. Doch Ex-Azucena machte ihnen Mut. Es gebe durchaus eine Möglichkeit, die Bastion zu stürmen, und zwar mit Hilfe von Carmela, Azucenas dicker Schwester. Carmela liebte Ex-Azucena sehr. Er war der einzige Mensch gewesen, der ihr in ihrer Kindheit Zärtlichkeit geschenkt hatte, der an ihrem Bett gesessen hatte, wenn sie krank war, der mit ihr Schularbeiten gemacht hatte, der ihr zu ihrem Geburtstag Blumen geschenkt hatte, der mit ihr sonntags spazierengegangen war, der ihr gesagt hatte, daß sie hübsch sei und ihr immer einen Gutenachtkuß gegeben hatte. Er war sich ganz sicher, daß sie nicht nein sagen würde, wenn er sie nun um Hilfe bat, denn sie war für ihn fast so etwas wie eine Adoptivtocher.

»Sie wird nichts dagegen haben, uns zu helfen, wenn sie erfährt, daß es darum geht, ihre Mutter zu vernichten, denn sie hat sie nie geliebt; die beiden waren schon immer wie Hund und Katz«, sagte er.

Teo meinte, daß aus den negativen Gefühlen solcher Beziehungen alle Revolutionen entstanden seien. Irgendwann verbünden sich die Ausgegrenzten, die Vergessenen, die Erniedrigten und Beleidigten gegen den Mächtigen. Schlimm sei nur, daß sie, wenn sie den Sieg davontragen und die Regierung übernehmen, nur daran denken, sich zu rächen. Sie verhielten sich also letztlich ebenso wie ihre mächtigen Vorgänger, bis sie dann selbst durch eine neue Gruppe Unzufriedener gestürzt werden. Ein Teufelskreis! Die Menschen erkennen das Unrecht nur, solange sie selbst in Unterdrückung leben. Sind sie einmal an der Macht, verteidigen sie diese auf Biegen und Brechen – erbarmungslos und brutal. Es sei schwierig, mit Macht human umzugehen. Die meisten Herrscher sind hochmütig, vergessen schnell, was man sie gelehrt hat, als sie noch zum Volk gehörten, und werden grausam. Das Problem der Menschheit werde erst gelöst, wenn diejenigen, die an die Macht kommen, das Gesetz der Liebe befolgten. Azucena wußte, daß dazu die Pyramide der Liebe wieder ihrer einstigen Bestimmung zugeführt werden müßte. Das sahen die anderen genauso, und sie überlegten, wie sie es anstellen könnten, mit der dicken Carmela Kontakt aufzunehmen.

Doch unglücklicherweise erschien genau in dem Augenblick, in dem sie eine Lösung gefunden hatten, die Polizei, um sie zu verhaften.

Das Gerichtsverfahren gegen Isabel war ein einziger Verstoß gegen das Gesetz der Liebe. Anakreon beriet Azucena. Mammon beriet Isabel. Nergal, Chef der Höllen-Geheimpolizei, beriet die Verteidigung. Erzengel Michael die Staatsanwaltschaft. Dämonen und Cherubim kümmerten sich zu gleichen Teilen um die Geschworenen. Mammon betete. Anakreon fluchte. Und alle bedienten sich der miesesten Tricks, die sie auf Lager hatten. Es war ein Kampf bis aufs Blut. Der Stärkere würde ihn überleben. Zwar hatten beide Seiten gleich gute Chancen, doch wer siegen würde, stand offen.

Isabel hatte sich ausgezeichnet vorbereitet. Da sie wußte, daß sie einen sauberen Kampf ohne Mikrocomputer liefern mußte, hatte sie mit einem Guru für Schwarze Magie trainiert. Ihr war klar, daß die Mehrheit der Geschworenen Medien sein würden, und daß sie diesen gegenüber die Bilder, die ihr Geist aussandte, unter Kontrolle halten mußte. Nur so konnte man sie von ihrer Unschuld überzeugen. Nach monatelangem Training war Isabel jetzt imstande, ihre wahren Gedanken zu verbergen und nur solche Bilder zu projizieren, die ihr nützten. Den Medien gelang es nicht, in ihren Geist einzudringen. Das verwirrte die Geschworenen ziemlich. Sie trauten ihr zwar nicht, konnten indes in ihren Aussagen keinerlei falsche Angaben finden. Vor aller Augen log Isabel, daß die Balken brachen, ohne daß jemand es bemerkte.

Erste Runde

Rechter Haken!

Der erste Zeuge der Verteidigung war Ricardo Rodríguez, Cuquitas Mann. Der Dummkopf hatte sich bestechen lassen und sich des Mordes an Mister Bush schuldig bekannt, denn Isabel hatte ihm versprochen, ihn aus dem Gefängnis zu holen, wenn sie den Prozeß gewinnen und an die Macht kommen würde. Ricardo Rodríguez hatte ihr geglaubt und war überzeugt, er könnte für den Rest seines Lebens in Saus und Braus leben. Der Blödmann ahnte nicht, daß man Isabel nicht vertrauen durfte und daß sie nicht im entferntesten daran dachte, ihm zu helfen. Ricardo hatte sich also selbst die Schlinge um den Hals gelegt und riß auch noch Cuquita, Azucena, Rodrigo, Citlali, Teo und Julito mit rein, indem er sie beschuldigte, seine Komplizen gewesen zu sein.

Zweite Runde

Leberhaken!

Der Staatsanwalt konterte den Schlag mit der Aussage von Ex-Azucena, der ausführlich seine Beteiligung an den Verbrechen an Mister Bush, Azucena und Doktor Díez beschrieb. Er erzählte, wie er sie tötete und beschuldigte Isabel, ihn zu diesen Morden angestiftet zu haben. Die Geschworenen ließen sich nicht nur durch seine ehrlichen Worte erweichen, sondern auch durch seine Schwangerschaft von nunmehr neun Monaten, die ihn wie ein Engel aussehen ließ.

Dritte Runde

Tiefschlag!

Die Verteidigung rief, um Ex-Azucenas positiven Eindruck zu entkräften, Agapito in den Zeugenstand. Dieser gestand, daß Ex-Azucena in der Tat die Morde mit ihm durchgeführt habe, jedoch nicht auf Isabels, sondern auf seinen Befehl hin. Er erklärte, er sei der Anstifter der Verbrechen, und sprach Isabel von jeglicher Verantwortung dafür frei. Er beteuerte, nur er habe die Morde geplant. Er konnte keinen Grund dafür nennen, bekräftigte aber immer wieder, aus eigenem Antrieb gehandelt zu haben. Seine Aussage war rundum ein Triumph für Isabel.

Vierte Runde

Linker Haken!

Anschließend rief der Staatsanwalt Cuquita in den Zeugenstand, doch der Verteidiger der Beklagten weigerte sich entschieden, sie als Zeugin anzuhören. Ihre Vergangenheit als Filmkritiker mache sie äußerst unglaubwürdig. Er wollte ihr unterstellen, daß sie diesen Beruf nur aus Neid ausgeübt habe. Sie habe unzählige giftige, bösartige Kritiken geschrieben, nur um sich wichtig zu machen. Sie habe sich impertinenterweise in das Privatleben von jedermann eingemischt. Wenn sie sich jemals positiv über jemanden geäußert habe, dann nur, weil sie davon profitierte und nicht aufgrund einer kritischen, objektiven Analyse. Außerdem gehe aus ihrem Curriculum nicht hervor, daß sie dieses Karma schon abgearbeitet habe. Cuquita beteuerte immer wieder, daß sie das Karma allein deshalb abgegolten habe, weil sie ihren Mann so lange ertrug, der schließlich ein absoluter Idiot sei. Der Verteidiger der Beklagten entkräftete ihr Argument, indem er Aussagen zugunsten von Ricardo Rodríguez anführte, die allesamt bewiesen, daß er wie ein echter Heiliger auf Erden gewandelt wäre, während Cuquita ihm das Leben zur Hölle gemacht habe. Cuquita wurde puterrot vor Wut, konnte dem aber nichts entgegenhalten.

Am meisten aber ärgerte sie, daß sie keinerlei Gelegenheit erhalten sollte, vor den Cyber-TV-Kameras aufzutreten. Sie war ein Leben lang scharf darauf gewesen, irgendwann einmal als Zeugin eines Verbrechens aufzutreten. Wenn sie etwa auf den Markt ging, hatte sie sich das Gesicht dieser oder jener Händlerin so eingeprägt, als würde sie sie später einmal genau beschreiben müssen. Oder sie hatte versucht, sich andere Einzelheiten zu merken: Wie viele Leute am Gemüsestand warteten. Wie viele Apfelsinen ihre Nachbarin gekauft hatte. Mit welchen Münzen sie bezahlt hatte. Ob sie mit der Händlerin gefeilscht hatte. Ob die Händlerin sie mit einem Messer bedroht hatte oder nicht. Aber nicht nur das. Ihre Regenbogenpressementalität hatte sie sogar an die Möglichkeit denken lassen, selbst einmal Opfer eines Verbrechens zu werden. Und auch auf diesen Fall hatte sie sich vorbereitet. Sie war nie mit einem Loch im Slip oder in den Strümpfen aus dem Haus gegangen. Der Gedanke, sie könnte im Krankenhaus landen und die Ärzte würden, wenn sie sie auszögen, feststellen, daß sie eine Schlampe war, war ihr unerträglich! Eine ganzes Leben lang hatte sie sich für nichts und wieder nichts vorbereitet!

Hammerharter Leberhaken!

Der Staatsanwalt rief nach diesem Reinfall Citlali in den Zeugenstand. Deren Aussage konnte Isabel ziemlich schaden, denn Citlali hatte während ihres Aufenthalts im Rehabilitationsgefängnis mehr Zeit als genug gehabt, um ihre vergangenen Leben durchzuarbeiten. Sie wußte inzwischen genau, welches die Gründe waren, die sie an Isabel gebunden hatten. Sie begann ihre Aussage, indem sie aus ihrem Leben als Aztekin berichtete. Damals, im Jahre 1527, hatte Citlali Isabels Sohn ermordet, und Isabel war voller Haß auf sie gestorben. In ihrem nächsten gemeinsamen Leben waren Isabel und sie Brüder gewesen. Citlali hatte die Frau seines Bruders vergewaltigt, und Isabel hatte sie daraufhin umgebracht. Dann war das Gesetz der Liebe in Aktion getreten, um zu versuchen, die Beziehung zwischen beiden wieder ins Lot zu bringen, und sie wurden als Mutter und Tochter reinkarniert, um zu versuchen, durch Blutsbande den Haß zu besiegen, den Citlali für Isabel empfand. Doch es hatte nichts gebracht, auch Isabel hatte ihre Tochter nie geliebt. Als kleines Mädchen duldete sie sie zwar mehr oder weniger, doch als sie heranwuchs, sah sie in ihr nur noch die Rivalin. Isabel war geschieden. Sie hatte Rodrigo kennengelernt und sich in ihn verliebt. Als Citlali noch ein Kind war, hatten sie geheiratet. Als sie dann zu einer jungen Frau wurde, erkannte Isabel zu ihrem Entsetzen, daß Rodrigo ein Auge auf Citlali warf. Schließlich geschah das, was Isabel befürchtet hatte. Rodrigo und Citlali flohen gemeinsam und wurden ein Paar. Isabel fand heraus, daß sie in einem verfallenen Haus im Stadtzentrum lebten. Citlali war schwanger und unsterblich verliebt. Isabel hingegen war verrückt vor Eifersucht. Am Tag des Erdbebens im Jahre 1985 war sie zum Haus der Liebenden geeilt, nicht etwa um sich zu vergewissern, ob ihre Tochter noch lebte, sondern um zu erfahren, ob Rodrigo das Erdbeben heil überstanden hatte. Beide waren tot, doch unter den Trümmern fand Isabel Azucena, ihre Enkelin, die noch lebte. Blind vor Haß erschlug Isabel das Mädchen mit einem großen Stein.

Sechste Runde

Hammerharter Schlag unter die Gürtellinie!

Diese Zeugenaussage hatte Isabel geschadet, doch wie immer, wenn es so schien, als sei sie besiegt, gelang es dem Verteidiger, den Dingen eine Wendung zu ihren Gunsten zu geben! Zuerst bat er Citlali, Beweise für ihre Aussage vorzulegen. Erfolglos. Vor vielen Jahren hatte Isabel herausgefunden, wo Citlali sich aufhielt, und einen Krankenhausaufenthalt Citlalis dazu benutzt, ihren Geist so programmieren zu lassen, daß sie keinerlei Erinnerung mehr an diejenigen Leben hatte, in denen sie Zeugin von Isabels Verbrechen war. Welche Techniken man nun während des Rehabilitationsprogramms angewandt hatte, um Citlali Zugang zu eben diesen Leben zu gewähren, war nicht bekannt. Die Bilder, die sie sah, konnte Citlali jedoch nicht mehr aussenden, weil Isabel diese Fähigkeit hatte blockieren lassen. Die einzige, die den Code kannte, um die Programmierung wieder rückgängig zu machen, war Isabel. Und den hätte sie ums Verrecken nicht preisgegeben. Daher waren Citlalis Aussagen vollkommen für die Katz.

Zudem bestand der Verteidiger darauf, daß Isabel 1985 Mutter

Teresa gewesen sei. Er erinnerte die Geschworenen daran, daß sie als ehemalige Heilige einen hohen Grad spiritueller Entwicklung erreicht habe und nicht lüge. Er bat sie, man möge ihr in die Augen blicken, um sich davon zu überzeugen, daß sie die Verbrechen, derer man sie anklagte, nie und nimmer hätte begehen können.

Isabel widerstand den forschenden Blicken der Medien absolut gelassen. Man entdeckte nicht das geringste Zeichen von Falschheit in ihren Augen. Isabel lächelte. Alles lief genau nach Plan. Sie war sicher, niemand würde ihr etwas nachweisen können. Gleich nach dem Disput der Kandidaten hatte sie sich den Mikrocomputer wieder aus dem Kopf entfernen lassen, und so gab es keinen Beweis mehr dafür, daß er jemals implantiert war. Auch hatte sie ihr Haus in die Luft sprengen lassen, um eine Analyse von dessen Wänden zu verhindern, denn diese wären wichtige Zeugen gegen sie gewesen. Die Wände konnten nun zum Glück auch nicht mehr sprechen. Nur war ihr die Explosion außer Kontrolle geraten. Sie hatte leider auch die Pyramide, die sich im Patio ihres Hauses befand, freigelegt. Doch selbst das war nicht weiter schlimm gewesen. Bevor die Polizei gekommen war, um das vermeintliche Attentat zu untersuchen, hatte Isabel genug Zeit gehabt, die Spitze der Pyramide der Liebe aus den Trümmern zu bergen. Dieser alte Stein war ihre einzige Sorge. Sie hatte ihn in den Pocito in La Villa geworfen und war sich absolut sicher, daß der Brunnen das sicherste Versteck sei. Solange die Pyramide der Liebe nicht wirken konnte, würden die Menschen sich nur um sich selbst kümmern und im Wasser bloß ihr eigenes Spiegelbild sehen, nichts weiter. Und da dieser Brocken aus Rosenquarz, mit dem sie Azucena 1985 erschlagen hatte, ja nicht schwimmen konnte, durfte Isabel ganz ruhig sein.

Anschließend kam Carmela, um als Zeugin der Verteidigung auszusagen. Das Mädchen war nicht wiederzuerkennen. Während der acht Monate seit dem Beginn des Prozesses gegen ihre Mutter hatte sie sich von Grund auf verändert.

Carmela hatte Kontakt zu ihrer Schwester aufgenommen, und seither sah sie die Welt mit anderen Augen. Die Begegnung mit ihr hatte ihr ungeheuer gutgetan. Sie hatten einander derart ins Herz geschlossen, daß Carmela aus Freude darüber, sich endlich angenommen und geschätzt zu fühlen, mir nichts, dir nichts zweihundertvierzig Kilo abgenommen hatte. Sie hatten sich zum ersten Mal im Besuchersaal des Resozialisierungsgefängnisses José López Guido getroffen.

Azucena war zu sieben Monaten Gefängnisstrafe verurteilt worden, die letztlich die angenehmsten Monate ihres ganzen Lebens wurden, denn als erstes unterzog man die Neuzugänge einer Prüfung, um festzustellen, wieviel Mißgunst und Deprivation sich in ihren Herzen angesammelt hatte. Den Ergebnissen zufolge wurde ein Plan zur Kompensation fehlender Liebe erstellt, denn man wußte, daß fehlende Liebe zu Kriminalität, Kritik, Aggression und Ressentiments führte. Diese Haft erlitt man nicht, man genoß sie. Sie war ein wahres Vergnügen. Einstiger Liebesentzug wurde in diesem Gefängnis mit Liebe vergolten. Mit Zuneigung und Fürsorge wurden die Straftäter wieder in die Gesellschaft integriert. Stellte man allerdings fest, daß der Inhaftierte nicht aus mangelnder Liebe, sondern unter dem Einfluß eines Teufels gehandelt hatte, so wurde er dem Gefängnis El Negro Durazo überstellt, das auf Exorzismus spezialisiert war, und dort so lange behandelt, bis er all die bösen Geister wieder los war.

So war es Julito ergangen. Man hatte ihn nach El Negro Durazo gebracht, weil man glaubte, er sei vom Teufel besessen, und weil man in seiner Wohnung angeblich ein beachtliches Sprengstoffarsenal gefunden hatte. Was eine Riesenübertreibung war, denn es hatte sich nur um ein paar Feuerwerkskörper gehandelt, die er bei seinen interplanetarischen Hahnenkämpfen abfeuerte. Doch das Gericht war von seiner Unschuld nicht zu überzeugen gewesen. Azucena, Rodrigo, Cuquita, Ex-Azucena, Citlali und Teo waren alle im Gefängnis José López Guido gelandet und hatten dort eine herrliche Zeit verlebt. Beide Gefängnisse verfügten über ausgezeichnete Astralanalytiker. Rodrigo hatte sogar sein Gedächtnis wiedererlangt. Citlalis Nähe erwies sich als günstig, und daher hatte man ihnen eine erstklassige Suite zugewiesen. Dort hatte sich allmählich im Liebesrausch das Dunkel über seiner Vergangenheit gelichtet. Doch hatte er die Erinnerung an diejenigen Leben, in denen er Zeuge von Isabels Verbrechen war, leider nicht wiedererlangen können, denn den Astralanalytikern fehlte das Code-Wort für den Zugang zu seinem Unterbewußtsein. Rodrigo wußte sehr wohl, daß Isabel dieses Wort kannte. Doch wie sollte er sie zum Sprechen bringen? Isabel schien eben doch unbesiegbar zu sein.

Siebte Runde

Volltreffer!

Isabel wußte, daß die Schlacht gewonnen war und wartete ganz ruhig auf Carmelas Aussage. »Gott sei Dank ist sie nicht mehr so fett!« dachte sie. Carmela sah hinreißend aus und zog bewundernde Blicke auf sich, worauf Isabel sehr stolz war, und sie begann sogar, sie gern zu haben.

»Wie heißen Sie?«

»Carmela González.«

»Sind Sie mit der Angeklagten verwandt?«

»Ja, ich bin ihre Tochter.«

»Wie viele Jahre haben sie mit Ihrer Mutter zusammengelebt?«

»Achtzehn Jahre.«

»Haben sie Ihre Mutter während dieser Zeit einmal lügen hören?«

»Ja.«

Ein Raunen ging durch den Saal. Isabels Mund verzog sich. Ihr Verteidiger geriet ins Wanken. Das war nicht so geplant.

»Wann genau?«

»Häufig.«

»Könnten Sie uns das bitte genauer erklären – vielleicht an einem Beispiel?«

»Ja, gern. Sie hat beteuert, ich sei ihre einzige Tochter.«

»Stimmt das nicht?«

»Nein. Ich habe eine Schwester.«

Der Verteidiger schaute zu Isabel. Diese Information war neu für ihn und gefiel ihm ganz und gar nicht. Das konnte gefährlich werden. Isabel saß mit offenem Mund da. Sie konnte sich nicht erklären, woher Carmela das wußte.

»Woher wissen Sie das?«

»Rosalío Chávez hat es mir gesagt.«

»Der Leibwächter, den Ihre Mutter kürzlich entlassen hat?«

»Ja, genau der.«

»Und Sie vertrauen der Information eines Mannes, der ganz offensichtlich aus Rache gehandelt hat, weil er gerade entlassen wurde?«

»Einspruch!« warf der Vertreter der Anklage ein.

»Angenommen«, sagte der Richter.

Carmela mußte diese Frage nicht mehr beantworten. Der Verteidiger wischte sich den Schweiß von der Stirn. Er wußte nicht mehr, wie er aus der Bredouille herauskommen sollte.

»Und Sie halten Herrn Rosalío Chávez für einen glaubwürdigen Mann?«

»Nicht nur das, ich halte ihn sogar für meine eigentliche Mutter.«

Aufgeregte Kommentare brandeten wie eine Woge durch den Saal. Ex-Azucena weinte vor Rührung. Er hatte nicht erwartet, daß ihm jemals öffentlich Anerkennung für seine Rolle als Ersatzmutter zuteil werden würde.

Isabels Gesichtszüge entgleisten. »Mieser Fettwanst, das wirst du mir büßen!« dachte sie. Isabel gab ihrem Anwalt ein Zeichen, und der eilte zu ihr, um sich mit ihr zu beraten. Sie flüsterte ihm etwas ins Ohr, der Anwalt kehrte grinsend zum Zeugenverhör zurück und fragte maliziös:

»Stimmt es, daß Sie Ihr Leben lang unter Ihrer Fettleibigkeit gelitten haben?«

»Ja, das stimmt.«

»Und stimmt es auch, daß dieses Problem Ihnen viel Tadel und oft Streit mit Ihrer Mutter eingebracht hat?«

»Ja, das stimmt.«

»Und stimmt es auch, daß Sie Ihre Mutter maßlos darum beneideten, daß sie soviel essen konnte, wie sie wollte, ohne je zuzunehmen?«

»Ja.«

»Und stimmt es auch, daß Sie sich aus diesem Grunde an ihr rächen wollen, indem Sie hier gegen sie aussagen, ohne einen

Beweis für Ihre abenteuerlichen Behauptungen vorlegen zu können?«

»Einspruch!« rief der Anklagevertreter.

»Angenommen«, sagte der Richter.

Carmela wußte, daß sie auf diese Frage nicht antworten mußte, wollte es jedoch.

»Herr Vorsitzender, darauf würde ich gern etwas sagen. Darf ich?«

»Ja, bitte.«

»Ich möchte hier aussagen, weil ich mir Gerechtigkeit wünsche, nichts weiter. Es gibt nichts mehr, um das ich meine Mutter beneiden müßte, denn wie Sie selbst sehen können, bin ich inzwischen schlanker als sie.«

Carmela zog ein Stück buntes Fensterglas aus ihrer Handtasche und gab es dem Richter.

»Erlauben Sie mir, Ihnen dieses Stück Glas zu überreichen – als Beweis für meine Worte. Wenn Sie es analysieren lassen, werden Sie sehen, daß ich nicht lüge.«

Carmela war sehr schlau gewesen. Vor allem, weil sie seinerzeit das Stück Fensterglas von Ex-Azucena erbeten hatte, bevor Isabel das Haus in die Luft gejagt hatte, und dann, weil sie nun das Glas als Beweis dafür vorlegte, daß Isabel, was ihre zweite Tochter betraf, gelogen hatte. Denn um alle Bilder der Ereignisse zu erhalten, die dieses Stück Fenster miterlebt hatte, mußte man seine ganze Geschichte analysieren. Vom Augenblick, da es gemacht worden war, bis zum heutigen Tag.

Im Laufe der Untersuchung kamen sämtliche Verbrechen Isabels ans Tageslicht, eines nach dem anderen. Das erste war 1890 geschehen. Von seiner hohen Warte aus wurde das Fenster Zeuge davon, wie Isabel (als Mann) in das Zimmer trat, in dem Citlali (als Mann) Rodrigo (als Frau) vergewaltigte, und es konnte auch ganz genau erkennen, wie Isabel ihm dann das Messer in den Rücken stieß. Die Bilder entsprachen haargenau denen, die am Tag des Disputs zu sehen gewesen waren. Der einzige Unterschied lag in der Perspektive.

Als nächstes erschienen die Bilder des Verbrechens an Azucena im Jahre 1985. Sie waren verwackelt, da das Fenster wie das gesamte Haus wegen des Erdbebens hin und her schwankte. Von oben konnte man aus dem Fenster beobachten, wie Rodrigo ins Zimmer kam und seine Tochter in den Arm nahm. Bevor er mit dem Mädchen die Tür erreichte, stürzte ein Balken auf Rodrigo und tötete ihn. Dann herrschte einen Moment nur noch Dunkelheit. Plötzlich trat Isabel ins Zimmer und fand Rodrigo und Citlali tot unter den Trümmern. Durch ihr Weinen verriet sich die kleine Azucena. Isabel kam näher und sah, daß sie noch lebte. Sie packte einen Brocken Rosenquarz und schleuderte ihn mit aller Gewalt auf das kleine Köpfchen. Voller Haß. Erbarmungslos. Das Bild zeigte deutlich Isabels unbewegtes Gesicht in dem Augenblick, als der Brocken aufschlug. Sie war nur wenig jünger als in ihrem heutigen Leben, und es konnte keinen Zweifel darüber geben, daß Isabel genau die Person war, die das kleine Mädchen getötet hatte.

Dann erschienen die Bilder von Isabel im Jahre 2180. Sie trug ein Baby im Arm. Im Zimmer wartete Ex-Azucena, damals noch im Körper von Rosalío Chávez. Isabel gab ihm das Kind und befahl ihm, es für die nächsten hundert Jahre zu desintegrieren. Rosalío nahm das Mädchen auf den Arm und verließ mit ihm das Zimmer.

K.O.!

Isabel war am Ende. Die Verteidigung hatte keine Argumente mehr. Der Vertreter der Anklage bat um Erlaubnis, Azucena Martínez zu befragen. Er erklärte, daß Azucena das kleine Mädchen sei, das ausgeschaltet werden sollte, was jedoch glücklicherweise nie gelang. Azucena lebte und war bereit, auszusagen. Festen Schrittes ging sie durch den Saal, stoppte noch einmal bei Carmela, nahm sie liebevoll in den Arm.

Isabel fühlte, wie die Kräfte sie verließen. Ihre Tochter lebte! Sie hatte das Schicksal nicht überlisten können! Ihre Zähne klapperten wie Kastagnetten. Sie spürte, daß jetzt das Unheil an ihre Tür klopfte, und war vor Angst wie gelähmt, bekam von dem Prozeß kaum noch etwas mit. Nur zu gern hätte sie den Kopf in den Sand gesteckt, doch ihre Neugier überwog am Ende, und sie wandte sich Azucena zu, um ihr zum ersten Mal ins Gesicht zu sehen. Sie konnte einfach nicht glauben, daß diese Greisin, die sie dort sah, ihre Tochter sein sollte. Was war das bloß für ein Affentheater?

Azucena nahm im Zeugenstand Platz, bereit für das Verhör.

»Wie heißen Sie?

»Azucena Martínez.«

»Was sind Sie von Beruf?«

»Ich bin Astralanalytikern«

»Das heißt, Sie stehen in Kontakt mit den früheren Leben anderer Menschen, nicht wahr?«

»Ja.«

»Haben Sie schon einmal den Wunsch gehabt, die Erfahrungen Ihrer Patienten zu machen?«

»Einspruch!« sagte der Vertreter der Beklagten.

»Abgelehnt!«

»Ja, sicher!«

»Können Sie uns genau sagen, wann?«

»Ja. Immer wenn ich mit Patienten zu tun habe, die glücklich mit einer Mutter zusammenleben oder gelebt hatten.«

»Weshalb?«

»Weil meine Mutter mich verlassen hat, als ich noch ein Kind war. Ich habe sie nie kennengelernt.«

»Und wenn Sie sie kennengelernt hätten, hätten Sie ihr dann vorgeworfen, Sie verlassen zu haben?«

»Bevor ich im Rehabilitations-Zentrum war – ja.«

»Inwiefern hat der Aufenthalt in dieser Anstalt Ihre Denkweise geändert?«

»Ich habe meiner Mutter nicht nur verziehen, daß sie mich verlassen hat, sondern auch, daß sie mich immer wieder umbringen wollte.«

Azucena suchte Isabel mit den Blicken. Ihre blinden Augen waren tot, doch sie glänzten wie nie zuvor. Isabel erzitterte, es war wie ein Schlag für sie. Azucena sagte die Wahrheit. Sie haßte sie nicht. Niemals hatte irgend jemand Isabel so angesehen. Die Blicke der Menschen in ihrer Umgebung hatten immer Furcht, Respekt oder Mißtrauen ausgestrahlt, niemals jedoch Liebe. Isabel war am Ende und brach in Tränen aus. Die Zeit ihrer Niedertracht war vorbei.

»Ich schwöre, von nun an das Gesetz der Liebe zu befolgen und dafür Sorge zu tragen, daß andere dies ebenfalls tun.« Sehr zu ihrem Verdruß mußte Isabel den Schwur leisten, der das Ende ihres Gerichtsverfahrens bedeutete. Zur Strafe wurde sie zum Konsul ernannt, um auf Korma nichts weiter zu tun, als den Eingeborenen dort das Gesetz der Liebe zu lehren.

Der Schwur Isabels hatte auf niemanden eine stärkere Wirkung als auf Rodrigo und Citlali. Das Code-Wort zu ihrem Gedächtnis war kein anderes als das Wort »Liebe« aus dem Munde Isabels. Als er es vernahm, fühlte sich Rodrigo wie Noah am Tag, an dem die Sintflut endete. Der Druck, der auf seiner Seele lastete, löste sich. Das Gefühl, irgend etwas Unbekanntes, Unheimliches an den rechten Platz rücken zu müssen, war wie weggeblasen. Er seufzte tief, und Friede durchströmte ihn. Seine Blicke trafen auf die Azucenas, und endlich ging ihm ein Licht auf. Er erkannte seine Zwillingsseele, und gemeinsam durchlebten sie ihre erste Begegnung noch einmal, wenn auch diesmal vor Publikum. Als die Sphärenmusik verklungen war, hielt Rodrigo, von der Liebe entflammt, um Azucenas Hand an. Noch am selben Tag zogen sie mit all ihren Freunden nach La Villa zur Basilika der Heiligen Jungfrau. Auf dem Weg dorthin machten sie bei dem geweihten Brunnen halt, um das Ritual durchzuführen. Und als Rodrigo sich vorbeugte, um Wasser zu schöpfen, entdeckte er darin die Spitze der Pyramide der Liebe.

Als sie den Stein aus Rosenquarz an seinen Platz legten, hörte man von fern das Tritonhorn erklingen. Die Luft war vom Duft warmer Tortillas und frischgebackenen Brotes erfüllt. Und da erschien die Stadt Tenochtitlán als Hologramm vor ihren Augen. Darüber legte sich das koloniale Mexiko. Beide Städte überlagerten sich, während die Stimmen der Nahua-Poeten und die der spanischen Mönche zu einem einzigen Gesang verschmolzen. Alle konnten einander angstfrei in die Augen blicken. Es gab nun keine Schranken mehr, keinen Unterschied mehr zwischen Ich und Du. Einen Augenblick lang war die Göttliche Liebe in den Herzen aller, die sich jetzt als Teil eines Ganzen fühlten. Sie traf sie wie ein Blitz, durchdrang jede Faser ihres Körpers. Manchmal war die Haut zu dünn, um das mächtige Gefühl zu bewahren, und unter Schauern verströmte sich dann seine Wahrheit aus allen Poren. Cuquita zufolge war es Schauspiel *sondergleichnis.*

CD – 11

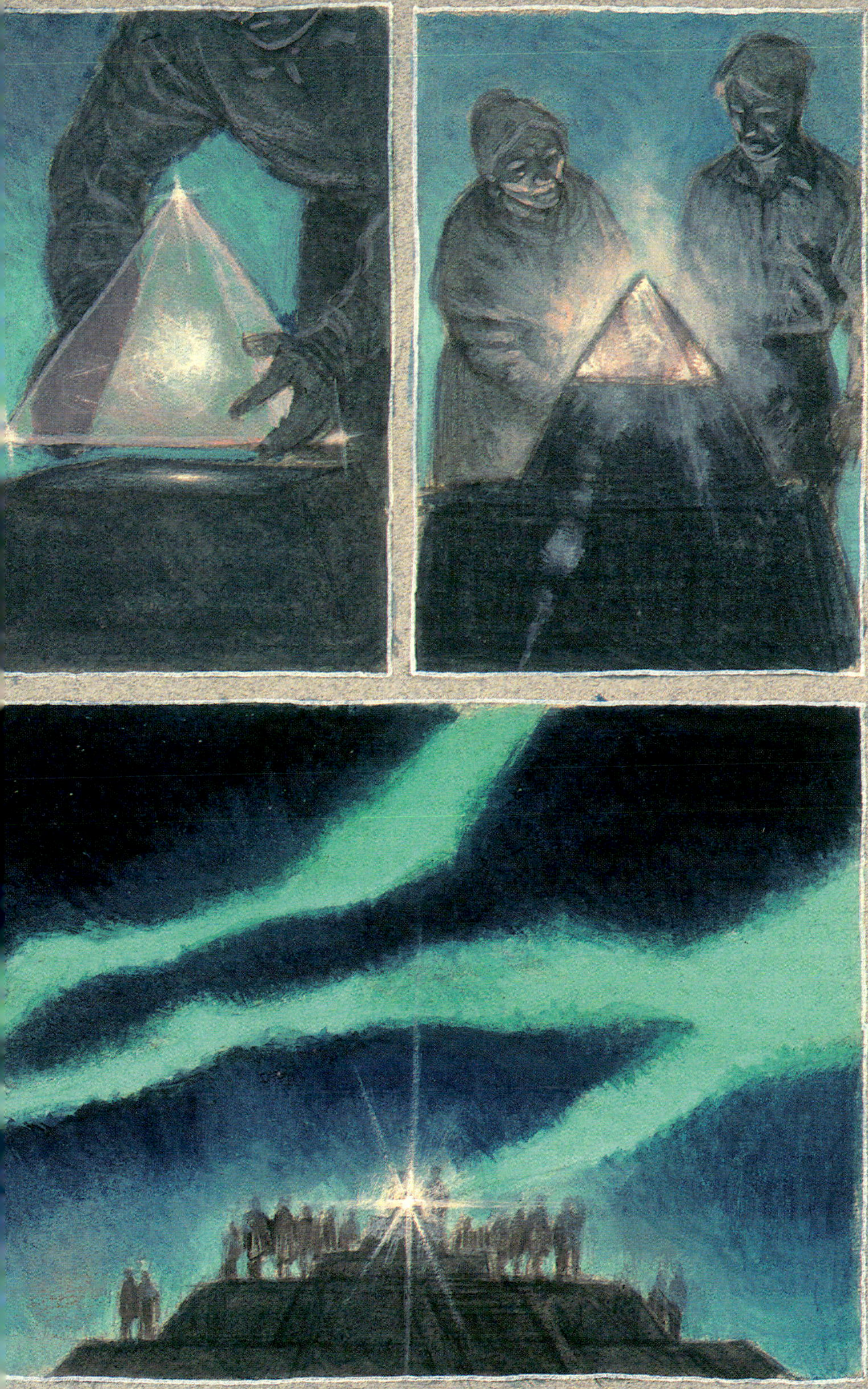

Die Liebe fegte Groll und Haß wie ein Wirbelsturm hinweg. Niemand konnte sich mehr daran erinnern, aus welchem Grunde er sich von einem geliebten Wesen entfernt hatte. Der wiedergeborene Hugo Sánchez hatte vergessen, daß Doktor Mejía Berón ihn bei der Fußballweltmeisterschaft 1994 nicht hatte spielen lassen. Cuquita vergaß all die Schläge, die ihr Mann ihr jemals versetzt hatte. Carmela vergaß, daß ihre Mutter sie »dicke Sau« genannt hatte. Julito vergaß, daß ihm nur Frauen mit ausladenden Hüften gefielen. Die Katzen vergaßen, daß sie die Mäuse fraßen. Die Palästinenser vergaßen ihren Haß auf die Juden. Mit einem Schlag gab es keine Rassisten und keine Folterer mehr. Die Körper vergaßen die Wunden, die ihnen Messer und Kugeln zugefügt hatten, sie vergaßen die Kratzer, die Fußtritte, die Schläge, die Torturen und öffneten sich den Liebkosungen und Küssen. Den Tränendrüsen entronnen nur noch Freudentränen. Die Kehlen brachten nur noch Seufzer der Lust hervor. Die Gesichtsmuskeln formten nur noch Lächeln. Die Herzmuskeln weiteten und weiteten sich, bis sie nur noch reine Liebe gebaren. Genau wie Ex-Azucenas Leib. Inmitten des ganzen großen Liebestaumels brachte sie ein wunderschönes Mädchen zur Welt. Es wurde ohne Schmerzen, in vollkommener Harmonie geboren, kam in eine Welt, die es mit offenen Armen empfing. Es weinte nicht. Und Ex-Azucena mußte nun nicht mehr auf Erden verweilen. Mit dieser Geburt hatte sie ihren Auftrag erfüllt. Sie nahm liebevoll Abschied von ihrer Tochter und starb mit einem Augenzwinkern. Rodrigo reichte Azucena das Kind, das sie zärtlich in ihre Arme nahm. Auch wenn sie es nicht sehen konnte, wußte sie doch ganz genau, wie vollkommen es war. Azucena wünschte sich von ganzem Herzen, wieder jung zu werden, um dieses wunderbare Geschöpf aufziehen zu können. Und siehe da, die Götter hatten Mitleid mit ihr und gaben ihr – als Belohnung für ihre Mühen bei der Erfüllung ihrer Mission – ihren ursprünglichen Körper zurück. In diesem Augenblick endete auch Anakreons Auftrag. Nun endlich konnte er ungehindert seine Hochzeitsreise antreten. Während des Gerichtsverfahrens hatte er sich mit Pavana verlobt, und beide hatten gerade geheiratet, so wie Lilith inzwischen mit Mammon verheiratet war. Einige Monater später brachten die einen einen knuddeligen Cherub, die anderen einen kleinen, lockigen Dämon zur Welt.

Es herrschte Glück auf Erden. Citlali hatte ihre Zwillingsseele gefunden. Und Cuquita die ihre. Teo wurde befördert. Carmela entdeckte, daß sie sich hoffnungslos in Julito verliebt hatte, und umgehend bestellten sie das Aufgebot. Die kosmische Ordnung war wiederhergestellt und alle Zweifel waren aus der Welt. Azucena erfuhr, daß ihr Auftrag, das Gesetz der Liebe durchzusetzen, die Strafe für ihre begangenen Sünden war. Sie hatte sich als die grausamste Mörderin aller Zeiten entpuppt, die allein drei Planeten durch Atombomben vernichtet hatte. Doch das Gesetz der Liebe hatte ihr, in seiner unendlichen Güte, die Chance gegeben, die Dinge wieder zu richten. Und es war ihr schließlich gelungen.

Ich sehe das Geheime, das Verborgene:
Ihr Herren!
Sterblich sind wir,
und zu viert werden wir Menschen
einst gehen müssen,
werden wir alle auf Erden sterben müssen …
Verblassen werden wir wie ein Gemälde.
Wie eine Blume
werden wir welken
hier auf Erden.
Wie das Federkleid des Zuacuán,
dieses prächtigen Vogels mit seinem wendigen Hals,
werden wir vergehen …
Denkt daran,
ihr Adler und Tiger,
obwohl ihr aus Jade seid
obwohl ihr aus Gold besteht,
werdet auch ihr gehen,
an den Ort der Nichtinkarnierten.
Wir alle gehen dahin,
niemand wird bleiben.

Netzahualcóyotl,
Romanzen der Herren von Neu-Spanien,
Blatt 36, Rückseite

MUSIK

Werke von Giacomo Puccini

Sopran: Regina Orozco
Tenor: Armando Mora

Orchester Baja California
Dirigent: Eduardo García Barrios

Instrumentierung: Sergio Ramírez*/Dmitri Dudin**
Künstlerische und musikalische Leitung: Eduardo García Barrios

Konzertmeister:	Igor Tschetschko	Klarinette I:	Vladimir Goltsman
Erste Geigen:	Tatjana Freedland	Klarinette II:	Alexandr Gurievich
	Alyze Drelling	Fagott:	Pavel Getman
Zweite Geigen:	Jean Young	Horn:	Jane Zwerneman
	Heather Frank	Trompete:	Joe Dyke
Bratsche I:	Sara Mullen	Posaune:	Loren Marsteller
Bratsche II:	Cynthia Saye		
Violoncello:	Omar Firestone	Klavier:	Olena Getman
Kontrabaß:	Dean Ferrell	Harfe:	Elena Mashkovtseva
Flöte:	Sebastian Winston	Percussion I:	Andrej Thernishev
Oboe:	Boris Glouzman	Persussion II:	Alan Silverstein

Geladene Künstler für das Stück Senza Mamma:
Paula Simmons/Bratsche III und Renata Bratts/Violincello II
Chor: Unidad Cristiana de México A.R.
und Mitglieder des Chores des Orchesters Baja California
Gastschauspielerin: Laura Sosa
Blasen des Tritonhorns und Tarahumara-Trommel: Ana Luisa Solís

Toningenieure: Luis Gil und Sergio Ramírez
Tonassistent: Luis Cortés
Produktionsassistentin: Renata Ramos
Aufgenommen in Tijuana B.C. im Herbst 1995

Danzones

Autorin und Interpretin: Liliana Felipe

Orchester: Danzonera Dimas
Leiter: Felipe Pérez
Arrangements: Liliana Felipe und Dmitri Dudin

Amador Pérez:	Tenorsaxohpon
Félix Guillén:	Altsaxophon/Klarinette 2
Andrés Martínez:	Altsaxophon/Klarinette 1
Eloy López:	Altsaxophon/Klarinette 3
Felipe Castillo:	Trompete 3
Pepe Millar:	Trompete 2
Abel García:	Trompete 1
Pedro Deheza:	Posaune
Aurelio Galicia:	Klavier
David Pérez:	Baß
Hipólito González:	Percussion
Paulino Rivero:	Güiro

Burgundanga

Sängerin: Eugenia León
Combo: La Rumbantela / Leiter: Osmani Paredes

Toningenieur: Luis Gil
Assistent von Annette Fradera: Renata Ramos
Aufgenommen in den Studios »Pedro Infante« von Peerless und »El Cuarto de Máquinas« in Mexiko-Stadt im Herbst 1995

Eine Produktion von Laura Esquivel,
hergestellt unter der Leitung von: Annette Fradera
MUSICOMEDIA S.C. / Mexiko, Fax: (525) 513 40 17

Mit Unterstützung von: CECUT (Tijuana)

Stimmfragment auf Track 11 aus »Versos de Pastorela«[1]
enthalten im Phonogramm »Tradiciones Musicales de la Laguna«, herausgegeben von der INAH-Feldforschung,
Aufnahme und Anmerkungen: Irene Vázquez Valle
Übertragung, Auswahl und Ausgabe: Guillermo Pous

1. Text aus »Versos de Pastorela«: »... Geht und seht das gerade geborene Kind ...«
Nachträgliche Produktion und Sound-Effekte:
Rogelio Villanueva

CD

1. Vogliatemi Bene (Liebesduett)/Fragment ** 3:02
Madame Butterfly / G. Puccini
(Casa Ricordi BMG S.p.A.)
2. Mala 3:27
(Liliana Felipe / Ed. El Hábito)
3. Burundanga 2:14
(O. Bouffartique / Emmi)
4. O Mio Babbino Caro * 2:33
Gianni Schicchi / G. Puccini
(Casa Ricordi BMG S.p.A.)
5. Nessun Dorma * 2:47
Turandot / G. Puccini (Casa Ricordi BMG S.p.A.)
6. A Nadie 3:36
(Liliana Felipe / Ed. El Hábito) 2:49
7. Senza Mamma (Fragment) ** 2:49
Suor Angelica / G. Puccini
(Casa Ricordi BMG S.p.A.)
8. San Miguel Arcángel 5:15
(Liliana Felipe / Ed. El Hábito)
9. Tre sbirri. Una Carroza (Fragment) * 3:42
Tosca / G. Puccini (Casa Ricordi BMG S.p.A.)
10. A su Merced 6:26
(Liliana Felipe / Ed. El Hábito)
11. Finale** 2:13
Finale: Saludo Caracoles – Quetzalcoatl, 4 Teilstücke
Canto Cardenche; Versos de Pastorela (Fragment)
»Diecimila anni al nostro Imperatore!«
(Fragment) *Turandot* / G. Puccini (Casa Ricordi BMG S.p.A.)